献给我的母亲

南加州的海滩

BEACHES
OF
SOUTHERN
CALIFORNIA

顾泉林 著

上海浦江教育出版社

参加母校北美校友会有感

2022年8月7日是个星期日，这天中午上海海事大学北美校友会在新泽西州位于哈得孙河畔的州立公园举行校友露天烧烤聚餐联谊活动，这也是新冠肺炎疫情暴发以来北美校友会的第一次线下聚会。作为校友，我也接到了邀请，欣然前往。

参加活动的共有50余人，其中不少是居住在纽约长岛和法拉盛等地的校友，单程要花费1小时以上的时间，更有一位女士竟然是开车6个多小时从弗吉尼亚州专程来参加活动，令我很是感动。我国驻纽约总领馆周参赞携几位同事也应邀参加，我记得从当地中文媒体上看到天津大学等9所国内大学北美校友会同一天在纽约州华盛顿港（Port Washington）的莫诺海文沙滩公园联合举行夏季野餐会，而周参赞一行专程来参加我们一所学校的校友聚会，我深感与有荣焉，更何况这也是总领馆在疫情后首次派人出席类似活动。中国船级社北美分社韩社长初抵美国赴任，因尚未办好当地的驾驶执照而无法自驾，特意叫了出租车从长岛附近来到活动现场与行业人士会面，我与韩社长得以首次在美国相见，很是欢欣。在聚餐会上还遇到了久未谋面的母校老师以及毕业后一直未有联系的同系学姐，更是新结识了不少校友，他们年龄差距很大，有的是 1977 年刚恢复高考时入校的，也有的是母校搬迁到临港新址后毕业的，因此校友们的集体记忆囊括了对母校各个时期的印象。

北美校友会徐理事长动员热心的骨干校友，为聚会准备了丰富的菜肴、点心、饮料。有位校友担心现场烧烤时出现状况，前一天专程去法拉盛华人区购买了熟的烤鸡烤鸭；另一位校友冒着暑热，在自家厨房煎了很多葱油饼带到现场；还有人制作了蔬菜色拉和番茄汁意大利面，体现了中西融合的特色。我为自己没做什么贡献而感到羞赧。天公有点不作美，大家刚把食品在野餐桌上布置好，突然狂风大作，一场暴雨迅疾而至，幸亏有经验者提醒，每人快速端起一盘食物到附近的亭子内躲避。大风吹起地上的落叶尘土，故不能将食盘搁在地上歇歇手，大家就这么面对面手捧盘子等待雨歇，感觉如同家人般自然。

还好暴风雨来得快去得也快，风雨过后的蓝天白云之下，一盘盘食物又在长条野餐桌上整齐地排列起来。大家陆续开始就餐，但因为边吃边聊天交流，几乎没有特别在意吃了什么。我依稀记得现场烤的鸡翅外表焦黄铿亮，但里面粉红的鸡肉还与骨头粘连在一起。但这些都不重要，重要的是在这一过程中大家在真心地享受校友欢聚的每时每刻。

聚会刚开始时，徐理事长、周参赞等做了热情洋溢的讲话，我也被请到人群前讲了几句。我环顾州立公园的周边环境，有感而发地说："今天选择这个公园举行露天聚会很有意义，我们正对的前方就是进入纽约哈得孙河的海湾，隔水而望，右侧桥吊林立的地方是布鲁克林的红钩集装箱码头，卡车公司老板即后来创建了著名的海陆航运公司的马尔科姆·麦克莱恩于 1956 年在新泽西的码头将 58 个货箱装上一艘旧油轮，驶往得克萨斯，代表着现代航运技术发展的集装箱化由此发端。在我们左侧，纽约湾里的埃利斯岛曾是美国主要的移民检查站，目前岛上仍建有移民历史博物馆，是美国接受各国移民和推进文化交流融合的象征。上海海事大学的校友由于各种因缘来到美国，在这里工作生活，今天的聚会和这个聚会地点的选择，很好地诠释了北美校友会的宗旨，那就是‘弘扬母校航运传统、促进中美人民友谊’。”

在校友会的安排下，美国当地好几份中文报纸，如《新州周报》《侨报》《世界日报》等，都对这次野餐活动进行了报道，我的一番感言也得到了引述。

1993 年我于母校毕业后，一直在国有港航企业工作，有幸于 2011—2014 年和 2019 年至今两次派驻美国工作，分别居住在西岸洛杉矶和东岸纽约两个都市的近郊，并且也到访了不少其他美国城市，其间，我注意观察美国人文地理和风土人情、比较中美语言文化差异，每有心得即用文字记录下来，有幸得到母校出版社支持，将这些短文结集出版。虽然记录的只是作者所体悟的一鳞半爪，难免挂一漏万，还是希望可为国内读者了解和研究美国社会提供一些素材。

中国对外开放的大门打开了就不会再关上，在世界经历百年未有之大变局的当下，我认为仍然需要加强中美民间交流和沟通。这次参加母校北美校友会的活动，我进一步认识到，作为国际航运从业者，我们既要致力于加强贸易联通，也可以为促进民心相通做点微薄的贡献。

目录

加州篇

神游篇

杂谈篇

美国的“珠江”“黄山”和“千岛湖”

我国的珠江英译名为 Pearl River，原先特指从广州市到河流入海口的一段 96 公里长的水道，后来逐渐成为西江、东江、北江以及珠江三角洲上各条河流的总称。珠江发源于云贵高原，流经中国中西部六省区及越南北部，在下游从八个入海口注入南海。

美国也有一条 Pearl River，为了便于区分暂且译为“珠河”。它流经密西西比州和路易斯安那州，河的下游成为两州的分界线。下游分叉为西珠河和东珠河，最后均汇入墨西哥湾。与全长达 2320 公里的珠江相比，珠河全长仅为 715 公里，其流域面积达 1.97 万平方公里，也远逊于珠江 45.37 万平方公里的流域面积。

珠江拥有丰盈的河水与众多的支流，其航运价值在国内仅次于长江。而美国的珠河仅有靠近河口的部分河段维持水深 1.5~2 米，仅适合 700~800 吨的船舶航行，如今已基本失去内河货物运输的功能。

珠河沿线建有水库、水闸及部分水上娱乐设施，但总体上维持了自然形态，动植物种类丰富，大量湿地为动物提供了良好的栖息地，也为开展科学观察和研究创造了条件。如果说广州是珠江沿岸最重要的城市，珠河上最有名的城市则是密西西比州的首府和最大城市杰克逊，2020 年普查人口 15.4 万，约占该州总人口的 5%。

美国蒙大拿州有一座 Yellow Mountain，名字与我国的黄山相像，为便于区分也暂时译为“黄峰”。众所周知，黄山是我国著名的风景名胜，属亚热带季风气候，有千米以上高峰 88 座，其中三大主峰“莲花”“光明顶”“天都”海拔都超过 1800 米。黄山境内动植物资源丰富，森林覆盖率达 84.7%，植被覆盖率达 93.6%，已知脊椎动物达 300 余种，鸟类 170 余种，景色以奇松、怪石、云海、温泉、冬雪“五绝”著称。黄山的峰岩青黑、遥望苍黛，原名“黟山”，后因传说轩辕黄帝曾在此炼丹，才改名为“黄山”。

美国的黄峰位于蒙大拿州的冰川国家公园，处在国家公园的最东北角，属路易斯山脉，是比较偏远、相对不太知名的一座山峰。之所以得名“黄峰”，是因为山峰主要由黄色的岩石构成，易于辨认。但从登山者拍摄的近照来看，其实山坡上还分布着多种颜色的岩石，有红色、灰色、绿色和白色，像万花筒一样绚烂缤纷。黄峰最高海拔 2700 多米，突起度大于 300 米。

黄峰山顶是光秃秃的岩石，且有冰川覆盖，仅在靠近山脚的山坡上和山谷里生长树木和植被，因此在山上是看不到“迎客松”的景色的。山上的野生动物以山羊和长角绵羊为主。尽管黄峰并非冰川国家公园的知名山峰，仍有不少野外旅行和运动爱好者来此，从事登山、攀岩、远足、高山滑雪等活动。

位于我国浙江省的千岛湖是为建设新安江水电站将新安江上游拦蓄而成的人工湖。千岛湖平均水深 30.44 米，最深处达 100 余米，在水位最高时拥有 1078 座面积大于 0.25 平方公里的陆桥岛屿，以面积 2 平方公里以下的小岛为主，岛屿形态各异，群岛分布有疏有密，罗列有致，已发展成为国家 5A 级旅游景区。

据百度百科介绍，千岛湖与加拿大金斯顿千岛湖、湖北黄石阳新的仙岛湖并称为 " 世界三大千岛湖 "。笔者查证了一下，加拿大所谓的“千岛湖”英文名称为 Thousand Islands（千岛）或 Thousand Islands National Park（千岛国家公园），是指圣劳伦斯河与安大略湖东北角汇合处由 1864 座小岛组成的群岛，从安大略省金斯顿市往下游绵延 80 公里，其中部分岛屿属于加拿大安大略省，部分属于美国纽约州。严格说来，Thousand Islands 取名着眼于这些岛屿，而岛屿所处的水域是圣劳伦斯河，因而并不存在一个独立的“千岛湖”。

在美国，至少有两个真的名为 Thousand Islands Lake 的地方。第一个位于密歇根州戈吉比克县，是思科淡水湖群（Cisco Chain of Lakes）的组成部分。该千岛湖占地 1078 英亩，最大深度近 25 米。湖中鱼类丰富，因此是当地居民泛舟垂钓的好去处。

另一个千岛湖是位于美国西南部内华达山脉的大型高山湖，地属加利福尼亚州马德拉县东部的安瑟尔·亚当荒原。因湖中布满星星点点的石岛而得名。美国探险家西奥多·索罗门斯 1896 年绘制的地图上已经标有“千岛”的名字，因此一般认为他是“千岛湖”的命名人，大约比我国 1984 年将新安江水库命名为“千岛湖”早了 100 年。

珠江、黄山、千岛湖在中国乃至国际上都是家喻户晓的地名，而美国的 Pearl River、Yellow Mountain、Thousand Islands Lake 即使在美国也并不十分知名。尽管如此，知道相隔遥远的两个国家还有一些同名的地方，也不失为一件有趣的事情。

内华达山脉里的千岛湖

美国妇女婚后姓氏的归属

2009年六七月间，位于美国洛杉矶市附近、华裔居民比较集中的众议院第32选区显得相当热闹，因为共和党推举的赵美生和民主党推举的赵美心正在竞选联邦众议员，无论谁当选都将创造历史，成为美国首位华裔女性众议员。巧合的是，这次“双赵大对决”的主角还是亲戚关系。赵美生的丈夫和赵美心的父亲是堂兄弟，赵美生要比赵美心长一辈，但两家素有怨隙。

两位候选人虽是亲戚，且年龄相差17岁，但互掐起来各不相让，而且拿对方的名字做起了文章。赵美心的英文名字为 Judy Chu，在蒙特雷帕克市及周边地区名气很响。她指责赵美生于2009年4月突然宣布参选，并将中文名“赵谭美生”改为“赵美生”，将英文名 Betty Tom Chu 改为 Betty Chu，中文名和英文名都与赵美心十分相似，目的是干扰选民，来“搅”赵美心的“局”。赵美生在娘家姓谭，婚前名为谭美生，嫁进赵家后该叫“赵谭美生”，为了参选，拿掉了其中的“谭”字，英文也相应加以简化，确实与赵美心的名字极其相似。

赵美生则毫不相让，她有点“倚老卖老”地说，她出生时就取名“美生”，那时候“美心”还不知道在哪里呢；而且，她是明媒正娶的赵家媳妇，而赵美心嫁给了先生伍国庆（Mike Eng），自应改姓“伍”，凭什么还要姓“赵”？

赵美心为了避免选民混淆、误把本来属于她的选票投给了对方，特意在自己的竞选传单和招贴画上加印了一颗红心，并用英文解释“美心”的意思是“Beautiful Heart”，以同赵美生区别开来。选举结果是赵美心获胜。

这个选战插曲让我们有机会看到美国已婚妇女姓名方面的一些特点。一般来说妇女结婚后随夫姓，有些人不再保留娘家姓氏（maiden name），有些人则在名和夫姓之间保留娘家姓氏。但对某些在婚前就取得事业成功的女士来说，姓氏在某种意义上成了她们的“品牌”，婚后往往也选择不随夫姓。赵美心的丈夫伍国庆同样在洛杉矶地区从政，她选择保留自己的“品牌”可以理解。

赵美心是众议员，另外一位比她名气更响、曾担任过美国参议员的美国女性也想在结婚后保留娘家姓氏，但撑了几年没能再撑下去，那就是希拉里·克林顿。她 1975 年嫁给比尔·克林顿时，保留了自己的原姓“罗德姆”，宣称自己不是那种“躲在丈夫身后做甜饼的小女人”，但这一举动后来成为她丈夫 1982 年再次竞选阿肯色州州长职务的障碍，保守的阿肯色州人民并不买账，因此希拉里不得不改变初衷，随了大流。

再看下面这个例子：

美国畅销作家西德尼·谢尔顿有一部小说 *The Stars Shine Down*，百度百科上译为《星光黯淡》，但“shine down”仅是“照射下来”的意思，与“黯淡”无关，根据小说内容，似可意译为《房产女大亨》。小说中有这样一段对话：

Howard Keller was waiting in Lara’s office for her. He gave her a big hug. “For a lady who doesn’t like classical music, you sure went and did it!”

Lara smiled. “I did, didn’t I?”

“I’ll have to get used to calling you Mrs. Adler.”

Lara’s smile faded. “I think it might be better for business reasons if I keep using Cameron, don’t you?”

“Whatever you say. I’m sure glad you’re back. Everything is piling up here.”

小说中的 Lara Cameron 是纽约房地产女大亨，创立了房地产集团 Cameron Enterprises，她迷上了世界级钢琴大师 Philip Adler，像个追星族少女一样，乘坐自己的公务机跟随 Philip 的身影去阿姆斯特丹、罗马、伦敦参加他的音乐会，终于在途中与他结为伉俪，凯旋回到纽约。按她对丈夫的痴迷程度，应该是会以“Mrs. Adler”的称呼为荣的，但为了生意的原因，为了延续自己创办的 Cameron 品牌，她在婚后继续沿用娘家姓氏。

美国 1998 年拍摄的电影《婚礼歌手》中，女主人公名为 Julia Sullivan，即将嫁给未婚夫 Glenn Gulia。她在自己房间里穿着婚纱，对着镜子念叨着婚后的名字 Julia Gulia，可能太押韵了反而略显滑稽，再加上近来发现自己移情婚礼歌手 Robbie Hart，禁不住潸然泪下。

另一部美国电影，于 1937 年拍摄、获得过奥斯卡最佳影片奖的《一个明星的诞生》，巧妙地利用夫妇姓名的问题来精准展示主人公的心理活动。故事讲述了一名酗酒的好莱坞男影星 Norman Maine 所亲身经历的演艺事业从绚烂到衰落的过程，而他亲手发掘的新星 Vicky Lester 则在嫁给他之后，从无名之辈变成了影坛巨星。其中有个情节，丈夫在为妻子签收包裹时，邮递员带着怀疑的眼光询问他和收件人的关系，当他说是 Vicky 的丈夫时，邮递员随口一句“Mr. Lester”让他浑身一震，他明白妻子的名声已经远远超过了自己。Norman 忍受不了身心煎熬，自投太平洋溺毙。此后，Vicky 一度消沉，但在祖母鼓励下，她坚持了演艺生涯，并获得巨大的成就。当她面对麦克风时，说的第一句话是：“大家好，我是 Mrs. Norman Maine”。影片就在这里戛然而止，一对电影明星的爱情悲剧让观众唏嘘不已。

可见，女子在婚后是随夫姓还是保留娘家姓氏，确是值得仔细权衡的重要决定。据有关资料说，以男方 Pete Smith 和女方 Mary Jones 为例，美国夫妇结婚时对姓氏的处理有以下几种可选方式：

1. 双方都用男方的姓氏（Mary Smith 和 Pete Smith），这

是美国最常见的方式。

2. 双方都保留自己婚前的姓氏，这是事业有成人士喜欢采用的方式；有些女士在职场保留父姓，但在私下的社交活动中使用夫姓。

3. 双方都使用女方的姓氏（Mary Jones 和 Pete Jones），这类似于中国的“倒插门”，适用于女方姓氏有某种特殊意义、或男方愿意迁就女方的意思等情况。

4. 女方随夫姓，但将父姓作为中间名（Mary Jones Smith 和 Pete Smith），这种方式由于同时照顾了男女双方，因而逐渐受到欢迎。

5. 保留双方姓氏，中间用连字符 - 分隔（Mary Jones-Smith 和 Pete Jones-Smith），这种美式“复姓”的使用在 1980—1990 年代时达到高峰，但之后逐渐减少，其原因是容易造成混乱，尤其不便于计算机处理。这种命名方式也是不能持续的，因为选择这种方式的初衷主要是让他们孩子的姓氏同时打上父姓和母姓的印记，显示孩子是父母爱情的结晶，但一旦孩子长大，他（她）的结婚对象如果也是“复姓”，则他们的孩子可能使用由三个连字符串起、四个姓组成的长姓，他们孩子的孩子……

6. 双方都用对方的姓氏作为自己的中间名（Pete Jones Smith and Mary Smith Jones）。双方仍是保留了各自的姓氏，中间名只是一种象征性的表示而已。

7. 选用一个新的姓氏。有些夫妇为了表示平等，犹如某些合资企业一样，将双方的姓氏合成一个新的姓氏，比如将Smith 和 Jones 合成 Smiones；也有的干脆另起炉灶，采用另外一个完全不相干的姓，如 Pete and Mary Carter。

我曾去孩子在读的南加州一所初中参加家长会，有位老师在介绍完情况后，在黑板上写下了自己的姓名 Brooke Blazer，以及她的电子邮件地址 brookeberger@XXX.org，她脸色微红地解释说，自己嫁给 Blazer 先生其实已经有两年了，但改名的事还没有办好，所以电子邮件地址中用的还是她的父姓 Berger。

这事引起了我的兴趣，回家后在网上查询了一下美国关于更名的程序。婚后如要更名，第一步是变更你在社会安全卡上的姓名，因为在美国，社安卡和社安号码是一个人的最重要、也是独一无二的身份证明，而且是需高度保密、防止被盗用的文件。第二步是凭新的社安卡办理驾驶执照的更名手续，因为驾驶执照同时也是日常使用的身份证。接下来，你还须办理以下文件的更名手续，排名不分先后：汽车登记证和保险、工作和职业方面的有关文件（包括商务名片、Email 地址等）、人身和医疗保险单、银行账户、投资账户、公用事业费账单、邮局登记卡、信用卡、护照、病历卡、遗嘱和法律文件、所属组织和教会的会员卡、图书馆借书卡、选举投票注册表、房产证或贷款合同……

看来，结婚确实是人生大事，你还要做好为更名去跑腿的准备。

北京协和医学院与“纽约州立大学”

林巧稚、荣独山、钟惠澜等著名医学专家都是北京协和医学院 1929 年的毕业生。很多媒体和资料（如百度百科）都提到，这些学生经过八年制学习，毕业时除获得北京协和医学院授予的学士学位之外，还获得“美国纽约州立大学”医学博士学位。

我们知道，现在所称的美国纽约州立大学（State University of New York，SUNY）系统是 1948 年才正式定名成立的，其前身的不少分校或校区在此之前已经存在，但都没有以“纽约州立大学”命名。因此，给协和医学院毕业生颁发学位的是哪个机构，与后来的纽约州立大学（SUNY）是什么关系，值得深究一番。

先来看一下现在的纽约州立大学（SUNY）。它是美国纽约州由多家州立高等院校组成的大学系统，目前由 64 个成员分校组成，总共拥有近 47 万名在校学生。其中建校历史最久的是波茨坦分校，成立于 1816 年，当时名为圣劳伦斯学院（St. Lawrence Academy）。纽约州立大学系统的医学院主要有两所，其中位于锡拉丘兹市（Syracuse）的上州医科大学的前身是雪城大学医学院，于 1950 年出售给纽约州立大学后改称为纽约州立大学上州医科大学；另外一所是位于布鲁克林区的下州医学院，前身为长岛医学院，也是于 1950 年并入纽约州立大学系统。（顺便说一下，荣独山的学生、上海华山医院原院长陈星荣于 1980—1981 年在纽约州立大学下州医学院担任过客座教授。陈星荣的女儿陈冲 1978 年 17 岁时参演的电影《小花》在 1980 年放映，陈冲大约于 1981 年 20 岁时前往美国留学，第一所学校也是纽约州立大学系统的新帕兹分校，估计与其父亲在美国工作不无关系。）据此而言，在 1920—1930 年代给北京协和医学院颁发博士学位的机构，不可能是现在所说的纽约州立大学（SUNY）。

无独有偶，百度百科上对位于成都的华西协合大学的介绍说："1920 年，开始向少数优秀毕业生同时授予华西协合大学和纽约州立大学医学博士学位……1934 年美国纽约州立大学正式接受华西协合大学为兄弟学校，授予医牙学院毕业生医学博士学位和牙学博士学位，授予文学院和理学院毕业生文学士和理学士学位。"滕亚屏在《旧中国的教会大学》（发表于《吉林大学社会科学学报》1980 年第 2 期）一文中写道："各校还极力鼓励学生考取学位和出国留学。华西协合大学为此与美国纽约州立大学建立联系，该大学承认授予华西协合大学毕业生同等学位（学士和医牙科博士）。岭南大学毕业生如交特别费用，也可领取美国纽约大学毕业文凭。"

很多材料如此巧合地提到"纽约州立大学"，并且有鼻子有眼，应该并非完全无中生有。那么“纽约州立大学”究竟是哪所大学呢？我找到了北京协和医学院李乃适副教授撰写的介绍刘世豪学术成就的英语论文 *Liu Shih-Hao: Pioneer of Translational Medicine in China*（发表于《中国科学：生命科学（英文版）》2011 年第 12 期），其中写道：“He joined the Premedical School of Hunan-Yale Medical College in 1917, and transferred to the Premedical School of Peking Union Medical College (PUMC) in 1919 and the Medical School in 1920. He graduated in 1925, receiving a Medical Doctor degree from New York State University, and the Wenham Prize for having the highest total score.”

按李乃适的说法，当时的“纽约州立大学”为 NewYork State University，倒与后来的 State University of New York (SUNY) 区分开来了，但可惜我在网上搜索了很长时间，也没找到任何历史上曾经存在过 NewYork State University 这样一所大学的线索。考虑到该文章把“文海奖学金”（应为 Walter A. Hawley Scholarship）音译为 Wenham Prize，把“医学博士”（应为 Doctor of Medicine）写成 Medical Doctor（医生），就不难得出结论，New York State University 是作者由中文硬译回英文的，不足为凭。

2018 年 8 月 12 日出版的英文报纸 *Shanghai Daily* 刊登的题为 *Angelic Lin Qiaozhi* 的文章，也把林巧稚曾经获得的“文海奖学金”写作 Wenhai Scholarship，可见类似错误的普遍性，也让我认识到对所谓的“纽约州立大学”进行刨根问底还是很有意义的。

功夫不负有心人。加拿大某网站介绍华西协合大学（West China Union University）时说道：“The University was controlled by a Board of Governors in the home-lands, and in 1922 it was incorporated under the Board of Regents of the University of the State of New York”。这是我首次查询到 The University of the State of New York 这个机构。

为北京协和医学院毕业生颁发博士学位的是否也是这个机构呢？我在 Mary E. Ferguson（中文名“福梅龄”）的原版著作 China Medical Board and Peking Union Medical College（中文版书名《中华医学基金会与北京协和医学院》）一书中找到了肯定的线索，该书第 92 页写道：“In the end all the boards with appointing power, including the Rockefeller Foundation, took uniform action requesting the Regents of the University of the State of New York to amend the provisional charter of the College to make the Board of Trustees self-perpetuating, ……”由此我意识到，尽管洛克菲勒基金会 1917 年从英美传教组织手里购买了协和医学院（原名为“协和医学堂”）的所有权，但学院保留了原来的组织和运行体系，它与华西协合大学一样，是受 The Board of Regents of the University of the State of New York 管辖的。

由此我猜测，向林巧稚、刘世豪等颁发博士学位的“纽

Peking Union Medical College
an institution in the
Education Department
University of the State of New York
Hu Ch'uan-k'uei
Doctor of Medicine
In witness whereof

北京协和医学院的学位证书

约州立大学”原名应该是University of the State of New York。中国医学科学研究院北京协和医学院校史研究室的刘老师为我提供了一份1930年代颁发的博士学位证书影印件，也证实了我的猜测。证书的抬头写着：“Peking Union Medical College, an institution in the Education Department, University of the State of New York”。证书下半页有很多校董签名，影印件虽然比较模糊，但Hsien Wu的签名还是很清楚的，他就是中国生物化学和营养学之父吴宪。吴宪于1920年到协和医学院任教，1935—1937年为学院董事之一，代行院长职务。

文章写到这里，问题即将解决了，University of the State of New York（USNY）译成“纽约州立大学”似乎顺理成章。然而，University of the State of New York并不是一所大学，或者说并不是一所通常意义上的大学，它与华西协合大学不可能是“兄弟学校”的关系。这是我们中国人很难理解的，恐怕也是历史上对“纽约州立大学”产生误解的原因。

据公开资料介绍，USNY是美国纽约州负责管理州内公立和私立教育机构的一个政府部门，尽管叫university, 但本身并不是看得见校园的一所“大学”，而是为在州内开设的学校（从幼儿园一直到研究生院）和其他相关组织制定标准的颁证和认证机构。USNY 的决策机关为 Board of Regents，可译为“校董会”，其 17 名成员由州议会选出，负责监管州内所有教育事务。纽约州教育厅（The Education Department）是 USNY 的组成部分，负责实施校董会制定的政策。校董会选举产生一名总校长（Chancellor），并任命一名总裁（President），总裁同时兼任州教育厅厅长。州内的教育机构如果没有获得州教育厅的特许并成为 USNY 的成员，就不得称为“大学”（university）或“学院”（college），也没有资格颁发学位证书，但可以提供非学位教育和培训服务。USNY 通过它所属的大学向符合资格的毕业生颁发学士、硕士、博士等学位，也可以以自己的名义直接颁发学位证书。

USNY 是美国包罗万象、最为完备的教育机构系统，目前包括了 7000 多所公立和私立的中小学、248 所公立和私立大专院校（包括 SUNY 旗下 64 所大学）、251 所赢利性学校、近 7000 座图书馆（包括纽约州立图书馆）、750 座博物馆、州档案室、为成年残疾人服务的职业教育机构、青少年特殊教育机构、聋哑人学校、25 个公共广播设施（含 7 家公立电视台），也包括了提供各种持照专业服务的 75 万专业人士和 24 万名注册公立学校教师、辅导员和管理人，等等。

USNY 成立于 1784 年，远早于 1948 年正式成立的纽约州立大学（SUNY）。由此看来，19 世纪末、20 世纪初在中国设立的不少教会大学，包括北京协和医学院、华西协合大学等，虽然由传教组织或慈善机构提供资助，但是在教学标准和质量等方面受纽约州校董会的管辖，这些学校所颁发的学位是被纽约州校董会认可的，并进而得到西方社会的认可。正如滕亚屏在《旧中国的教会大学》中写道："岭南大学在美国纽约设董事会，它向纽约州政府注册。美帝国主义把岭南大学看成了纽约州的一所学校。"当时的北京协和医学院、华西协合大学等也是这种情况。而百度百科所说的"1934 年美国纽约州立大学正式接受华西协合大学为兄弟学校"，则实为误解。因为在当时的美国人看来，华西协合大学是所谓的"纽约州立大学"的成员，"纽约州立大学"和它是"父子"关系，而不是"兄弟"关系。

了解了 USNY 的来历，也为了不和现在的 SUNY 混淆，笔者建议不要将 USNY 译成"纽约州立大学"，可以译为"纽约州教育总校"以突出其权威性，the Board of Regents 译为"总校董事会"，Chancellor 译为"总校长"。

林巧稚、刘世豪等当时获颁的医学博士证书表明，证书上写着"北京协和医学院"校名，由吴宪等本校董事签发，实际上是由本校颁发的博士学位，只不过在当时得到纽约州教育当局的认可和授权罢了。

总统轮船：中国早期留美学生的出洋之路

1955年9月17日，钱学森携夫人蒋英和儿女冲破重重阻挠，在洛杉矶港登上“克利夫兰总统”号邮轮，横渡太平洋驶往香港，于同年10月8日下船，从香港乘车抵达深圳，终于回到了祖国怀抱。“克利夫兰总统”号邮轮因而被我国人民熟知并津津乐道，称其为“改变钱学森命运和中国科技发展史”的一艘船。

1950年10月，中华人民共和国刚成立一周年，同样是美国总统轮船公司旗下的“威尔逊总统”号邮轮抵达香港，乘客中有100多名归国的中国留学生，其中一位就是“两弹元勋”邓稼先。这也是“威尔逊总统”号投入运营以来完成的第17个西行航次。这艘邮轮1944年开始在加利福尼亚的伯利恒船厂建造，原来准备用作二战期间美军运输船，但1948年4月27日建成时战争已经结束，美国政府海事委员会将其光租给APL经营，按照该公司的惯例，船名定为“威尔逊总统”号。该船投入前往东方（中国、日本、东南亚、埃及等地）的旅游航线之际，APL特意聘请米高梅电影公司拍摄了广告片，对遥远东方国度的神秘风情进行了大力推介。

“克利夫兰总统”号建成于1947年，与“威尔逊总统”号为姐妹船，总长186米，载重量1.04万吨，载客量为579人，是APL公司当时远洋邮轮中的旗舰。1973年，随着快捷的国际航空运输兴起，跨洋海上旅行逐渐完成历史使命，APL把重心转移到方兴未艾的集装箱航运业务上去，将这最后的两艘邮轮一起出售给了香港船王董浩云旗下的东方海外航运公司，分别更名为“东方总统”号和“东方女皇”号。

“威尔逊总统”号邮轮

前者于1974年退役并在台湾高雄的船厂被拆解，后者退役后停泊在香港港湾内，到1984年也被送至高雄拆解。

再把时间往前推到1923年8月17日，“杰克逊总统”号邮轮缓缓驶离上海港外虹桥中栈招商局码头，冰心、许地山等燕京大学的毕业生和梁实秋等清华大学的毕业生站在甲板上挥手告别上海外滩，经过15天的海上颠簸抵达美国西雅图，受到华盛顿州当地士绅的热烈欢迎。随后，这些留学生换乘火车前往美国东岸，去往他们各自的留学目的地。冰心去了波士顿附近的维斯利学院，梁实秋去了科罗拉多学院（后来转至哈佛大学和哥伦比亚大学），《落花生》的作者许地山去了哥伦比亚大学。

1923年的时候，APL公司还尚未命名为APL，“杰克逊总统”号邮轮属于APL前身之一的提督轮船有限公司（Admiral Oriental Lines），她是提督公司向美国政府租用的五艘客船之一，其余四艘分别叫“麦金利总统”号、“格兰特总统”号、“杰斐逊总统”号和“麦迪逊总统”号。同

提督邮轮公司西雅图－亚洲航线广告

时经营美国到远东航线的还有一家美国公司叫“太平洋邮轮公司”（Pacific Mail Steamship Co.），因其公司标识为救生圈里一面红白蓝相间的旗帜，中国人就译作“花旗轮船公司”。

后来居上的美国大来轮船公司（Dollar Steamship Co.，也译作“金元轮船公司”）大肆扩张，1922 年收购提督轮船公司，1923 年从美国政府那里购买了“哈里森总统”号等 7 艘 502 型客船，1925 年以低价购买了原由花旗轮船公司租用的 7 艘 535 型船，后来又顺便把元气大伤的花旗公司也买了下来，1926 年又向美国政府买下了提督公司租赁经营的“杰克逊总统”号等 5 艘 535 型船。1929 年华尔街股市崩盘，大来公司反应迟缓，仍然大手笔订造了“胡佛总统”号和“柯立芝总统”号两艘豪华新船，怎奈美国经济大萧条，两艘船首航载客率仅为 50%。著名物理学家吴健雄 1936 年赴美国留学，乘坐的就是“胡佛总统”号。1932 年大来公司创始人去世，公司从此开始走下坡路，最终债台高筑，一蹶不振。1938 年，美国海事委员会接管了大来公司，并将其更名为“美国总统轮船公司”。

时间的镜头再往前推移，1907 年 8 月初，宋庆龄、胡彬夏等 15 位清朝官派留学生，在温秉忠、倪桂姝夫妇的监护下，乘“明尼苏达”号邮轮从上海赴美求学，年仅 10 岁的宋美龄也乘船同行。不少文章以讹传讹地误认为宋庆龄等人乘坐的是花旗轮船公司的“满洲里”号，在旧金山登岸，但经考证她们乘的是“明尼苏达”号，该轮不属于花旗轮船公司，而是由另外一家美国邮轮公司“伟大北部航运公司”经营。宋庆龄一行人于 1907 年 8 月 28 日顺利抵达美国，但抵达的港口不是旧金山，而是华盛顿州西雅图附近的汤生港。宋氏三姐妹中的老大宋霭龄则是 1904 年 4 月底乘坐“高丽”号邮轮，在海上颠簸了两个多月，于同年的 7 月 1 日抵达旧金山，并且经过了一番波折才被允许入境。

“高丽”号邮轮（SS Korea）是花旗轮船公司经营的邮轮之一，载重量 1.8 万吨，采用双螺旋桨。花旗公司的轮船都以地名来命名，如“加利福尼亚”号、“俄勒冈”号、“蒙古”号、“满洲里”号等。1925 年大来公司收购花旗公司，“满洲里”轮归于大来公司麾下，1938 年由美国海事委员会接管并租赁给美国总统轮船公司经营，更名为“约翰逊总统”号。

中国第一位赴美留学生叫容闳，1854 年获得耶鲁学院（耶鲁大学的前身）文学士学位，至今耶鲁大学的访客中心还陈列着有关容闳事迹的展览。1847 年 1 月 4 日，未满 19 岁的容闳跟随他的美国老师布朗先生，在广州黄埔港登上一艘名叫“亨特利思”号（SS Huntress）专向美国运载茶叶的帆船，远渡重洋。是的，那一年中美之间尚未开通专门的邮轮航线，首家经营跨太平洋邮轮航线的花旗轮船公司在 1848 年才成立。帆船在大洋的惊涛骇浪中颠簸整整 98 天，终于在 1847 年 4 月 12 日驶进了纽约港。

1872 年 8 月 11 日，由容闳组织的第一批平均年龄 12 岁的留学幼童30人从上海出发，前往美国，在旧金山登陆，然后经由1869年才合拢通车的横跨美国大陆的铁路，前往美国东岸的新英格兰地区求学。以修建京张铁路闻名的詹天佑即是他们中间的一个，他1881年毕业于舍菲尔德科学学院（也是耶鲁大学的前身之一）土木工程专业时的论文题为《码头起重机研究》。我没有查询到他们所乘船名的记载，但很显然，此时他们已经不需要再冒险搭乘货船了，1848年加利福尼亚淘金热开始后，大量华工移民到美国干苦力，美国邮轮公司开通了到日本横滨和中国香港等地的班轮服务。查阅花旗轮船公司船舶的航线配置，当时从事跨太平洋航线航行的邮轮为“中国”号、“日本”号、“伟大共和国”号等，容闳、詹天佑们搭乘的也许就是其中的一艘。

这是中国历史上最早的公派留学生，中国学生成规模出洋留学的大幕自此开启。当然，今天的学生，飞行10个小时就可以抵达西雅图，14个小时到达纽约，不用像先辈们那样在海上颠簸受苦了，家庭条件好的，甚至可以乘坐公务舱、头等舱。但是，以美国总统名字命名的邮轮，曾经在中国留学史上谱写过篇章，至今还时常被人们记起。

美国总统轮船公司先于1997年被出售给新加坡海皇轮船集团，又于2016年随海皇集团出售给法国达飞轮船集团。历史的车轮在滚滚向前。

梁实秋、闻一多在科罗拉多上哪所大学?

首都经贸大学外国语学院网站“优秀外语人”栏目有一篇介绍梁实秋的文章，其中提到梁实秋 1923 年赴美留学，“在科罗拉多大学的科罗拉多斯普林斯（Colorado Springs）分校学习”。梁实秋是名人，网上介绍他留学经历的文章很多，其中不少文章都提到他抵达美国后先在科罗拉多大学就读，并说他的好友闻一多也曾在这所大学学习，但这些文章大多并非出自权威机构或名家之手，因此以讹传讹也不足为奇，而首都经贸大学外国语学院可是国内正规的高等学府，其官方刊登的文章应该有权威性，而且又明确写明是科罗拉多大学科罗拉多斯普林斯分校，这不容置疑，而且因为科罗拉多斯普林斯分校确实是科罗拉多大学四所分校之一。

然而，梁实秋和闻一多上过的大学其实是科罗拉多学院（Colorado College），在这一点上，人民网早已严谨地证实。人民网于 2017 年 11 月 7 日刊登的文章《梁实秋逝世 30 周年：有生之年学点学问，不虚此生》中介绍梁实秋的留学经历时正确地写道：“1923 年赴美留学，先后在科罗拉多学院、

梁实秋（前排右二）、闻一多（前排右一）等在科罗拉多学院合影

哈佛大学、哥伦比亚大学学习。”巧合的是，科罗拉多学院也位于科罗拉多斯普林斯城，但它与科罗拉多大学科罗拉多斯普林斯分校（University of Colorado-Colorado Springs）完全是互不相关的两所学校。前者为规模较小的私立文理学院，在《美国新闻和世界报道》2020 年版美国文理学院排名第 27 位，而后者是一所公立大学，在美国全国性大学中排名 300 名以外。

像这种由于名称相近而被混淆的学校还有不少。波士顿学院（Boston College）和波士顿大学（Boston University）也是两所不同的大学，它们尽管在美国全国性大学榜单上排名相近（前者第 38，后者第 40），但规模不同、附属的教派不同，所在的地点也不同。前者位于波士顿郊区的栗子山

（Chestnut Hill），而后者位于波士顿市区。与科罗拉多学院不同的是，波士顿学院因设有研究生部和职业教育部，因而被归入全国性大学的行列。

位于纽约州北部伊萨卡市（Ithaca，旧译“绮色佳”）的康奈尔大学（Cornell University）是著名的常春藤大学之一，与此同时，有一所位于艾奥瓦州的小型私立文理学院叫作康奈尔学院（Cornell College）。前者在1865年建校时以创办人埃兹拉·康奈尔参议员的姓氏命名；后者原名艾奥瓦公会神学院，1857年为取悦钢铁业大亨威廉·维斯利·康奈尔而改名为康奈尔学院，据说两个康奈尔还是远房亲戚。

哈佛学院（Harvard College）与哈佛大学（Harvard University）的情况则不同，前者是后者的组成部分。哈佛大学是总称，它的麾下有哈佛学院、哈佛商学院、哈佛法学院等教育机构，其中哈佛学院负责哈佛大学所有本科学生的招生和管理，对本科生来说，进哈佛大学就意味着进哈佛学院。哈佛学院成立于1636年，是哈佛所有学院中历史最悠久的，可以说是“先有哈佛学院，后有哈佛大学”。

说起美国的文理学院，位于马萨诸塞州威廉斯敦（Williamstown）的威廉姆斯学院(Williams College）是其中的佼佼者，排名榜首。这所私立的文理学院于1793年建校，得名于当地的一位战争英雄Ephraim Williams。名字容易与它相混的是威廉与玛丽学院（College of William and Mary），这所高等学府位于弗吉尼亚州威廉斯堡(Williamsburg），因为是英国威廉三世国王和玛丽女王二世特批建校的，故以两人名字命名。它创立于1693年，是美国第二古老的高等学府，仅次于哈佛大学。它虽然叫作“学院”，却是一所公立研究型大学，2020年全国大学排名第40。

以美国开国总统华盛顿命名的大学也容易让人混淆。位于西雅图的华盛顿大学（University of Washington）简称UW，是一所公立大学，因西雅图市位于华盛顿州而得名，2020年在美国大学中排名第62位。第二所是圣路易斯华盛顿大学（Washington University in St. Louis），简称WashU，它是位于密苏里州圣路易斯市的一所著名私立研究型大学，全国排名第19位。第三所是位于首都华盛顿特区的乔治·华盛顿大学（George Washington University），简称GW或GWU，也是私立大学，在全国性大学中排名第70位。有人为了加以区分，分别将它们称为“西雅图华盛顿大学”“圣路易斯华盛顿大学”“乔治·华盛顿大学”。有人将它们统称“华盛顿大学”；更有人称之为“华盛顿大学西雅图分校”“华盛顿大学圣路易斯分校”。显然这些说法是不准确且容易误导人的。

位于美国西北部的华盛顿州还设有西华盛顿大学（Western Washington University）、东华盛顿大学（Eastern Washington University）、中部华盛顿大学（Central Washington University）等，好在他们都是默默无闻的区域性大学，一般不会与上面所说的三所有名的“华盛顿大学”

混淆。

更让人抓狂的是同“维斯利”三字相近的学校。众所周知，民国时期宋氏三姐妹都曾在乔治亚州梅肯市的威斯利安女子学院（Wesleyan College for Women）就读，宋蔼龄、宋庆龄在这里读到毕业后回国，年龄最小的宋美龄在两位大姐回国后，转到波士顿的维斯利学院（Wellesley College）学习，好与在哈佛大学读书的弟弟宋子文有个照应。维斯利学院与威斯利安女子学院一样只招女生，它虽然历史上曾被称为 Wellesley Female Seminary，但现名没有“女子”一词，国内有人称之为“维斯利女子大学”是不确切的。与上文说过的威廉姆斯学院一样，维斯利学院也是文理学院中的牛校，全国排名第三。相对而言，威斯利安女子学院排在文理学院 100 名以外，名气远远比不上维斯利学院。这两所女校都是宋美龄的母校，读音又相近，也难怪国人很难区分开来。宋美龄 1917 年于维斯利学院本科毕业后回国。六年之后，作家冰心也来到这所学校攻读硕士学位，并且因她的《致小读者》而让维斯利学院及其校园内的“慰冰湖”在中国广为人知。

更为热闹的是，除了 Wesleyan College for Women，美国还有一所 Wesleyan University，位于康涅狄格州米德尔顿市，其官方译名为“维思大学”。虽然叫大学，它却是不折不扣的四年制私立文理学院，全国排名第 17 位，与威廉姆斯学院、阿默斯特学院合称“小三强”（Little Three）。与威

维斯利学院慰冰湖

斯利安女子学院只招女生相反，维思大学在1912—1970年近60年的时间里只招男生。此外，在俄亥俄州特拉华市有一所Ohio Wesleyan University的私立教会大学，百度百科译为“俄亥俄州韦斯良大学”，是我国当代历史学家、曾担任燕京大学教务长的洪业先生的母校。

除此之外，美国还有两所Wesley College，姑且译为“卫斯理学院”。一所位于特拉华州首府丹佛市，是男女同校的私立文理学院。另外一所位于密西西比州的弗洛伦斯市，创建于1944年，已于2010年7月停办。

这些学校名称相近，再加上中文翻译用词不统一，有

“卫斯理”“维斯利”“威斯利”等多种译法，令人误解也就不奇怪了。好在随着对中国留学市场的重视，部分学校开始推出官方中译名，以建立其独特的市场形象。

从以上所举的例子来看，之所以容易出现校名混淆，与美国学校的命名方式也有关系，有的叫“学院”却是公立大学，有的叫“大学”却是四年制私立文理学院。此外，我们中国人往往觉得叫“大学”比叫“学院”响亮，似乎梁实秋、闻一多这样的文学大家到美国留学，就应该就读“科罗拉多大学”，而不是“科罗拉多学院”，应该也是造成混淆的原因之一。

美国的校车

我初抵美国洛杉矶工作时，首先要着手办的事情之一就是学习加州的交通法规，准备考驾照。不管是直接在加州车辆管理局（Department of Motor Vehicles，简称 DMV，同样职能的机构在新泽西州被称为 Motor Vehicle Commission，简称 MVC）网站上下载《驾驶员手册》阅读，还是背诵《华人工商黄页》上刊登的中文版驾驶员考试模拟试卷答案，其中都会碰到这样的要求：如果车辆驾驶员在开车时，看到本方向或对面方向有校车停住上下学生，同时闪烁红色信号灯和“停车”标识，应立即停车，避免会车或超车，直至红色信号灯和“停车”标识熄灭或收起；但如果道路中间有隔离带或是单向双车道以上的多车道道路，则无须停车。

假如车辆驾驶员违反了上述的停车规定，加州法律规定，校车司机有权在 24 小时之内，向当地执法部门举报，提供违章车辆的牌照号码和违章发生的时间地点，执法部门在接到举报后应向车辆登记主人发出警告信函，同时不排除实行其他相关处罚措施，如罚款、扣分，甚至吊销驾照。

近来时常有发生校车交通事故的报道，有的事故还造成了相当严重的学生伤亡。因此，我对加州交通法规中的这条规定印象非常深刻。后来在实际开车时，一看到前面有黄色的校车就心生警惕，无论它是在行驶还是停车，都不由自主地感到紧张，右脚下意识地松开油门，对校车尽可能躲得远远的。

关于车辆在遇见校车上下学生时要停车的规定，美国其他州的法律与加州基本一致，偶尔有些细微的差别。比如，阿肯色州法律明确，如果道路中间的隔离带宽度不到 20 英尺（6 米），则视同没有中间隔离带，相关车辆仍须停车。新泽西州法律规定，在车道有隔离设施时，在对面车道的车辆可以驶过校车，但车速须减至每小时 10 英里（16 公里）。华盛顿州则规定，假如道路双向有三条以上的车道，反方向的驾驶员遇见校车上下学生时无须停车，这意味着如果道路任何一侧有一条转向车道，就可解释为符合三车道的要求了。

驾驶员看到闪烁红灯的校车停车后，警察和路口举着“停车”标识负责引导学生穿越马路的引导员，甚至校车司机都有权在认为必要的时候，对驾驶员挥手示意可以通过。假如看到校车闪烁黄色的信号灯，驾驶员则可以慢速驶过或超越校车，但黄灯闪烁往往意味着即将转为红灯，因此必须格外小心谨慎。

美国公立学校的校车一般由相当于教育局的学区负责提供和运营，也可以由私营企业承包经营。据统计，外包给私营企业负责运营的校车在美国占 40% 左右。负责运营的公司

美国校车

名称一般显示在车身上。如 Durham School Services 是一家在美国各地经营校车业务的承包商，共负责 1.7 万辆校车的驾驶和维护。

校车是专门为运送学生而设计和制造的车辆。在美国，联邦和地方政府对校车的设计规定了一些有别于其他客运车辆的要求。比如，联邦政府要求校车外观必须漆成“校车黄”的颜色，并要配备特定的警示和安全设备。所谓“校车黄”，是专门为校车的用途而调配的一种黄色，据说这种颜色最容易吸引人的注意力，而且在黄色车身上搭配黑色的字体，很容易让人在昏暗的光线中看清。

1939 年 4 月，纽约哥伦比亚大学师范学院的弗兰克 · 彻尔教授组织召开了制定全国校车制造标准的学术会议，参加会议的除了学术界人士，还有当时美国所有48个州的交通部门官员以及校车制造和油漆公司的专家。会议历时7天，共制定了44项标准，其中包括车身长度、车内天花板高度、走道宽度等规范。“校车黄”就是在这次会议上被确定为全美校车的通用颜色，彻尔教授也因此被誉为“黄色校车之父”。

有些州政府为了进一步保护学生的安全，在联邦标准之外还采取了一些安全措施，如为了防止学生下车后急于在距车头很近、属于校车司机视线盲区的地方直接穿越马路，而在车头右侧伸出一个阻拦杆，迫使学生必须绕过阻拦杆才能穿马路，避免了司机起动车子时误撞学生的事故。车子行驶时，阻拦杆可以收起来，贴在汽车前保险杠上。当然，学生必须在校车前方，而不应在车后或司机看不见的地方，穿越马路。

众所周知，美国各地总体上对公共交通投入不足，公共交通不尽如人意，但在校车方面的投入却毫不吝啬，校车每年运载的总人数在各种公共交通方式中排名第一。据美国校车理事会（American School Bus Council）统计，目前美国共有48万辆校车在运行，每天接送2600万名学生上学。在不少社区，居民住宅比较分散，往往看到校车要绕比较长的路专门去接某个孩子，这一方面体现了对学生个体的尊重，另一方面从中也可以看出校车运营成本高昂，一定程度上也会转嫁为家长的经济负担。

据统计，美国平均每年有27人在校车事故中死亡，占全国公路交通事故死亡总人数的比例仅为0.3%左右。造成校车事故的原因很多，比如：车上安全设备不足，大部分校车座位尚未配备安全带；司机疏忽，校车在某种意义上也是一间教室，司机不仅要开好车，还要负责车上纪律，学生调皮好动，在车上大声喧哗吵闹，容易使司机分神；其他车辆司机和行人违章；等等。

国际上校车事故发生的主要原因之一是违法超载，有时实际装载人数竟然是车辆核定装载人数的好几倍。在美国，车辆超载也是校车事故的重要原因之一，因为很多学区经费预算日益减少，学生人数增加但相关部门无力新购校车，有时凭侥幸心理让校车超载运行。超载会严重影响车辆的操纵和制动功能，容易导致悲剧事故的发生。

每年10月份的第三个星期是美国的校车安全周。在这个星期，各个学校和有关媒体会集中宣传校车安全的重要性和交规知识，评选模范校车司机，并鼓励学生利用零花钱购买与校车安全有关的纪念品，并以各种方式向校车司机表示感激之情。

美国学校对学生上学乘坐校车的时间长短有所限制，一般小学生不超过30分钟，初中生不超过45分钟，高中生不超过1小时。这对学校选址和学区划分提出了很高的要求。目前不少学校存在着学生人数增加与校车不足的矛盾，因此不得不规定学区内只有家庭与学校之间距离超过一定范围的学生才能乘坐校车，距离较近的学生只能步行或由家长接送。公立学校的学生乘校车一般无须支付费用，但近年来由于经费不足，有些学区开始要求学生家长分担费用，经济困难的家庭则允许申请减免。

时至今日，每当在路上驾车遇见校车，我已经没有了当初的那份紧张感，但仍会小心谨慎地为它让路。让我们祝愿孩子们每天都能像歌手 Patty Shukla 演唱的歌曲《校车》那样，在轻快的旋律中，轻松、愉快、安全地乘坐校车。

冷冻甜品车的“特殊待遇”

公路上行驶的车辆种类繁多，交通规则对执行任务的消防车、救护车、警车，以及载运学生的校车等特种车辆，都给予一定的特权或优先照顾，这是可以理解的。除此之外，新泽西州的交通规则特别点名了售卖冰淇淋等冷冻甜品车（ice cream/frozen dessert truck），给予了它与校车相仿的待遇，倒让人觉得新鲜。

交规是这样写的：车辆驾驶员从任何方向驶近或超越停泊在公路上的冷冻甜品车时，如冷冻甜品车闪烁红灯并伸出“停车”信号横臂，则必须在抵近冷冻甜品车之前停车，停车之后驾驶员方可以不超过每小时 15 英里的合理而谨慎的车速通过该冷冻甜品车，同时注意避让跨过公路去往或离开冷冻甜品车的行人。但是，如果所在的道路为两车道或多车道、且车道之间有安全岛或其他实物设施隔离，车辆驾驶员在交会或超越停泊在对面车道上的冷冻甜品车时则不须停车。

这里说冷冻甜品车与校车待遇相仿，但并非完全一致。我们不妨来与新泽西州交规赋予校车的待遇对比一下：驾驶员在接近冷冻甜品车时须停车，但没有明确接近到什么距离，而对驶近校车时要求的停车距离是不小于 25 英尺；停车后不论冷冻甜品车旁是否还有行人、冷冻甜品车红灯是否依然闪烁，驾驶员均可缓速谨慎通过，而对校车而言，必须待所有学生均已上车或离车走到道路侧边，或待校车红灯停止闪烁之时，过往车辆才可以起步；驾驶员起步通过冷冻甜品车的车速要求不大于每小时 15 英里，通过校车时车速则为不大于每小时 10 英里；所在车道有隔离设施时，在对面车道的车辆可以不须停车而驶过冷冻甜品车、且没有车速限制，而驶过校车时，则规定车速须减至每小时 10 英里；违反上述规定不当超车，超越冷冻甜品车的驾驶员被扣 4 分，超越校车的则被扣 5 分，罚款金额也可能不同。

从以上比较可知，对车辆经过冷冻甜品车的限制要求比通过校车时的要求更为宽松一些，但也仅仅是程度上略有不同，所体现的宗旨是一致的，那就是对未成年孩子的保护。

无可否认，孩子是冷冻甜品车的主要客户群体。来自意大利、法国等欧洲国家的移民将冰淇淋制作工艺带到美国，并逐步与美国的汽车文化、快餐文化融合。1920 年代，俄亥俄州杨斯敦市的哈里・博尔特父子投资建造了 12 辆冰柜卡车，在美国各地售卖冰冻甜品，创立了“好幽默”冰淇淋公司（Good Humor，该公司目前已被联合利华集团收购）。他们把车身刷成纯白色，司机身穿标志性的雪白制服，给顾客以干净、卫生、安全的感觉。为了吸引顾客，博尔特为每辆冷冻甜品车规定了行车线路，以便爱吃甜食的儿童和家长们按时等候；同时车上配备了铃铛，孩子们一听到叮当叮当的铃声，就雀跃着冲出家门迎接冷冻甜品车。

冷冻甜品车

1956 年，来自费城的康威兄弟创立了“软绵先生”（Mr. Softee）甜品流动售卖品牌，对售卖车的发电、制冷等工艺技术进行改进，并采用标志性的音乐小调来代替“好幽默”的铃铛声。在获得成功后，康威兄弟采用出售售卖车和品牌加盟的方式，快速复制其经营模式，如今在 15 个州发展到 700 辆车，分属 400 余家加盟商。

也许人们会说，冷冻甜品车历史上曾经辉煌过，如今普及了家用冰箱，孩子在家可以随时享用各种冰冻甜品，冷冻甜品车是否走入了历史博物馆，新泽西州的这条交通法规是否也成了过时的遗痕？情况似乎并非如此，在纽约、洛杉矶等大城市的街头，你依然经常见到冷冻甜品车的身影。在社区举办的夏季露天音乐会等场合，冷冻甜品车成了流动的冷饮摊，受到极大的欢迎。《今日美国》报从 2011 年起评选当年“101 辆最佳冷冻甜品车”，而且严格规定车辆种类必须是卡车，其他任何手推车、拖挂车、固定摊位等都不能入围。结果，纽约的“大乐冰淇淋”（Big Gay Ice Cream Truck）

“华夫饼家”（Wafels & Dinges），以及洛杉矶的“清凉之家”（Coolhaus）“刨冰屋”（Get Shaved）分列前四名。当然，如今的冷冻甜品车所出售的甜品种类更多，不仅有冷饮和冰淇淋，还包括了甜甜圈、华夫饼、蛋糕杯等等。即使是传统的冰淇淋，也是花样翻新，不仅五颜六色，还添加了古巴雪茄、芥末、北京烤鸭等古怪风味。而且，随着互联网和社交媒体的普及，不少冷冻甜品车成了“网红”，线上线下俘获了千万粉丝。国内某旅游网站上有吃货网友评论说：“我去过 Wafels & Dinges，连锁餐车，极有口碑的，好吃是好吃，但真是还蛮贵的，华夫饼烤的外脆内韧，搭配大坨大坨的奶油和漂亮的草莓……属于色香味都讨人喜欢的甜品。有甜也有咸，请大家放心，甜得不至于齁……”

冷冻甜品车虽然受人欢迎，但据笔者的不完全了解，在把冷冻甜品车捧上与校车几乎同等保护级别这一点上，新泽西州还是独一无二的。当然，权利和义务是对等的，冷冻甜品车在受到保护的同时，其公司和司机也要担负相应的责任，比如车前车后必须安装会闪烁的信号灯，直径在 5~7 英寸，保证白天正常光线下在水平公路上距离 500 英尺远的地方也能看得见红光；卡车左侧要安装能水平伸出的“停车”信号横臂，当横臂伸出时，靠近车身的横臂侧边长度须为 7.25 英寸，且须与车身平行，横臂外侧边长度 18 英寸，并与内侧边平行；两侧边间相距 18 英寸；横臂外侧角上要安装两个交替闪烁的红灯，红灯直径 3~5 英寸；驾驶室前方要安装凸面镜，以确保司机坐姿时能方便地看到车头前方的情况，等等。规定非常详细具体。冷冻甜品车司机在公路上停车售货时必须打开闪烁红灯、伸出“停车”信号横臂。但权利不能滥用，如果并非因售货而停车，则不得亮灯、也不得展示“停车”信号。

冷冻甜品车在交规上被赋予特殊待遇，体现了监管者对孩子的保护、对人性的尊重，但客观上这种规定是与现代社会的快节奏、高效率相冲突的，某种意义上与冰淇淋甜品一样，美味可口但不一定十分健康。它是快节奏社会尚可容忍的慢生活。

过路护导员

据报道，2015年1月27日，华裔新移民闫金元在南加州蒙特雷帕克市驾驶一辆2004款福特野马轿车载着母亲沿嘉费尔德南街由北向南行驶，开到艾尔姆盖特大街路口时，他为了躲避迎面左转弯的一辆丰田赛利卡轿车，向右打轮过猛导致车辆失控，拐上了西南角人行道，把坐在折叠椅上的76岁交通安全员卡斯泰拉诺当场撞死。肇事司机刚从中国来美不久，还没有办理美国驾照，而且他的中国驾照也没有随身携带。蒙特雷帕克市政府决定为卡斯泰拉诺之死下半旗致哀，以纪念这位十年如一日悉心护送学生过马路的交通安全员。

交通安全员的英语说法是crossing guard，如果是在学校附近专门负责保护学生安全过马路的，也叫school crossing guard。网上媒体也有将crossing guard译为“交通协管员”“交通保安员”“马路警卫”等，译名并不统一。“交通协管员”似乎比较符合我们中国人的语言习惯，国内的马路上也有一些交通协管员在协助交警疏导交通，特别是阻止行人闯红灯。但我觉得将crossing guard译为“交通协管员”并不合适，因为在美国不少地方明文规定，crossing guard 并没有指挥交通的职能，除非受过培训有“交通控制员”（traffic control officer）的资质。我认为翻译成“过路护导员”更为贴切。“交通协管员”着眼于保证交通顺畅，而“过路护导员”着眼于护导行人顺利安全地穿过路口；“交通协管员”用手势指挥行人可以穿越马路，但本人不用像“过路护导员”那样带领着行人一起过马路。

上述事故中的卡斯泰拉诺老先生 66 岁从布料行业退休后开始担任过路护导员，连续干了 10 年，被撞去世时已经 76 岁。他当时在岗上，在没有学生过路的间歇时间里，坐在自带的折叠椅上休息一会儿。一个 76 岁的老人这么做，虽然情有可原，但这其实是违反警方对过路护导员的上岗要求的。加州颁布的《过路护导员工作指南》规定，过路护导员在岗时必须随时站立，不能坐下，因为坐姿会影响他观察交通情况的视线，也会让过路车辆司机或需要过路的学生不容易看见他；过路护导员采取站姿，便于一旦发生不测情况快速做出反应；认真严肃的工作

过路护导员

形象也有助于警示并防止司机和行人做出不安全的举动。

在过路护导员的队伍中，76 岁还不能算高龄。据报道，2020 年 2 月中旬，堪萨斯州堪萨斯城的 88 岁过路护导员鲍勃·尼尔在保护两个小孩时被车子撞倒，不治身亡。鲍勃从 2015 年开始在一家教会学校附近担任过路护导员，一直努力工作，把学生的安全放在第一，受到学生们的爱戴，有不少学生还在情人节给他送礼物。事发那天早上，两个学生匆忙过马路，眼看就要被一辆来不及刹车的黑色轿车撞倒，鲍勃赶紧把孩子们推开，自己却被车子撞了。学校师生和家长们都非常感激这位勇敢的老爷爷，称他是个“英雄”。

要连续站立一、两个小时甚至更长时间，手里举个“停车”的牌子，还要冒着冬天的寒冷和夏天的酷暑，下雨天为了防止遮挡视线还不能打伞，这么个危险性极大的体力活，为什么还要劳烦这些七老八十的老爷爷、老奶奶们呢？

一方面，当然是他们主动要求的。老人们退休后在家感到孤单无聊，申请当个过路护导员，可以发挥点余热，看到活泼可爱的孩子们，心情也愉悦了。其中有一位女士患轻度中风后在家疗养，病情一直不见起色，她干脆申请去当过路护导员，因为经常与孩子们打交道，一段时间后她身体情况大大改善，讲话也变得利落了。

另一方面，当然因为报酬低、福利差，很难招聘到人，所以由妇女和老人担任过路护导员的情况比较普遍。旧金山交通局 2015 年录用了 146 名过路护导员，在两年之内流失了 130 名。有时一下找不到人，只能让在编警察去充当过路护导，政府财务部门嚷嚷吃不消了，因为过路护导员一般领取十几美金的最低时薪且没有医疗保险，警察的时薪是每小时 40 多美元，让警察来顶岗当然大大增加了成本。

我每当在路口停下车，看着过路护导员在认真执勤时，常常会想，我们中国人口多、劳动力成本低，为什么很少看到有“过路护导员”这种职业，而在劳动力成本高的美国等国家为何还会花钱雇这些人员呢？答案恐怕是，美国是车轮上的国家，街上步行者少，司机开车速度快，所以在交叉路口车辆与行人碰撞事故的比例较高，促使当局愿意花钱聘用专人护送行人过路。此外，如果家长都是开车接送孩子，必然造成在上学和放学时间学校周围车辆拥挤、堵塞，设置过路护导员，有助于让家长放心，允许他们的孩子步行或骑自行车上学。在我们国内，很多家庭由爷爷奶奶牵着孙子孙女的小手去上学，代替了过路护导员的工作。

过路护导员除了负责把行人安全地送过路口之外，还有为学生做出榜样的责任，因此要求他们的言行要适当，要向孩子们言传身教什么才是正确的交通规则和安全的过路方法。据研究，小孩的视野比成人狭窄，观察过往车辆情况的能力较弱；由于个子矮、身形小，他们的视线容易被街上的其他物体遮挡，行车司机也不容易看见他们；小孩走路时喜欢蹦蹦跳跳，容易摔倒，有些孩子过于胆大，喜欢做些危险性较高的举动，以便跟同学炫耀吹牛，这些特点也推高了发生交通事故的风险。

2020 年美国新冠肺炎疫情期间，大部分学校关了门，学生待在家里通过网络上课。部分过路护导员冒着被病毒感染的风险，仍然兢兢业业地在大街上坚守岗位，因为还有学生要到学校去领取早餐、午餐，以及完成功课所需的物品等。他们还算是幸运的，可以继续领到工资，养家糊口。还有不少过路护导员被聘用他们的警察局或学区辞退，没有了收入，生计出现了问题。社区的学生家长们组织为这些失业人员捐款，帮助他们渡过难关。希望等疫情过去后，还能在交叉路口看到这些过路护导员穿着反光的黄色马甲，举着写有红色“停车”字样的牌子，嘴里含着口哨，在细心地呵护学生们排队过街。

一次失败的上庭经历

法官轻轻的一声“You’re guilty”（你有错），“浇灭”了我精心准备的陈述，让我在座位上愣神了几分钟。那位光头警官不声不响地收拾东西，头也不回地从原告席旁的门里走掉了。

我强打精神，离开座位，在身穿棕色制服的法警同情的目光中，走出法庭。我是预约 8∶30 开审的那一批人中的最后一个了，门口站着很多等待下一拨上庭的人，个个面无表情，似乎对败诉的倒霉蛋习以为常了。

两个月前的一天，下班时分，我驾车从公司大楼车库驶出，准备右转弯汇入街上的车流。车库出口有“Stop”（停车）标志，我刹住了车，等待一、两个行人慢吞吞地走过，然后驾车缓缓前行。看到左前方有直行车驶来，我就在人行道上停下，让它们通过。在这两辆车之后，是一辆警车。长滩的警车车身涂了黑白两色，车顶是细长的警灯灯管，没有我们国内的警灯那么粗，也没有鲜艳的红蓝两色，简直与私家车顶上装运冲浪板的架子差不多，不亮灯时很难分辨出那是警车。但我确实看到了那辆警车，没太把它当回事，因为自认是“不做亏心事、不怕鬼敲门”。

警车似乎放慢了速度，而我前方的一辆反向行驶的车利用这当口，左转弯进了我们大楼车库的入口，这样就把后面的警车挡住了，我没有多想，就打方向盘右转到了街上。不一会儿，警车到了我的车后，突然间就警灯闪烁、警铃大作，从后视镜里看见警察还在做手势让我靠边接受检查。

我按标准动作打右向灯，靠边，熄火，摇下车窗，双手放在方向盘上。此时你千万不能直接就走下车来，要表现出一副老实的样子，准备与警察套近乎。美国枪支泛滥，警察很害怕你下车后掏枪拒捕。那辆警车在我车后停下，走下一位光头警官。他走上前来，要我出示驾照、车辆登记证和保险卡。我一声不吭地把东西一件件递给他，此时我还是很自信地认为自己没犯什么错，静观这个老美警察会怎么说。

光头警官到自己车上捣鼓了一会儿，估计是在他们的系统中查询我的违章记录，并摘录我证照上的信息。没过多久，他走上前来告诉我，我刚才从楼里驶出时的行为过于危险，可能对街上过往车辆造成损害，要给我开罚单。我这下急眼了，赶忙申辩：“我已经停车，而且是慢慢驶出车库，前面两辆车子都安全通过了，不至于要开罚单吧？我下次一定更注意些。”警察没有理会我的解释，自顾自地开了罚单，随后把那联黄色的纸递给我说：“你如果不服，可以去向法官申诉。”

我无奈，气呼呼地将车开回家，掏出那张黄纸头，研究自己到底犯了哪条“天规”。老美写的字母自然歪歪扭扭，但对照着加州的交通法规，我还是看懂了光头警察罚我的理由：从辅路或建筑物里驶出汇入主路时未让行，对主路车流造成危险。我感到一肚子冤屈。要知道上次我太太误闯红灯，被重罚550美元且要扣分，我二话没说就劝她服法，因为闯就是闯了，你不可能告上法庭，撒谎说没闯。但我这个情况似乎不一样，我是很小心才驶出大楼车库的，怎么能说我没有让行呢？我下定决心，这次绝对不能认栽，一定要上法庭讨个公道。

几个星期过后，洛杉矶县高等法院的公函如期而至，通知你于某月某日被指控违反加州交通法规某某条，如你认“罪”，须交罚款216美元，并在你的驾驶档案中扣一分，念你初犯，你也可以选择到交通学校上课，完成课程的话可不扣分，但要缴纳上课费若干；如不服，须缴纳216美元保释金，在支票上注明“无过错”，法院会另行通知开庭时间，如你胜诉法院将把保释金退还。

决定要上庭以后，我做了不少准备工作，拟写了在法庭上念的英文说明辞，免得到时磕磕巴巴说错话；还向办公楼管理员询问能否调阅当天车库出口处探头的摄像资料，以证明我是停车让行的，可惜管理员说探头只对着车库内部，无法监控出口外面人行道上的情况，令我“取证”的努力无功而返。

开庭的日子终于到了。我早早地来到位于长滩市中心的洛杉矶县高等法院，心里有种莫名的兴奋，因为以往只在美国影视作品中见到庭审的场景，如今自己也成了场景中的“演员”。没想到，法官轻轻的一声判决，给了我当头一棒，让我从“浪漫”的情绪中醒过来了。

回想起来，如果我有足够经验的话，结果可以是不一样的。首先，比较倒霉的是，那天法庭的证人席上黑压压地坐满了穿黑色制服的长滩市警察。据穿棕色制服的洛杉矶县警长办公室的法警说，他也很长时间没见到这么多警察同时出庭了。更糟的是，我一走进法庭，就看见给我开罚单的那位警察赫然在座，他的光头显得很“出挑”。光头看见我进去，就站起身来，向我做个手势，要我跟着他到外面走廊说话。他对我说，今天开庭后我可能会胜诉，也可能会败诉；他可以跟我做个交易，把我的“罪名”改成 coasting，即要我承认当时我的车放在空挡滑行，这样罚款照交，但不须扣分了。我不甘心“上庭之路”就此终结，还是想完整地看看美国的庭审如何进行，法官如何明镜高悬、公正断案，因此礼貌地拒绝了警官的“好意”。或许，我还有点以为，警官是自知理屈，才会提出这个交易，因而对自己可能胜诉增添了一份信心。

其次，法警在开庭前提醒我们说，今天的法官是从另一个法庭借来临时顶替的，如果我们不想由他问案的话，可以提出来，法院可以另外安排由本庭法官审判的时间，至于什么时候再审，那就不知道了。如果我听出了他的弦外之音，提出另行上庭的话，拖一段时间，也许下次我的光头警官就会缺席了。

再次，法警看出我是亚洲人，曾好心地来问我，是否需要语言方面的协助，如果需要的话，我的案子也可以推迟，到时法院可以免费安排中文翻译。我对自己的英语能力信心爆棚，自然对这种好意视之为“蔑视”，而加以拒绝。

还有一点，我当时根本没意识到，回想起来那很可能意味着一次“失去的机会”。我们那批“嫌犯”有20多人于8∶30开始庭审。按照法警提醒我们的，法官每报一个名字，我们就要挥挥手，说声“上午好”。如果“逮”你的警察没到庭，那么案子就算解除了，“嫌犯”就高高兴兴地得胜而归。答应和警察做交易的人，也很快地领受了较轻的处罚，离去了。到最后，真正要开始庭审的只剩我和另一个墨西哥裔的女士。法庭专门给墨西哥裔人配备了西班牙语翻译。那位女士表现得很激动，说她只是在街上行走，看到绿灯亮了横穿马路，竟然也被警察“赏单”。法官问明，她在跨过街沿准备穿马路时，行人交通灯已经从白色的小人转成跳跃的红色数字，就毫不客气地说她败诉了，因为交规明文规定，只要红色数字开始跳跃，行人就不能起步过马路了。我在旁边听着，觉得虽然法官判得没错，但交通灯“白色小人”延续时间一般很短，实际生活中行人在红色数字跳跃时再穿马路的比比皆是，警察专挑这位女士开罚单似乎难免有苛责的嫌疑。

轮到审我的案子了，光头警官先述说了一下案子的经过，法官问他在执法时是否穿着制服，警官说是的。法官问我是否要向警官提问，我问他："请问警官，你当时是否看见你前面还有两辆车子？"我的意思是，既然你前面的车子可以安全通过，那么我的行为就不算危险。警官说："你是说你的车后还有两辆车子吗？"

我对警官故意装糊涂不以为然，明确地告诉他我的车后没有其他车子。事后想想，也许是警官在故意"豁翎子"[①]，如果我的车后有两辆车顶着的话，我就无法把车从人行道上后退进去，法官或许会认为我车头过于突出在外面的行为"情有可原"，判决的结果是否就不一样了？如真是这样，那我的表现就像个傻瓜，也许警察和法官都在偷偷笑话我了。

不论这些事后反省是否正确，如果再有需要上庭的话，相信我会少一份书生意气的逞强心理、多一份见好就收的实用心态。庭审的场景体验一次也足够了，没理由一而再、再而三地同自己的驾驶记录、同自己的车辆保险费用过不去。法官也许是公正的，但他没有义务、也不会有兴趣来参与你挑战执法者权威的游戏，即使你自认为真理在你一边。

当然，通过此事我也意识到，应该更加准确地学习这里的交通规则和开车习惯，比起输掉一场小小的官司来，确保行车安全更为重要。

① 上海方言，意为暗示。

水上操船弄艇之乐

最近，万科集团创始人、亚洲赛艇协会名誉主席王石在美国首都华盛顿的波托马克河赛艇俱乐部下水划行赛艇，作为全球“运河深潜”穿越计划在美国的首划。巧合的是，我在新泽西州北阿灵顿镇的住处附近有个县属公园，公园西北两侧濒临帕赛克河，是伯根县赛艇协会的训练基地。最近，该协会获得地方政府资助，在公园里新建了一幢名为“伯根县赛艇中心”的二层楼建筑，原先的赛艇存放仓库也得到了改建，运营条件大为改善。该中心英文名称叫 Bergen County Rowing Center，其中的 rowing 一词是“划船、划艇”的意思，但作为体育运动项目，严格说来应译为“赛艇”。“赛艇”也被称为 crew，如 North Arlington Crew Team（北阿灵顿赛艇队），但仅限于学校系统内使用。

在公园散步时我经常路过这个赛艇中心，从教练和学生们的忙碌训练中，也略微看出了赛艇的一些道道。赛艇往往两头尖瘦、艇身狭长，由一名或多名桨手坐在赛艇里，背向赛艇前进的方向进行划行。艇尾的底部有个像鱼鳍一样的稳舵，艇首最尖处则有个小小的安全球，桨手划船时面对艇尾，看不见艇首方向，安全球有助于防止赛艇撞击河岸或其他船艇。最长的赛艇可以容下 8 名桨手，在桨手所坐位置两侧的艇舷上各有一个伸出舷外的金属桨架，桨架外端是可以开合的桨环，桨放在桨环内，桨拴柱成了杠杆支点，桨就围绕这个支点运动，将桨手推桨和收桨的力量转化为桨叶划水的力，推动赛艇前进。

前两天我观看了美国 1994 年上演的影片《狂野之河》，其中女主角盖尔由梅丽尔·斯特里普扮演，影片开头就是盖尔在波士顿查尔斯河面上划赛艇的场景，“梅姨”划着单人双桨赛艇，一招一式有模有样。赛艇桨手的座位叫作“滑座”，可以沿着中间的轨道前后滑动，桨手双脚套在滑座前面的脚蹬架里，便于发力，就像健身房里的划船机一样。赛艇的桨有单桨和双桨之分，英文分别叫作 sweep rowing 和 sculling。单人划艇时，为了左右平衡，一般都使用双桨，两手各抓住一根桨。单桨一般是双人赛艇时使用，每名选手双手握住一根桨，分别在赛

伯根县赛艇中心

艇两侧大力划水，可使赛艇稳稳前进。

影片中，赛艇只是盖尔的业余爱好，她的职业是皮筏漂流向导。为了给儿子洛克庆祝生日，也为了与日渐生疏的丈夫修复关系，一家四口以及盖尔的父母一起到爱达荷州度假，其中一段行程由夫妇两人带着儿子在激浪滚滚的鲑鱼河上乘坐充气橡皮筏（raft）漂流而下，相约到下游再与父母及女儿会合。湍急的河水与岩石撞击，形成白色的波浪和泡沫，中文把这种河水称为“激流”，英语则形象地称之为“白水”（whitewater）。白水漂流本身惊险刺激，挑战性极强，再加上他们又不幸地与三位在逃盗窃犯成为旅伴，须同时与大自然和罪犯作斗争，影片剧情因此一波三折，可看性极强。

盖尔租用的橡皮筏两侧安装有桨架，她用双固定桨来控制和推进橡皮筏，但与赛艇不同的是，她是面向前进方向而坐的。在固定桨前面还备了两根手持桨，必要时她丈夫和儿子洛克也可以协助划水。尽管都是外形相似的桨，英语对固定桨和手持桨的区分很严格，前者叫 oar，后者叫 paddle。使用固定桨的划水才能叫 rowing，使用手持桨的划水只能叫 paddling。盖尔的橡皮筏上既配有固定桨、又有手持桨，以便更加灵活地应对白水漂流的巨大挑战。

橡皮筏方头方脑、底部平坦，在湍急的河流上易于保持平衡，不容易侧翻，但如果是在平静的河面上，它的推进性显然比不上瘦尖的赛艇了。而赛艇如果误入白水，轻则翻身，重则折断，可见不同的船艇也是“术业有专攻”，也要用其所长、避其所短。

介于赛艇和橡皮筏之间，既能在静水中疾进、又能在白水中腾挪的，要算是皮划艇了。其实，皮划艇也要区分成皮艇（kayak）和划艇（canoe）两种。从外形上看，皮艇没有赛艇那么尖瘦，但也相对细长；而划艇要更深更宽。从构造上说，皮艇的座舱既有开放式、也有封闭式，桨手坐在舱底或艇面上，座位是固定的，不像赛艇的座位前后滑动；而划艇一般是开放式的，桨手在艇舱里单腿成跪势，另一条腿成方步，所以舱底要垫一块跪垫。从使用的桨来说，皮艇和划艇都使用单根手持桨，皮艇使用两头都有桨叶的双叶桨，在皮艇两侧交替划水；划艇使用单叶桨，运动员两手上下握住桨杆，在划艇单侧划水。

作为新泽西和宾夕法尼亚两个州分界线的特拉瓦河沿岸有多家经营水上漂流和船艇活动的企业，有的提供轮胎漂流、橡皮筏、皮艇和划艇等多种船艇设备的租赁，有的则专业经营轮胎漂流。轮胎漂流在英语中叫作 tubing，因为轮胎漂流早先确实用的是汽车轮胎的内胎（inner tubes），随着这项娱乐活动的推广，逐渐开发出专门为漂流设计的橡皮胎。后来，人们又为漂流轮胎增添了新的设计特点，比如为轮胎中间的空心装上底垫，起到一定的防湿作用；在轮胎上安装了两个把手，便于轮胎搬移和使用者抓握，以及用绑带或绳子将两个或两个以上的轮胎绑在一起，避免漂流时被水浪冲散；还有的在轮胎上加装了靠背或颈托，增加了使用者的舒适度。

轮胎漂流一般选在水深较浅、危险性较小的河溪进行，但要求水流较急、河床有一定落差，以增加漂流的趣味性。参与这项活动基本不需要技能培训和太多经验，因而适合绝大多数的普通人，可谓老少咸宜，是家庭度假的首选项目。游玩这个项目的人可以坐在轮胎里，也可以斜靠着做“葛优躺”，或者直接趴在轮胎上，顺水流而下。有人说，皮艇运动是夫妻和谐的“杀手”，因为夫妻俩同划一艘皮艇，如配合不好，皮艇可能一直在原地打转，甚至发生侧翻，夫妻会因此互相埋怨。笔者几年前在加州第一次尝试划皮艇时，没掌握好重心，就侧翻掉入湖中，随身携带的手机也泡在了水里。轮胎漂流挑战性不大，夫妻各坐各自的轮胎，还可以互相推搡、泼水、拍照，就像玩陆地上的碰碰车一样，其

轮胎漂流

乐融融。特拉华河上的轮胎漂流经营者规定 4 岁以上的小孩都可以玩轮胎漂流，前提是得有家长在旁照看和协助。

轮胎漂流项目不必拘泥于深山幽谷，它同样可以距离城市很近。靠近城市交通也比较便捷，适于商业性开发和经营，因此成为吸引大量游客的夏季旅游活动。在爱达荷州，博伊西河有 6 英里长的河段穿过州府博伊西市，游客可以花两个小时的时间，坐在漂流轮胎上观赏沿岸市中心的风景，也可以中途靠岸，在岸旁的啤酒屋喝一扎冰爽的干啤，或者在许多临河餐厅中选择一家午餐，吃饱喝足后继续沿河漂流。轮胎漂流也是佐治亚州海伦市的特色旅游项目，查特胡奇河从海伦市的主大街旁流过，有两家公司同时经营河上漂流活动，使用不同颜色的轮胎以作区分，深受游客的喜欢。

游客在轮胎上漂流时，可以手持一根撑杆，在轮胎可能碰上障碍物时用杆撑开，或斜撑河底石块，让轮胎前行。平静水面较多的河段，经营者往往会给游客提供特制的短桨，用于划行，恰似迷你版的橡皮筏。目前轮胎漂流活动还出现了双人轮胎、在机动艇拖曳下漂流等新的项目。

赛艇、皮艇、划艇、橡皮筏、轮胎漂流等水上活动，既是“阳春白雪”的体育运动，又融合了“下里巴人”的探险娱乐特性，日渐走入了更多普通美国人的日常生活。在中国，随着人民生活水平的提高，相信也会有越来越多的人去尝试这些户外运动，在江河湖泊的水面上操船弄艇，得到锤炼、获得欢乐。2022 年 10 月，我惊喜地看到新闻报道，上海赛艇公开赛在上海市苏州河上举行，除了专业组的比赛，还有高校组和俱乐部组的运动员参赛，可见在我国，赛艇也正在走入寻常百姓家。

冲浪这项运动

因为喜欢逛南加州的海滩，经常看见人们在玩冲浪、水上摩托车、拖曳伞等水上运动，公路上来往的汽车顶上也常常装载着冲浪板，令我不禁想对这些运动多了解一点。最近有机会看了美国电影《冲浪英豪》和《灵魂冲浪人》，我对冲浪运动又增添了一份兴趣。

简单来说，这两部电影分别讲述了一个加州男孩和一个夏威夷女孩两位冲浪者的感人故事，据说都是根据真人真事改编的。《灵魂冲浪人》的宣传片花中这样介绍这部电影：一个女孩，一个梦想，一个鼓舞世界的故事。女孩贝瑟尼·汉密尔顿出生在夏威夷考艾岛，在很小的时候就展示出了过人的冲浪天赋。她和好友埃兰娜在全美冲浪比赛中取得了佳绩。但是，在 2003 年万圣节前夕的一个早晨，13 岁的贝瑟尼像往常一样到海里冲浪，不幸遭到鲨鱼袭击，被咬掉了左臂。就在周围的人都怜悯地以为她不可能再站上浪尖时，贝瑟尼却勇敢地做出了一个惊人的决定，她要用自己残缺的身体重返冲浪赛场。在诸多好朋友的帮助下，她凭着惊人的毅力，克服种种困难，重新站立在了冲浪板之上。

《冲浪英豪》的男主角叫杰伊·莫里亚蒂，他生活在北加州小城圣克鲁斯，他的父亲是一名伞兵和冲浪爱好者。在父亲的影响下，杰伊从 9 岁开始学习冲浪，成为冲浪的多面手，无论是长板还是短板，他都可以驾驭，而且除了冲浪外，划水、潜水、钓鱼，他也样样精通。15 岁时他在离家几英里的半月湾海面上发现了传说中的马维瑞克斯巨浪。马维瑞克斯海浪时速达到每小时 80 公里，海浪高度达 5 至 7 米，是每个冲浪选手渴望攀登的巅峰。杰伊用自己的毅力和勇气，说服冲浪教练弗罗斯蒂·海森指导自己，希望能在短短的 12 周时间里做好准备，挑战马维瑞克斯。两人在携手征服巨浪的过程中，逐渐结下了深厚的友谊，而这一过程同时也改变了他们各自的生活。一年后，杰伊在加州马维瑞克斯冲浪比赛中的精彩表现被摄影师捕捉下来，一时间成为全世界爱好冲浪运动的年轻人的偶像。可惜的是，2001 年，杰伊 23 岁时在马尔代夫冲浪，不幸发生意外，英年早逝，令人扼腕。

这两部电影展示了不少冲浪方面的知识。据我所知，冲浪板类型众多，有长板、短板、划水的桨板等，冲浪板的尾鳍也有 1~5 个不等。从所用材料来说，有聚氨酯泡沫板（包以玻璃纤维布或涂上聚酯树脂）、聚苯乙烯泡沫板（用环氧树脂涂层）、巴尔瑟轻木板、木质中空板等。《冲浪英豪》中，杰伊从自家车库里取出一块祖传的泡沫长板，中间断了一截，但是他用万能胶粘好，再用塑胶布绑紧，就可以抱着去海边了。

前几日，有位房地产经纪人来公司推销服务，同他聊天时发现他家住在洛杉矶赫尔摩萨海滩，也是个冲浪爱好者。我就向他请教，初学冲浪的人是玩短板好、还是长板好。这位高大的白人帅哥一聊起冲浪立马变得滔滔不绝。他介绍说，选择长板还是短板，要因人而定，也要因波浪类型而定。一般来说，初学者往往要设法站上冲浪板，长板因为面积大、浮力也大，爬上去站住相对容易一些。但是，同样因为长板个头大，一旦被波浪打翻，人被冲浪板打到的机会就要大一些。从风格来说，冲长板的人显得比较优雅，而玩短板的人显得灵动。如果波浪很大很卷、速度又快，不妨选择短板；而波浪细碎、缓慢的话，用长板更容易抓住细浪。

我又问他怎样选择冲浪板尾鳍的数量。他说，传统的长板只有一个尾鳍，头部圆粗，适合冲浪者站在前端冲浪。现代版的长板往往采用3个尾鳍的设计，这样更方便冲浪者转向，板向前的冲力也更大。短板一般头尖、尾圆，典型的是采用3个尾鳍，也有用2个、甚至5个尾鳍的。短板的操纵性更灵活，往往要求浪更大、更高、更陡，同时要选择好攀上浪峰的时机，通常是选择在一波大浪形成的中后期再冲上去，直至它分解成为浪花和泡沫。

他说，冲浪还有多种变体，比如身体趴板冲浪（bodyboarding）、站立式桨板划水、拖曳伞或风筝冲浪等。站立式桨板划水（stand up paddle board，英文简称“SUP”）起源于冲浪教练员站立在冲浪板上讲解，使用划桨以便于保持平衡，有些专业冲浪选手也往往会站立在板上供人照相。

后来，人们发现这种方法易学易做，一般练习一个多小时就能学会，而且能同时锻炼手臂、腿部和身体的肌肉，可以帮助身材塑形，因此越来越受到中老年人和妇女的欢迎。运动者站立在长长的划水板上，用木桨奋力划水穿波越浪，在锻炼体力的同时也能欣赏海岸线的壮观景色。这样的桨板如同划艇（canoe），美国和加拿大的海岸警卫队也确实将它归入船艇一类，在某些海区要求运动者穿着有一定浮力的救生衣具。同冲浪一样，运动者腿上要绑着与桨板相连的绳索，防止桨板被浪冲走。

拖曳伞或风筝冲浪（英文为 parasail or kite/wind surfing）是指运动者站立在冲浪板上，被空中的拖曳伞或风筝拖动着在水面滑行。可以是靠风力，也可以是用直升飞机或汽艇拖动拖曳伞。如果拖力很大，运动者也可能被拉到空中飞翔一段时间。运动者本人无法控制行进的方向，完全被拖拉着前行，因此会感到非常刺激和兴奋。

一番介绍之后，帅哥反问我："你的问题提得很详细，是否也想去学冲浪？"南加州有很多冲浪学校，吸引着冲浪爱好者加入，他们还可以出租冲浪板。他说他有一块很长的泡沫冲浪板，适合初学者，如果我学的话，他也可以送给我。我笑笑，婉言谢绝了。

帅哥告诉我，要理解南加州的冲浪文化，还有一部电影值得一看，就是 2002 年发行的《本地男孩》（一译《冲浪少年》）；另外，一定要去听听摇滚乐队"沙滩男孩"的歌曲。

我果真开始关注起“沙滩男孩”乐队来。这个乐队于 1961 年在洛杉矶县西南部小城霍索思成立，1991 年其事业接近尾声的时候，推出了冲浪歌曲专辑《沙滩男孩冲浪金曲》，共收录 12 首歌曲。其中第一首《全美冲浪者》唱道：“如果全美国人都拥有大洋，就会像加利福尼亚一样，人人都去冲浪”。歌中提到了加州很多适合冲浪的地名，如德尔马、文图拉县海滩、北加州圣克鲁斯、圣迭戈的特雷瑟斯和拉荷亚海滩、洛杉矶的曼哈顿海滩、多黑尼海滩、雷东多海滩等。另一首歌题为《抢上浪尖》，歌中唱道：“抢上浪尖，你就站上世界之巅；别害怕尝试这项人间最伟大的运动，每个人都应投入其中……；这不是赶一时的时髦，它自古以来就已存在，冲浪队伍日益壮大，看他们跨出家门冲向蓝海……；跟着一流冲浪好手学习，每个周六都别忘记；别认为这是个玩具，走出岸上阴凉之处，在阳光明媚的海面上晒红肌肤；抢上浪尖，你就坐上了世界之巅……”

冲浪的乐趣只有真正站到波峰浪尖上才能体会得到。尽管杰伊和贝瑟妮的事迹让我很受感动，“沙滩男孩”的歌曲让我热血沸腾，我仍只能纸上谈兵，下不了真去学习冲浪的决心。听说国内福建、海南等地的滨海城市也已开始有爱好者在训练冲浪了，说明海洋运动文化也在日渐融入我国人民的生活。值得一提的是，滑雪奥运冠军谷爱凌和苏翊鸣也同样是冲浪爱好者。我期待着中国未来能涌现出自己著名的冲浪运动员和冲浪城市。

在人行道上“冲浪”

洛杉矶威尼斯海滩的著名景点之一是它的滑板溜冰池，常常吸引游人驻足观看。那溜冰滑板尽管长度较短，但形状与冲浪板类似，水泥浇制的滑板池也设计得像波浪般起伏不平。看这里的年轻人在滑板上顺势调节身体平衡的样子，确实也与冲浪有很多相通之处。虽然以前也在电视节目中看过滑板溜冰运动，但我在威尼斯海滩这里第一次强烈地感受了它与冲浪之间的联系。

查询到的滑板运动（skateboarding）资料证实了我的感觉是正确的。这项运动正是在加利福尼亚州洛杉矶发源的。它起始于1940年代末或1950年代初，当大海波澜不惊、冲浪好手们无所事事的时候，脑子灵活的人就想到，能否借鉴溜旱冰的办法，在陆地上也找到冲浪的感觉呢？无从考证是谁制作了第一块溜冰滑板，第一批滑板玩家们在木箱的底下装上溜冰滚轮开启了滑板运动。后来木箱换成了板材，也有公司开始生产多层压制的木质板面，接近现在的滑板面材生产工艺。那个时候，滑板被视作冲浪之外的余兴运动，因而经常被称为“人行道冲浪”。

有趣的是，滑板选手也可以用一根长长的撑杆，代替用脚推地，使滑板前行，犹如冲浪运动中的站立式桨板划水一样。

世界上第一批工业化生产的滑板是由洛杉矶的一家冲浪商店订购的，当时采用的是方形的木质板，商店还向芝加哥轮式溜冰鞋公司订购了溜冰轮，用于安装在滑板底下。原来生产冲浪板的厂家一看有利可图，开始生产与小型冲浪板形状相似的滑板，并专门组织了滑板队展示滑板技巧和它们生产的滑板，逐步吸引了大批追随者。

滑板这项运动本身也像波浪一样，经历了起起伏伏。第一次普及是 1960 年代前半叶，标志性事件是美国诞生了《滑板溜冰》杂志，并在 1965 年举办了国际滑板比赛，通过电视在全国转播。滑板生产厂家之一马卡哈（Makaha）从 1963 年到 1965 年滑板产品的销售额达 1000 万美元，足见这项运动的受欢迎程度。但到了 1966 年，这些产品销售额急剧下降，《滑板溜冰》杂志也停刊了。此后几年，滑板运动的发展几乎停步不前。

1970 年代初，一位名为弗兰克·纳斯沃西的商人开始研发聚氨酯材料的滑板轮，来代替先前使用的金属或陶瓷材料。不断改进的聚氨酯轮子使滑板附着摩擦力加强，速度增加，为这项运动注入了新的生机，企业也获得了大量投资进行产品开发的动力，比如为滑板开发生产专用的联轴（术

洛杉矶威尼斯溜冰公园

语为“桥”，英文称truck）。滑板面也变得越来越宽，超过了10英寸（25厘米），溜冰者因而更易于控制滑板。1970年代中期出现的“香蕉板”名噪一时，这种滑板身形细长，灵活性好，采用聚丙烯材料，板面下有肋材作为结构支撑，颜色丰富多彩，其中亮黄色尤受欢迎，“香蕉板”也因此得名。

受此鼓舞，生产商们的取材变得更为广泛，比如尝试使用玻璃纤维和铝合金等复合材料和金属材料制造滑板。其中抗冲击性能好、重量轻的加拿大糖枫脱颖而出，担负起成为新一代滑板材料的历史使命。滑板性能改善后，更容易操控，滑行速度也更快，一些有名的溜冰选手得以试验和发明了多种滑行技巧和动作。1976年加州大旱，选手们利用干涸废弃的游泳池，尝试在垂直的池壁上溜滑，从而开创了“垂直壁滑行”的时代。滑手们还发明了“碾磨”“前面腾空”或“背面腾空”等看上去相当惊险的动作。所谓碾磨，不是使用轮子，而是用前后轮之间的桥杆，在细窄的边沿或圆杠上滑过，发出刺耳的摩擦声。

1980年代末，随着滑板运动本身的发展和滑手们对滑板技巧要求的提高，以及为了适应U型池双向滑行的需要，一种与前三代滑板形状完全不同的两头翘起、形状对称的滑板出现了，这就是第四代滑板。它改用硬岩枫材料，重量更轻，弹性更好，滑板轮硬度高，更适合高速滑行。由于重量平衡，第四代滑板更适合各种翻转动作。

1990年代初，滑板运动再次走入低谷期。由于正处于滑板换代的转折期，滑板从一头使用改为两头使用，因而出现了许多前一代滑板不可能完成的动作。同时为了使滑板更容易翻转，滑板板面变得很窄，轮子变得很小。这个时期典型的滑板宽度只有7英寸，而轮子直径只有39毫米左右。这样的滑板虽然更易于做出复杂的动作，但是较小的轮子却妨碍了它的滑行性能。这个时期也是滑板运动的技巧性动作时代，滑手们发明了很多新的动作，但看上去危险性很高。滑板运动因此戴上了“危险运动”的帽子，滑板公园经营者被要求支付昂贵的保险费，导致不少滑板公园纷纷关闭。

随着U型滑板池门槛的提高，更多的滑手们开始在街头练习“自由式”滑板。美国滑手罗德尼·穆伦发明了绕板（使滑板绕脚而转）和踢翻等自由式动作。他们呼朋唤友，相约在购物中心、公共广场和私人场地练习，将人行扶手、台阶、长椅当成了他们展现自我的舞台，造成了物业的毁损，也给周围的行人带来安全隐患。在洛杉矶地区，也经常可以看到学生把滑板作为家与学校之间的交通工具，大学校园里学生踩着滑板去教室上课的场景也比比皆是。不少公共和私营机构纷纷贴出告示，禁止滑手们光临其“领地”。洛杉矶“小台北”蒙特雷帕克市一个商业广场上贴出的告示除了禁止滑板者外，也同时禁止并排轮（roller skating）和直排轮（in-line skating）的溜冰者在此练习。并排溜冰是鞋底的四个滚轮分成前后两组；而直排溜冰是四个滚轮前后排列，形成一条直线。

目前，街头滑板在滑板运动中占据着主导地位。大部分滑板的长度为 28~32 英寸，宽度为 7.25~8 英寸，轮子一般用高强度聚氨酯材料制成，滑板重量轻，轮子尺寸较小，易于克服轮子惯性，使动作更容易得到控制。为了更好地宣传滑板运动、提高在公众中的知名度，国际滑板企业协会于 2004 年将 6 月 21 日定为“滑板运动日”，在每年的这一天都举办一些滑板运动。在 2012 年的“滑板运动日”，当地的环球鞋业公司和红牛饮料公司在洛杉矶威尼斯海滩滑板公园组织了 500 多名专业和业余的滑板运动员，举行著名滑手签名会、花样动作比赛、音乐表演、发放纪念品等各种活动，犹如滑板运动的“嘉年华”；圣莫尼卡市举行了海滩滑板游行和烧烤活动；长滩市在比克斯比公园举行庆祝活动，从中午 12 点直到晚上 7 点，有免费烧烤、抽奖、新产品演示等项目，当地的滑板商店和餐饮企业提供了赞助，吸引了大量滑板爱好者。

以上简要回顾了滑板运动发展的历史，从中可以梳理出几条脉络：

第一，滑板从冲浪衍生而来，1970 年代初的滑板文化基本上是带有冲浪印记的文化，滑板池的设计也主要是模拟海浪的形状。

第二，人们逐渐意识到，由于滑板比冲浪板的阻力小、重量轻，可以建造不同于冲浪的、更适合滑板的地形，以取得更大的速度、机动性和自我表现能力。因此，滑板运动不仅在器材、场地上，也在人员上，从冲浪运动中彻底分离出来，成为一支突起的异军。这支新军不涉足冲浪，一心钻研滑板，并开始形成自己的语言、技巧、衣饰风格和音乐爱好，形成了新生的、以城市为主导的滑板亚文化，成为由美国引领的街头文化之一。滑板运动员的泥土感很重的衣着、怀旧球鞋一度成为世界穿搭潮流，与滑板有关的音乐种类（如新潮流、朋克和嘻哈音乐）也发展到了鼎盛期。

第三，滑板活动可区分为娱乐型和运动型两种。娱乐型滑板用于初学者健身运动。初学者应选择平坦的滑行场地，在滑行时应戴上护肘、护腕、护膝、头盔等护具。而运动型滑板适用于滑行技术水平较高的滑板运动爱好者。由于滑手要做出各种高难度动作，运动型滑板各部件的强度和各种性能指标要能满足其使用要求。

第四，洛杉矶及其周边的南加州地区是滑板运动的发源地，现在也仍然是滑板爱好者向往的“滑板圣地”。佛罗里达州滑手盖范特（Alan Gelfand）于 1976 年发明了豚跳（ollie，即不用手抓板的腾空，也音译为“翱骊”），使滑板界更注重高技术的表演，但这一动作直到他 1978 年夏天来到加州，受到西海岸滑手们和媒体的重视，才开始在全球推广开来。时至今日，滑板文化风行于洛杉矶的大街小巷。青少年们对滑板巨星托尼·霍克、安迪·麦克唐纳的崇拜不亚于对乔丹和科比等篮球明星。

位于威尼斯海滩的滑板公园是深受滑板爱好者喜欢的著名滑板公园之一，而位于奥兰治县阿纳海姆市布鲁赫斯特公园旁的滑板公园则成了玩滑板、滑板车和自行车的孩子们“三分天下”、互不妨碍的地方。

第五，对滑板运动应该鼓励还是禁止，人们看法不一，主要原因有两个：一是担心滑板运动危险性高、对街头地面和其他公共设施的损害大；二是担心年轻人聚在一起玩滑板，容易荒疏学业，或者容易像街头混混一样，沾染流里流气的习气。其实，这些担心很大程度上是由于对滑板运动不太了解而产生的，只要社会和家长引导得法，完全可以使之成为培养和锻炼青少年表现能力、展示个性和创造力的途径，使滑板运动得到健康发展。

美式橄榄球入门谈

一位来自云南昆明的小伙子（英文名 Bruce Wang）到得克萨斯州留学后，为了更好地融入当地社会，学会了一口纯正的美国南方英语口音，并且在穿着打扮、行事做派方面模仿西部牛仔，获得了当地人的认可，也成为一名网红。但他承认自己不看美式橄榄球比赛，因此旁人兴致勃勃侃球时他插不上嘴，少了不少谈资，多了一些尴尬。

美式橄榄球是当之无愧的美国第一大运动。它在美语中被称为 football，中文译为“美式橄榄球”或“美式足球”，都少不了“美式”两字，因为它既不是橄榄球（英国式的橄榄球才正宗），也不是足球（美语称为 soccer）。欧洲人不认可用 soccer 一词来取代他们的 football，为便于区分，将美式橄榄球称为 American football。总之，这项热门的美国体育运动在其他文化中，竟然可怜巴巴地找不到公认属于自己的专属名称。

初到美国的欧洲人会调侃说，咱们那里的足球是圆的，而不是两头尖的；咱们那里的足球是用脚踢的，而不是用手扔的；球员也不能抱着球跑的。其实这样说也不是很公平，因为欧式足球也有用手扔球的地方，如守门员掷球，或者球员掷界外球；而美式足球在四种情况下也需要用脚来踢，如踢球射门或加分踢球，射进防守方的两根球门柱之间和横梁上方的区域，就算进球得分；此外比赛的开球，由防守方的开球手将球踢向进攻方，以及双方交换球权时的“弃踢”（就像足球中的开大脚一样）。

然而，美式橄榄球比赛中，确实大部分时间都是球员在用手传球、接球、截球，或者抱球往前跑、往前撞。传接球有点像打篮球，但篮球的传球如果没接住，掉在地上弹起后还可以再接再抢，而美式橄榄球球员如果接球脱手落地，或球被对方接到，就不能再接再抢了，这叫作传球未完成，需要交换球权，由原来的防守方发起进攻。

美式橄榄球与足球还有一个比较大的区别，足球必须是射门进球才能得分，而美式橄榄球除了踢球射门（得 3 分）之外，把球攻入防守方端区，成功达阵，可以得 6 分，并获得加分踢球的机会，踢进门再得 1 分，或者将“加分踢球”变为“2 分转换”，重新组织进攻冲入端区达阵，得 2 分。达阵成功的难度大，但回报也高，难怪每次达阵都是球迷们最为疯狂的时刻。

对美式橄榄球的端区和足球的小禁区做个比较，足球队员控球冲进对方的小禁区或者在小禁区内抢到球，还必须射门进球才能得分，而美式橄榄球球员持球进入端区、或在端区接到己方传球，就算达阵得分了。由于美式橄榄球防守队员可以采用擒抱、冲撞、阻挡、拉扯、伸手拦截等多种激烈的手段，攻进端区的难度无疑要比足球攻进小禁区的难度大多了。

初到美国生活的人，如留学生、外派人员、新移民等，了解一些美式橄榄球的规则、学会看球，似乎是融入当地文化的一门必修课。但是，如果照本宣科地学，那些规则和术语往往显得枯燥、晦涩，难怪 Bruce Wang 也提不起兴趣，那我们不如从电影故事场景中来更为直观和形象地加以领悟。

首先值得一看的影片是由真人真事改编的《长传球》。家住芝加哥附近的初中女生茉莉·普拉默在一个偶然的机会展示了超出常人的臂力，这一特长被她的酷爱美式橄榄球运动的叔叔柯蒂斯发现。柯蒂斯不顾旁人的质疑，把茉莉培养成了一名优秀的四分卫球员，让她加入学校美式橄榄球队并成功打入了学校联赛的总决赛。这样一位看似普通的女生，能在男性荷尔蒙爆棚的球场上站稳脚跟，首先得益于四分卫的角色。这个位置虽然叫“卫”，但属于进攻组，是球队的场上队长，负有传达教练意图、指挥执行战术的责任。发球队员在争球线上弯腰前倾，将球从裆

茉莉准备传球

下后传给四分卫，茉莉守在男生队友屁股后面接球，确有几分尴尬。接球后，她既要灵活避开对方球员的凶悍围抢，又要快速判断场上形势，准确及时地将球传给前场的队友，如能传给正向端区跑位的前锋，就有接住传球后一举达阵的机会。

橄榄球的传球不能“平铺直叙”，要让球在高速自旋中螺旋行进，以有效克服空气阻力和球自身的重力，既像冲击钻的钻头，又像一门发射中的炮弹，这样才能传得又快又远。同时，传球手还要尽量兼顾接球手的方便，传球再怎么漂亮，如果队友不能接住球，那就是一次不完整传球，效果等于零。

当然，她的队友负有掩护她的责任，他们要以强悍的躯体去阻挡对方球员对她的追杀，给她挡出能相对从容传球的空间。所以四分卫遭受的身体接触相对较小，茉莉这样的女生凭借良好的传球技术和能力就可以胜任。四分卫也可以在队友的掩护下，选择自己持球往前跑，此时既要有良好的奔跑能力，也要敢于与对手正面硬杠、刺刀见红，显然茉莉与这种全能型的四分卫人才还是有差距的。

第二部值得看的影片是让影星桑德拉·布洛克获得2010年奥斯卡最佳女主角奖的The Blind Side，一般译为《盲点》或《弱点》，我认为译为《盲区》更好，因为在美式橄榄球比赛中，the blind side指的是传球者自己看不见、易受攻击的一个侧面，不是某个点，而是一个区域。如四分卫右手传球时，左腿在前，身体略向右侧转动以增加传球力度，此时他的左后侧就是自己看不到的盲区，需要队友的保护。这部影片也是根据真人真事改编的。绰号为“大个子麦克”的麦克尔·奥赫是个无家可归的孤儿，被女主人蕾·安妮·托希的家庭收养。在女主人的鼓励下，大个子麦克学习成绩有所进步，并因为身材高大壮实而被招进学校美式橄榄球队。他担任球队绊锋的位置，主要任务就是阻挡对方球员的争抢和偷袭，保护好自己球队的传球队员或持球前锋，特别是场上的灵魂四分卫，干的是类似“清道夫”的脏活、累活。大个子麦克生性善良，面对对方球员时下不了狠手去全力攻击，一度想要退出球队。还是在女主人一家的劝慰下，他认识到自己的队友就像家人一样，保护队友就等于保护家人，由此克服了心理障碍，球技不断进步，最终拿到密西西比大学的体育奖学金，并进而成为全美橄榄球联盟的优秀球员。

另一部影片《反败为胜》讲述得克萨斯州某大学美式橄榄球队因违反联赛规定，原教练和一应球员都遭禁赛，必须重起炉灶。新任教练沃利好不容易拼凑出球队班底，包括动员征召已经三十出头的保罗重新入学并担任四分卫，但这样一支杂牌军士气低落。此时，教练看中了学校女子足球队队员露西的脚头功夫，请她来担任球队的专责踢球手。橄榄球两头是尖的，无法自己直立在场地上，需要有人扶着。四分卫保罗亲自担任持球手，让露西试踢，效果果然不同凡响。教练不断让露西增加踢球距离，到 40 码线时她仍能踢得又

露西助跑踢球

高又准，令一帮等着看她笑话的男球员们目瞪口呆，沃利教练也自黑说："我用高尔夫发球杆也打不出40码距离呢！"。男女搭配，干活不累，美女露西不仅提高了踢球射门的成功率，也让球队那一帮糙爷们士气大增，玩命地去冲锋陷阵。在这第三部影片中，踢球手露西精彩的表现是一大看点。

美式橄榄球球场长度为100码（91.44米），每隔5码画一条白实线，与长方形的边线组成烤肉架的形状，因此美式橄榄球也被称为"烤架足球"（gridiron football）。如此说来，在烤架上捉对厮杀的球员们显然就是被"煎烤"的小牛排和鸡翅了。全美美式橄榄球联盟冠军总决赛在每年2月份第2个星期天晚上举行，时间与中国的春节接近，当天晚上万人空巷，电视直播的收视率也直追中国春晚，因而被戏称为"美国春晚"。巧合的是，这场总决赛俗称"超级碗"（Super Bowl），正可谓：超级碗把烤盘架和烤肉们一碗端，成就"春晚"一道大餐。

餐厅点菜记

我曾在美国餐厅招待一位国内某知名大学的英语教师，她当时已是资深讲师，作为访问学者来美进修一年后回去就可以提副教授了。她细细浏览了这家美式餐厅的菜单后，羞赧地说："看来我十几年的英语算白学了，看个菜单也有这么多词看不懂！"

我很敬重这位老师的实在，以她的身份这么坦诚地承认自己知识的不足是很不容易的。同时，我也很理解她，在国内接触到的英语教材和资料真的很少会告诉你怎么在当代的美国餐馆里点菜（当然中餐馆除外）。而点菜，又似乎是在美国生活绕不过去的一道坎。

在国内，我们应邀去参加一些饭局，往往到餐厅落座的时候，主人已经将点菜等一切事宜都安排好了，我们仅须等待菜一道一道端上来，自己喜欢吃的就多吃点，不喜欢吃的就少动筷，反正每顿饭都会有七八个冷盘和七八道热菜，再加点心、主食，总有一款适合你。人们也很少公开评论哪道菜不好吃，因为这既可能驳了主人的面子，也可能得罪了席上某位喜欢这道菜的宾客。而主人也可通过掌控点菜环节，来调节当天请客的预算。所以，中国式的点菜讲究的是客随主便、随大流，独乐乐不如众乐乐，我称之为集体主义式点菜。

而在美国的餐厅就餐，各人点自己的菜，丰俭咸甜由自己掌控，我把它称为个人主义式点菜。众所周知，理性决策要依据较为充分的信息和一定的训练。初来美国者还不习惯这种点菜方式，很多餐饮术语又听不懂，哪个好吃哪个难吃也傻傻分不清，一下子面对爆炸式的选择题，难免手足无措，一个头两个大。

引导员把你们领到位子上坐下，过一会就有服务员上来问你："客官要喝点什么？普通冷水（still water）还是气泡水（sparkling water）？"你迟疑地问，能否要个免费的茶水或热开水。对不起，这个真没有。那就要普通冷水吧，不是冰水就谢天谢地了。

服务员端上免费的面包黄油后，就开始问是否要点收费饮料了。您可以点个可乐、柠檬汁或啤酒。此时请客的主人装模作样地看着酒单，特别是最后一列的价格，然后点了一瓶加州纳帕谷产的红葡萄酒。服务员在去取酒前会问要几个酒杯，免得按人头准备了酒杯后有人说他不喝。

主人经过品尝对红酒的口味和保存温度表示认可后，服务员给酒杯斟上酒。接下来就是正式的点菜环节。服务员问道：各位客官是现在点菜呢，还是再等几分钟？主人对西餐时间的冗长心有余悸，担心服务员这一去就像放了鸽子，就抢先把自己的饭菜点了；他看出客人在对着写有密密麻麻小字的菜单犯难，就体贴地说，咱也不要女士优先了，谁选好了谁就先点吧。国内不少餐厅的菜单旁边都配了照片，按图索骥即可轻松点菜，而美国餐厅大多保守，菜单还是用传统的文字形式。主人看见大家都还在犹豫，担心服务员再次溜掉，就现场培训，说西餐一般就是前菜和主菜两道，前菜就是热汤、色拉、炸鱿鱼圈等，主菜首先要决定是吃鱼还是吃肉。

经主人一讲解，客官们理清了思路，在菜单密密麻麻的文字中锁定了一道蔬菜色拉、一道鱼肉。以为大功告成，谁知服务员还在问你：色拉酱是要用油醋（vinaigrette）、黑醋（balsamic）、蓝酪（blue cheese）、田园（ranch），还是千岛酱（thousand island）呢？

客人一脸懵懂，经主人解释，才知道是让你选择色拉酱。咱也不知道这几种酱有什么区别呵，好在听得懂 thousand island 两个单词，那就是这个千岛酱吧。

客官您是要烤鱼排是吧？请问是要海鲈鱼（sea bass）、罗非鱼（tilapia）、比目鱼（halibut）、剑旗鱼（swordfish）、虹鳟鱼（trout）、鳕鱼（cod）还是三文鱼（salmon）？

似乎也只有 salmon 听得懂，那就三文鱼吧。

左边这位客官您是要烤牛排吧？请问是要 T 骨牛排（T-bone）、肋眼牛排（rib eye）、战斧牛排（Tomahawk）还是菲力牛排（fillet mignon）？要几分熟，是三分熟（medium rare）、五分熟（medium）、七分熟（medium well）还是全熟（well done）？建议您不要全熟的，牛排全熟就焦了，我家的牛排很嫩，一般五分熟就可以了，来个五分熟的？

那就听你的，五分熟的肋眼牛排吧。好了，没事了吧？

客官您还没点主菜的配菜呢。您看菜单这里，每人可以选两种免费的配菜，有煮西兰花、米饭、烤薯条、烤土豆、土豆泥、凉拌卷心菜（coleslaw），您选哪两样？您选的这个烤芦笋和奶油菠菜是要另加两元一份的，还要吗？

客官的耐心终于到了上限：你随便给我两份不收费的配菜吧，天啊，我就是来吃个饭……

吃完饭，主人热情地问：咱们再来个茶或咖啡吧，茶有英式早餐红茶、格雷伯爵茶、绿茶、茉莉花茶，咖啡有卡布奇诺、拿铁、美式黑咖、意式浓缩咖啡、摩卡、加冰咖啡…… 茶和咖啡都不要了？那就来个甜品吧，要香草冰淇淋、草莓冰淇淋、巧克力冰淇淋、提拉米苏、奶酪蛋糕、葡萄牙蛋挞还是拿破仑千层酥？……

主人话没说完，客官已经逃出了餐厅的大门。

“私家卖场”的买方卖方

一

一个周六上午，看见我家所在的街上，一户邻居门口围着不少人，这种热闹场景在美国郊区的住宅区并不多见。我不禁也走过去“轧闹猛”。原来，这幢房子以前只住着一位老人，最近老人去世了，他子女们料理完后事，要把房子里的东西清仓卖掉，然后把房子出售，因为他们都已独立成家，且住得相隔较远，不打算保留这幢房子了。

我这才想起，从前两天开始，外面的大街上确实挂出了“Yard Sale”的牌子，且有箭头指向我们这条小街，当时我倒并没有在意。如此说来，这就是“传说”中美国人的 yard sale 了。这家房子的车库正对着街，街沿和车库里堆放着各种各样的旧货，供人摆弄查看，并讨价还价。

除了卖房、搬家需要清仓售卖之外，有人习惯于每隔两三年清理一下家里不再需要的杂物，以 yard sale 的方式处理掉，既保持家里整洁，又能换取些零用钱。影片《出户大甩卖》描述的故事是，由喜剧明星威尔·费瑞尔扮演的推销员尼克因嗜酒误事，一夜之间被公司辞退工作、收回工作配车，与此同时家里也出了变故，妻子将他的东西统统扔到屋前的草坪上，家庭信用卡、银行账户全部关闭，然后换了房子门锁、紧锁房门后出走，只给他留下一封“净身出户”的通知书。无奈之下，尼克只能在警察允许的三、四天时间里，在自家草坪上把东西甩卖掉。

学过英文的人对 yard sale 一词并不陌生，此外还有 garage sale、porch sale、estate sale 或 moving sale 等词，尽管物品摆放的具体地点略有差异，有庭院、车库、门廊、草坪等，但意思基本一致，总的原则是自家要有空地，不要占用邻居的地方或通道，周边尽可能要有供顾客停车的地方。中文里对 yard sale 一词的译法不一，“庭院销售”“庭院售货（物）”“前院大清货”“庭院甩卖”“庭院拍卖”“庭院贱卖”“搬家大出清”等等，但没有一个能登台振臂一挥说：由我来作为约定俗成的译法。确实，这些词体现了美国人独特的生活方式，包含了文化的意味，很难在中文中找到完全对应的说法。笔者在这里斗胆呼吁一下，大家能否按我的方式，统一译为“私家卖场”？

这个译法的好处是首先避免了“销售”这一过于正式的词。记得确实有人把“车库销售”误解为“把车库卖掉”。也可能有人根据国内的经验，会以为“庭院销售”是利用自家的住宅在小区里开店，做起了买卖生意。

其次，它也避免了“甩卖”“拍卖”“贱卖”“清仓”等过于直白的话，给人留下一丝想象的空间。

再次，yard sale 是个名词，可以说 I went to a yard sale yesterday，而中文的“销售”“清仓”“甩卖”等都是动词，用起来比较费劲，上面这句话就很难直接翻译为“我昨天去逛了一个庭院销售”。相反，“卖场”是典型的名词，“我昨天去逛了一个私家卖场”，听上去很自然。

还有一个原因，“私家卖场”可以作为通用译法，涵盖了在私家庭院、车库、门廊等各种场地办的卖场，也比较容易形成约定俗成的说法。在教堂、学校等地举办的慈善性卖场，则不属于“私家卖场”，可译为“义卖”等词。

随着私家汽车、私家保姆、私家游艇等词的流行，人们对“私家”一词已不再陌生。说“私家卖场”，不仅因为它举办的地点在居民自家住宅，而且卖的物品也是自家用过的旧货，或者买回来因某种原因还没有用过的东西，但都不是以做买卖为目的而去批发的商品。

二

私家卖场出售的物品可以五花八门，小到衣服、炊具、玩具、工具和书，大到桌椅、沙发、电器和健身器材等。

这种活动一般安排在大家都不用上班的周末举行；主人要提前以各种方式发出通知或布告，说明举办私家卖场的时间、地点和物品的大致情况；当天则要早早地把物品陈列出来，尽可能明码标价，然后信心百倍地等待顾客上门，满腔热情地推销自己的东西。其实，要办好私家卖场还是有不少诀窍的，甚至有美国人还专门开设网站，教人们如何办私家卖场。我们不一定都会去办私家卖场，但听听这些诀窍，不亚于上了一堂 MBA 课。

私家卖场

首先要转变观念。别以为只有穷人才会想用旧东西省钱。举办私人卖场可以变废为宝，你弃之如敝帚的东西，说不定正好是别人众里寻他千百度的珍宝，同时通过旧物的再利用，可以节省资源，保护环境。中国人的传统观念认为使用过世的人生前用过的东西会沾晦气，也有人担心别人的东西会不会携带病菌，有了这些想法私家卖场恐怕很难办得起来。

其次是要做好充分的准备工作。打算出售哪些东西，这个要提前几个月就开始梳理。可以把认为没用的东西理出来，堆在一个大箱子里，如果两个月时间里你没有到箱子里把它们捞出来用，那很可能说明你真的不需要它们了，卖掉后一般也不会再后悔。如果是属于你孩子或别的家人的物品，最好事先征求一下他们的意见。如果还保留着物品的原始包装或说明书，把它们同物品放在一起，有利于你略卖个高价。如果卖鞋子、卖衣服，最好摸摸鞋盒里和衣兜里有没有遗漏信用卡签购单，不要把个人的机密信息泄露了。也要看看有没有遗漏钞票，假如2元钱卖出的衣服，兜里却藏了20“大洋”，那岂不得不偿失！

在美国地方性报纸的“私家卖场”栏目中，往往会看到有人出钱登这样的广告：“某月某日在枫叶街私家卖场买得紫色水晶花瓶的顾客烦请致电XXXXX联系某某，卖家不慎错将该物品出售……”这样的马大哈卖家会让人哭笑不得。

第二项准备工作就是要研究好法律规定。有些地方政府或社区机构可能会对举办私家卖场有限制，比如规定要申领许可证，或规定一户人家一年办卖场不得超过几次。在哪里可以张贴或悬挂私家卖场的指示牌，往往也有法律规定。有些地方可能执行得很严格，有的地方则睁一只眼闭一只眼。

研究透了法律规定，就可以选定举办卖场的日期。这也是有窍门的。一般不要选择独立日、劳动节等主要假日前后的周末办卖场，因为那时人们把心思都放在出门旅游和探亲访友上面了，顾不上你的卖场。而平时的周末，顾客的光顾率会高一些。但如果你举办卖场的地点位于驶往海滩等主要景点的主要道路上，则不妨选择大的节假日，因为那时游客多，或许会被你吸引过来。也可以选在母亲节、父亲节这样的日子，因为懂得节约的子女或许会到家庭卖场为长辈挑选礼物。在情人节办卖场则估计不会特别有帮助。不妨也了解一下当地雇佣员工较多的单位哪天发工资，或者政府哪天寄发退休金或社保金支票，在那一天后的周末办私家卖场说不定会取得意外收获。

确定了举办卖场的时间、地点、所售物品等要点后，就要开始大力做宣传工作，因为“酒香也怕巷子深”。买卖小，花大钱到CNN电视台或纽约时报广场大屏幕上登广告恐怕不合适。那就花点小钱，提前三至五天在当地小报的分类广告栏目中刊登个简短的广告；也可联合几家同时办卖场的家庭一起登广告，分摊费用。也有人在大学、购物中心等人流量较多地方的免费布告栏里张贴“小广告”。另外好在现在网络发达，有供免费上传私家卖场信息的专业网站，这些网站往往会把卖场信息通过电子邮件的方式有针对性地发给他们的订阅客户。还有一个途径是通过同事、朋友、亲戚等的口口相传，扩大知名度。

在举办地点周边地区进行宣传和指引也必不可少。一般会在举办日的前夜或当天凌晨在小区附近摆放或张贴指引牌。指引牌一般要求醒目、清晰，便于吸引人们的注意力，并让驾车人也能看清。圆珠笔写的字太细了！粉笔写字的话，碰上清晨的露珠当心别糊了！也别让你的小孩子来写指引牌，他们可能会以为在上美术课，在字母周围装饰很多漂亮的花纹，似乎故意要让人看不清！如果觉得自己制作的指引牌达不到这些要求的话，还有专业网站提供现成的指引牌供人订购，每个要价6美元左右，当然在订购前就要考虑好摆放位置，不要等送货上门后才发现指引牌箭头的指示方向与实际情况不符。

你已经研究过法规，知道哪里不允许张贴指引牌了，比如可能电线杆上不行、路牌上不行、公共汽车站牌上不行、树干上不行，等等，不同地方的规定也不一样。然后就要发挥创造性，寻找适合摆放指引牌的具体位置了。有人在草地里插一个铁丝架，或在路边不会被人踢到的地方放个硬纸板箱，箱里压几块石头，铁丝架和箱子正面就可以固定或张贴指引牌。

安放好指引牌后，最好自己驾车或步行沿路视察一番，如果自己看得不太清楚的话，别人的视力也不会好到哪里去，就再调整吧。

下一步是做好待售物品的陈列和定价工作。即使你卖的是垃圾，也要像宝贝一样摆放。可以向邻居多借些折叠式桌子来摆放物品。物品要尽可能干净整齐，卖个篮球一定是充满气的，卖个电视机插上电就能打开，电动玩具里至少要装上还能用的旧电池。当然，标价1美元的东西，却花上三个小时来清洗，也是不必要的。要注意物品摆放的安全性，配有玻璃镜框的画最好不要靠在摇椅上，否则风一吹玻璃就砸碎了。如果出售旧衣服，整齐地挂在衣架上肯定会比胡乱堆在地上要卖得好。不妨用干洗店里提供的那种廉价铁丝衣架，如果顾客想连衣架一起拿走，就送给她好了。假如卖的是书籍或音乐碟片，尽可能将名称或题目朝上或朝外，便于顾客看清。卖厨房刀具的话，要用纸板把刀刃包住，免得割伤顾客和自己。

物品陈列还有两个小窍门：一是把你的“独门精品”放在显眼的地方，足以吸引开车缓缓经过的人停下车来；二是要搞定女顾客的老公，可以在显眼的位置放上一些男士感兴趣的物品，比如旧割草机、修理工具、高尔夫球包、冲浪板，等等。男人们在你这里逗留的时间越长，太太们出手买东西的概率就越高。

如何标价也大有学问。给每件物品都贴上标签确实费时费力，但可以节省回答顾客问价的口舌。一般说来，物品的价格定在商店新品价格的四分之一到三分之一之间为宜。当然也有例外，比如旧衣服要想卖得快，就必须标更低的价格。所以贵重的旧衣服最好寄存到旧货商店去卖，甭想在私家卖场卖出好价钱。标签要贴在醒目的地方，千万不能像路易威登那样故意把价格藏起来。价格标签的尺寸应该与物品本身的大小相匹配。卖一个三人沙发，价格至少要标在一张A4纸上，不能让顾客拿着放大镜去找标签。

如果实在没时间给每件物品标价，不妨采用合并同类项的办法，比如标明“书籍每本一律25分”“衣服1元一件”，或者是“桌上物品统统5毛一件”。为了鼓励顾客多买，可以告知“简装书25分一本，五本1元”。也有人采用以标签颜色区分价格的方法，比如说黄标签的物品统统5毛、绿标签的统统1元，但要提防不老实的顾客偷偷调换标签颜色。还可以采用分区摆放的办法，如这张桌上放的物品统统10元一件，那张桌上的5元一件。

假如你某种物品特别多、很想快点处理掉，也不妨采用打包出售的方式，比如“儿童服装，装满一袋5元”，当然要使用你提供的口袋；或者事先把儿童玩具装进有拉链的塑料袋，一袋5元，可以挑选喜欢哪一袋，但袋里的玩具不能调换，就像你在超市买袋装水果一样。

定价还要贯彻实事求是的原则，东西哪里坏了或有什么问题，要标注出来或跟顾客说明。比如，有的主人在其旧割草机上标明：“割草机有点漏油但还能使用，超低价5元”，价格如此实惠，卖场开张不到一小时就差不多卖掉了。

物品陈列好了，还要再打理一下“购物环境”。不妨播放一些舒缓的背景音乐。有人愿意一边看摊，一边展示自己的乐器表演或歌唱天赋，如能吸引顾客也未尝不可，但音量以不打扰到邻居生活为宜。要为顾客安全着想，地上如果有石块要赶快清除，坑坑洼洼的地方要填好。养狗的，就把狗安置好，别让它出来吓唬顾客。天气很热的话，可以准备些冰镇矿泉水和软饮料出售，既方便顾客又增加收入。草地的喷淋装置当天可以关掉了，免得让顾客踩在草地上弄湿了鞋子和裤腿。

一切就绪，私家卖场鸣锣开张。且慢！你准备好了足够的零钱没有？顾客手里拿的说不定都是 20 美元的大钞，而买的物品仅值 1.50 美元……

最后，卖场落下帷幕后，要记得把你张贴的指引牌都撤下来，免得邻居去投诉你，或者第二天还有顾客上门来找你买东西！

三

以上为举办私家卖场的主人出了不少主意。那顾客在逛私家卖场时，应该了解些什么窍门呢？

首先当然要知道哪里在办私家卖场，而且为了提高效率，最好同时多逛几家，所以要事先计划好路线。老手们往往会在报纸上留意私家卖场的广告，并且做上记号或把广告剪下来，贴在日历上，这样就不容易错过日子了。我们附近的小区曾经搞了一次 100 户人家的联合卖场，组织者印制了专用的地图，列出参与活动的各户地址，便于买家像寻找复活节彩蛋一样，“按图索骥”，一家一家地去淘宝。

到逛卖场的当日，当然也要做好充分的准备工作，比如带好户外用的遮阳帽和防晒霜啦，穿轻便的跑鞋啦，带好足够的零钱和购物袋啦，带好饮料啦，等等。如果你想买窗帘之类的物品，不妨带把卷尺方便量尺寸。有大虾级的买家甚至会带套小型的工具，便于为电器安装电池，测试电器能不能使用，或剪一段长短适合的绳子把买来的物品绑扎好。汽车行李箱内不妨放个大的纸板箱，把淘来的宝贝归置在里面，开车时就不会左右晃荡了。也可多准备一些旧报纸，用来包裹瓷器等易碎品。带些湿纸巾和消毒液，挑选完物品后用它们清洁一下双手。

国内有人建议“要买下午五点钟的鱼”，因为此时摊主急着回家，会不惜血本地降价。但逛私家卖场的人都知道，淘好东西要趁早，原本花不了几个钱，可别让别人拔了头筹。到打烊前再去，尽管价格会很便宜，主人可能白送也愿意，但搬一堆别人挑剩的破烂回去，也许你第二天就把它们扔垃圾箱了。

当然也不要去得太早。早起的鸟儿有虫吃，但起得太早说不定让猎人逮了。说好 8：00 开始，性急的顾客也许 7：00 就等在那里了。这可难为主人了，他还在忙着布置，是接待你好还是不接待好？有没有搞错，真以为能淘到金元宝发大财？

看到中意的东西，该出手时就出手，一犹豫说不定让旁人捷足先登，悔青肠子也不值得。至少也要拿在手里，如果过后想想又不要了，再放下来。看中一套沙发，小车装不下，要回去换皮卡，建议先把钱付了，让主人写一张收据，并在沙发上贴上“售出”的标签；做得更绝一点，先把与沙发配套的两个靠垫放在小车里带走，这样即使有人想趁你不在时出高价“横刀夺爱”，也只能干瞪眼了。

要注意检查所购的物品是否名实相符。人们往往习惯买了新鞋，就把退役的旧鞋装在新鞋盒里。如果顾客没仔细看，还喜滋滋地以为买到了新鞋，回去后才发现上当，私家卖场可没有30天内不满意可以退货的规矩！没看见牌子上写着“货物一经售出概不退换”吗？买音乐和电影碟片也要注意，说不定盒子里的碟片并不是封面上的题目。想想我们自己在家里也会把碟片装错，就不要去过于责怪卖场主人“挂羊头卖狗肉”了。

前面说过，旧衣服在私家卖场往往只能低价甩卖。但卖家之苦也许正是买家之乐，不妨在私家卖场多买些衣服捡个便宜。也许有人对别人穿过的衣服用过的床单会有排斥心理，但你要这么想，你在商场买的新衣也许就被许多人试穿过，你在五星级酒店睡的床单也是无数人躺过的，是不是感觉好多了？买旧衣服不能相信衣服上标出的号码或尺寸，因为经过多年穿着和洗涤，也许已经大大缩水了。如果孩子没跟着一起来，精明的妈妈可能会带一件自己孩子的衣服来比试一下大小。买鞋也一样，可以带一个孩子的脚样。如果卖家告诉你，装满一塑料袋衣服5元钱，你可要知道，把衣服卷起来比胡乱塞进去或折叠起来所占的空间小！

假如你发现这家的东西很符合你的品味，那就看得仔细、彻底一点，别吃着碗里想着锅里，老想着说不定下一家的东西会更好。一天里你能碰到一家满意的卖场就不错了，碰到两家都好的概率不大。

还有一个礼仪问题：如果你带着孩子逛私家卖场，孩子的嘴巴接触过的东西一定要买下来。在某个卖场，一位小男孩翻出一个塑料口哨，就吹个不停，卖场主人心里很烦，还得和颜悦色地说："你喜欢就拿去吧。"其实她的意思是，你口水都沾上面了，还让我怎么卖啊？孩子家长也不"接翎子"[①]，临走的时候小孩将口哨往桌上一扔，气得主人直翻白眼。

挑完东西，准备买单走人了。给你一点最后的建议：别在主人跟别人说话的时候付钱。否则，你付了钱，提着瓶瓶罐罐准备走出去时，主人突然意识过来，对着你的背影大喊一声："哎那谁，钱付了吗？"

其他顾客都用异样的目光注视着你，你尴尬地顿在那里……

四

私家卖场既是一种经济活动，同时也是居民之间交往互动、沟通信息的好机会。它让你可以近距离地走入原本陌生的人们的家庭和生活，可以认识按正常生活轨迹可能一辈子也不会碰见的人，说不定由此会展开一段友谊或缘分。下面选取几则有关私家卖场的故事，以增进我们对美国私家卖场文化的理解和认识。

---

① 上海方言，意为领会暗示。

来自印第安纳州的克里斯的故事是：我妈妈在 1996 年举办了一次搬家卖场，她遇上的一位年轻女顾客叫南希，对我们出售的书很感兴趣，让我妈妈觉得遇到了知音，两人相谈甚欢，临别前还交换了电话号码。后来她们成了朋友，相约见过几次面。我们搬进新居后，搞了个家庭餐会，也邀请南希参加，在餐会上她认识了我哥哥。五个月后，南希成了我的嫂子！我曾经问妈妈，她是否一开始就有意让南希当自己的儿媳妇，妈妈红着脸大声否认！

南达科他州的莎伦讲了这样一个故事：我周六去逛了一个老年妇女办的私家卖场，当时只有我一个顾客，我们聊了一会儿。这时我意识到，老人卖的东西不多，顾客到了没一会儿就离开。我付了钱，又逗留了片刻，我看出老人很是孤单，心想她说不定是个寡妇，我们应该关心这样的人。因此我陪她说了很长时间话。离开时天快黑了，但我心里比淘到了真的宝贝还要开心，因为我用自己的行为让她一天的生活变得亮堂堂的。

乔伊丝没有正式工作，但她对办私家卖场很在行，因此很多朋友把家里用不着的东西送给她，让她去卖，也算接济她。有一天，有位男顾客别的都不买，倒看中了她家的皮卡。皮卡本来是不卖的，尽管她和丈夫一直抱怨车子太老，想换台新的。既然有人想买，他们也同意卖了，但可惜那人出的价太低。乔伊丝丈夫还了个价，那人嘟嘟囔囔走了。下午要打烊了，乔伊丝像往常一样，把剩下没卖掉的东西装上皮卡，准备第二天去教堂捐掉，谁知那位男顾客又来了，手里攥着一把现金，而且比她丈夫的要价一分不少。乔伊丝对他说：车子你可以开走，但必须把车上的东西也一起带走！那人做梦也没想到还有这种好事，带着满满一车杂物乐呵呵地走了。

加州的露比说，有一天她送孩子上学回来，看到邻居家前院堆着很多物品，还停着不少车，人也很多。她纳闷，在路口角落也没看见有办私家卖场的指引牌呀，甭管它，赶快去看看有什么便宜货好买。接下来发生的事让她一辈子忘不了。这根本不是什么“私家卖场”，而是警察大搜查！站在那里的人不是顾客，而是便衣警察，正在把房屋主人偷来的物品一件一件搬出来。邻居戴着手铐被押上了警车。幸好，露比还没来得及问那台电视机卖多少钱！

安妮讲的故事足以让很多人羡慕。她是个 25 岁的女子，和母亲一起去看望外祖母。外祖母的邻居正好在办卖场，其中一大箱书引起了她的兴趣。她是个书迷，所以就到箱子里翻了起来。箱子里大部分是爱情小说，安妮对此不屑一顾，好在还是找到了一本喜欢的书，是美国著名作家史蒂芬·金创作的恐怖小说《闪灵》，标价 50 美分，看上去保存得还不错。她买了下来，并且趁妈妈和外婆聊天的时候迫不及待地翻开书阅读。她吃了一惊，这还是这部小说在 1977 年出的第一版，应该是很珍贵的。回家后，她请人对书进行了估价，估价师告诉她，至少值 450 美元！

另一位来自南达科他州的缩写为FR的女顾客讲了一件让她很难堪的糗事:“我在一户人家的卖场看见一个大箱子,里面装满了几乎都是八成新的鞋子,就开始一双一双地试穿。箱子对面有位女士也在试鞋。我找到一只棕色的鞋子,穿上去很舒服,但把箱子翻成底朝天也找不到配套的另一只。正想问卖主另一只鞋哪里去了,对面那位女士踮着一只脚跳过来,看着我的脚说:‘能把鞋还我吗?’我使劲憋着笑意,等远离了卖场才敢狂笑起来。”

无独有偶,来自蒙大拿州的华莱士女士遇到了一件类似的事。在一个富人集聚的社区,几个家庭联合搞卖场,她看到桌子上放着一个不锈钢材质的咖啡杯,还有一个俏皮的盖子,很是喜欢,就把它同其他挑到的物品一起拿到出口去付钱。咖啡杯上没标价格,收钱人说:“5毛钱怎么样?”她付了钱,到家后把咖啡杯放到洗碗机里清洗。打开盖一看,杯里还有咖啡,还是温的。她大吃一惊:天哪,我竟然把谁正在用的咖啡杯买回来了。她一边笑,一边把杯子给她儿子看。儿子看见杯身上还印着“CIA”(中央情报局的缩写)几个字母,“安慰”母亲说:“没关系,要真是CIA探员的杯子,他们肯定找得到你的!”

这些故事是网民自发上传到网络论坛的,估计都是真实发生过的事。有兴趣的朋友不妨自己也在周末办一个卖场,或者多逛逛别人的卖场,看看自己会遇到什么有趣的故事。

结婚随礼

人们常说，中国是人情社会，哪家人家遇有红白喜事、乔迁过岁，亲朋好友们都会送上礼品或礼金，略表心意。这本是你情我愿的温馨之举，但如果随礼次数过多，或者每次随礼开销过大，也会成为随礼者难以承受的经济负担。

美国人对结婚随礼的做法是怎样的呢？最近观看了一部美国影片 *My Fake Fiancé*（直译为“我的假未婚夫”，我将之译为《假新郎》），讲述了一对素昧平生的美国男女青年为钱所迫、想用办假婚礼来敛取礼金的故事，尽管是虚构的喜剧故事，也可以让我们从中管窥美国的结婚礼俗。

影片情节大致如下：愁嫁的老姑娘詹妮弗和浪荡子温斯应邀参加朋友的婚礼，因都是单身人士被安排在同一桌而偶遇。两人相看两厌，在互损之余也感叹周遭朋友纷纷走入婚姻殿堂，自己喝喜酒随礼累积起来也花了不少钱，而办婚礼看来能收到不少礼品和现金。温斯总结说：“送礼就好比是往银行的储蓄账户里存钱，轮到自己结婚时送出去的钱就都能赚回来了。”

詹妮弗用尽积蓄购买了一套房子，谁知搬家过程中一应家具行李遭窃，无力再为空空荡荡的新家添置必要的生活用品。温斯是个赌徒，欠下一万五千美元赌债，被追债的黑帮头子以死相逼。情急之下，詹妮弗找到了温斯，两人一拍即合，决定办场假婚礼，收到宾客赠送的礼品归詹妮弗、礼金归温斯，各得其所。在假婚礼筹办过程中，詹妮弗和温斯一起经历了很多事件，两人也各自发现了对方的“闪光点”。詹妮弗的父母对“假女婿”很是满意，决定由他们来支付婚礼费用，但詹妮弗发现，父母是打算把原本为妹妹子女将来上大学准备的资金挪用来给她办婚礼，她无论如何也不愿占用外甥和外甥女的福利。温斯从他多年不见面的父亲那里拿到一笔钱，本来可以用它来归还欠债，但他还是把钱交给詹妮弗，花在了婚礼上。

故事的结尾当然是皆大欢喜，詹妮弗和温斯的婚礼弄假成真，而且宾客满堂，礼品也盆满钵满。追债的黑帮老大不请自来参加了婚礼，詹妮弗向他保证：“我们一定会把欠你的钱还上，如果你不放心，请到桌上自取一个礼品作为押金。”老大也很大方：“你们可以把欠款减掉 75 元，算我买个厨房搅拌机当随礼啦！”

看完影片，我情不自禁自告奋勇为两位新人当一回账房先生：来宾参加婚礼一般要随多少礼？结婚能收到多少价值的礼品礼金？办婚礼一般要花费多少费用？收支相抵还有多少盈余？（当然，如果婚礼费用全由父母赞助，新婚夫妇肯定是一本万利。）

我们在国内随礼时，也会向有经验的人打听行情，担心随多了当冤大头，随少了被人骂小气。美国的随礼当然也是根据与新婚夫妇的关系亲疏而定，上不封顶，但一般的行情是最少 50~75 美元，比较适中的是 100 美元上下，如果宾客携带配偶或孩子参加，礼品价值则会增加到 150~200 美元。如果邀请方选择的婚礼场所比较高档，随礼价值也可以适当提高。来宾可以赠送新婚夫妇安家所需的生活用品，也可以直接送现金。所以，以邀请宾客 200 人为例，收到的礼品和礼金的总价值一般在 1.5~2 万美元左右。温斯设想光凭婚礼礼金筹满 1.5 万美元还债，看来还是有一定难度的。

影片《假新郎》里，不少宾客是把礼品或礼金带到婚礼现场，展示在礼品台上。这种做法虽然热闹，但也给新人家庭带来一定的麻烦，因为现场比较忙乱，很难准确记录谁送了什么，婚宴结束后还要设法把大包小包运回去。我们经常在电影里看到，新婚夫妇往往在婚礼结束后直接坐上婚车度蜜月去了，哪里还有心思去整理礼品？为此，百货公司网店或者专业婚庆公司推出了婚庆礼品服务，新郎新娘可以事先在网上注册所需要的礼品清单（称为 wedding registry），把链接发给所邀请的宾客，宾客可以从清单中选择物品下单购买，店家会将礼品进行精美包装、并注明赠送宾客姓名，直接快递至新人家中。如果清单中某件物品价值较高，如一台平板彩电标价 700 美元，超出了宾客的送礼预算，宾客可以注明自己打算认购的金额，多位宾客合起来就能买下这台彩电。如今不少网店还允许宾客购买礼卡或直接往礼金账户中充入现金，便于新人选购自己需要的物品。

亲朋收到婚礼请柬后，即使不能亲自到场参加，也往往会寄一份礼物过去，可谓“人不到礼到”。礼品送达的最佳时间是婚礼前两个星期左右，以便于新人拆开礼物后归置在合适的地方。假如因故没能在婚礼前送出礼物，也不用着急，在婚礼过后的三个月时间内都可以补送，甚至一年之内补送都是可以接受的。这点与中国的传统习俗似乎有所不

新泽西的婚庆会所

同，国内老一辈人认为补送婚礼有催人再婚的嫌疑，是要忌讳的。

那么，举办婚礼要花费多少钱呢？这首先要看主人打算只办结婚仪式、还是同时举办仪式和婚宴。这样的说法，我们似乎很难理解，因为我们往往把参加婚礼叫作“喝喜酒”，哪有只参加仪式不撮一顿的？在美国，有些年轻人为图省事，也为了省钱，只邀请少量的家人和好友，结婚仪式完成后活动就算结束。但大部分的婚礼还是会在仪式后举办招待会，庆祝新人联姻，也用以向亲朋来宾致谢。招待会可以在室内、也可以在室外（如庭院、草坪、海滩等）举行，可以是站立式的鸡尾酒会加自助餐，也可以是固定座位的正式宴会。

所以婚礼的形式丰俭由人，预算也可大可小。据统计，美国 2021 年婚礼的平均开支是 2.8 万美元，而新泽西州婚礼的平均开支达到了 5.5 万美元，其中包括了场地租金、宴会、新人礼服、摄影录像、琴师乐队、司仪、婚车、鲜花和现场布置等各种费用。其中场地租金和宴会费用占了大头，特别是商业性的婚礼场所租金相当昂贵，而且需要支付订金预订。信教的人士喜欢举办教堂婚礼，其中一个原因也是考虑省钱，因为借用教堂理论上是免费的，但教堂不拒绝新人“捐赠”，捐款金额在几百美元到一两千美元不等，比起商业性婚庆场所来说还是便宜多了。

如果新婚夫妇或双方父母家境殷实，还可以主动为远道而来的宾客承担宾馆住宿费用，这样结婚的预算就又要鼓出一大块。

在我们中国，婚宴结束后来宾会领到一份喜糖之类的回礼。美国的西式婚礼上，主人也会向宾客赠送一份小纪念品，英文称为 wedding favors。可以是一小包巧克力、糖衣杏仁等食物，也可以是小块的香皂、开瓶器等用品，礼品的价值从几毛钱到几块钱，也能给宾客带来小小的惊喜。

不论在中国还是美国，婚礼都是新郎新娘人生道路上重要的高光时刻，亲朋好友应邀参加婚礼，见证新人走入神圣婚姻殿堂的一刻，为新人送上温馨的庆贺和祝福，真情真意胜过世上最昂贵的礼品。当然，随礼只是宾客为参加婚礼所做的投资之一，他们还必须安排好自己的工作和家务、专门留出时间，要精心化妆和穿上时尚漂亮的服装，远道而来的还要做好旅行安排，总共花费的金钱可能是礼品价值的好多倍。而婚礼最尊贵的来宾永远是新人的父母，他们将子女养育成人，又往往倾其所有资助儿女的婚事，他们对子女的爱不是储蓄账户，而更像支票账户，随支随用、不求回报。

住 condo 还是 single-family：这是个问题

我初来美国时，在房产中介的协助下，租下了位于南加州奥兰治县尔湾市的一套有三个卧室、两个半卫生间的房子（所谓半个卫生间，就是仅有马桶、没有洗浴功能）。中介介绍说，这种独栋的房子在美国被称为 single-family house。我心想，我就是准备一家三口住这套房子，single-family 不正好适合我吗？

后来，我应邀到一位朋友家做客，这是位于海边的一幢豪宅，使用面积是我寓居房子的将近 10 倍，有 6 个卧室，其他健身房、视听室、酒窖一应俱全，按面积算来住上两三个家庭都没问题。但据朋友说，这种房子也叫 single-family house。

一位同事租住的房子位于洛杉矶市附近的托兰斯，很像我们国内的居住小区，整个区域有围墙围起来，访客须输入密码或通过对讲器请主人按键后才能驶入小区大门。他的房子类似于国内的联排别墅，一户一户互相挨着。二楼为卧室，一楼是客厅和厨房，车库在地下室。楼外有专门为访客准备的停车位，但车位旁竖着写有“严禁居民停车”的牌子。同事说，这种住宅叫condo，他们自己的车一定要停进车库，不能占用访客车位，也不能在路边随意停放。与此相对照，我所住的小区没有围墙和大门，房子就沿街分布，很多人家把车库当成了杂物间、乒乓球室或是手工作坊，车子经常就露天停放在屋外的街沿旁。

我太太是个大嗓门，她庆幸说："幸亏我们住的是独栋屋，否则与邻居挨得那么近，我说什么他们都听得见！"我不忘调侃一下："放心，他们听不懂中文。"

过几天，又有一位新同事要从国内被派来工作，请我了解一下我住的区域是否有房子出租。因此，我上下班时特别留意路边是否插有"Open House"的牌子。有一天，果然看见了这样的牌子，顺着箭头方向寻去，找到了那套房子，其实离我家仅有两个街区的距离。这也是一套独栋的房子，典型的木头结构，外墙刷着蓝灰色的油漆。正好碰到中介带了客人在看房。在我们这里，房东把房子空出来，在中介处挂牌等待出租或出售的时候，往往把门匙放在专用盒子里，盒子就挂在门上或藏在某个地方，不同的中介都可以取出钥匙自己开门进去，看房结束后再把钥匙原样放回。中介一般都会在厨房灶台上留一张名片，告诉主人自己曾经来过。至于中介是用密码还是专用工具打开那个钥匙盒子的，我则没有搞清楚，也不好意思去询问。

中介告诉我，这栋住宅是个condo，让我很是纳闷：从外表看，它与我住的房子没什么区别呵，为什么不是singlefamily house 呢？

为了藏拙，我没敢多问，回家自己研究。网络果然方便，搜索到“无忧资讯网”上转发的原载于《地产周刊》，由加拿大房产经纪人石冰撰写的文章《为 Condo 正名》，不妨转载如下：

许多国内来的新移民都在积累新的英文词汇，住在大都市的朋友们常常被 Condo 一词所困扰，有人认为北约克一幢幢豪华的高楼才是 Condo，没想到一个买在 Don Mills 上的朋友竟声称，他的这幢普通的、看上去至少有二十年老的公寓也是 Condo？！另一个住在 Leslie 里一排 Townhouse 的朋友也说他的房子是 condo？到底什么是 Condo?

Condo 是 Condominium 的简称，Condominium 这个字源自古罗马，其拉丁文的意思是共同的主权或是共同拥有，正确说来，Condo 是一种业权，而非房屋的外在形态和结构，通俗来讲 Condo 是一种共管物业，因此居住的共管物业可以是共管大厦（Condo Apartment）、共管镇屋（Condo Townhouse）、甚至是共管独立屋（Condo Detached House）。商业地产中，有些铺面、办公室也是 Condo (Retail Condo 或 Office Condo)。

目前市场上，Condo 一词还没有统一译法……今天许多华人多把 Condo 翻译成“共管公寓”，太直线，容易产生歧义。另一些人把 Condo 翻译为“柏文”，太“洋泾浜”。也有人译为“高级公寓”，还是有些词不达意。

英译汉最讲究意译，最忌音译替代，就如王国维在他的《人间词话》所述:“说桃不可直说桃，须用‘红雨’‘刘郎’等字，说柳不可直说柳，须用‘章台’‘霸岸’等事。”正是延续这般中华文化博大含蓄的源流，笔者极力为 Condo 找新名。

最近北京也出现了 Condo 一词，他们意译为“瞰都”。绝妙好词，拿来主义，从此笔者就称高层 Condo 为“瞰都”—俯瞰大都会的生活，但 Condo Townhouse 仍沿用旧称“镇屋”，除非有读者能发现新词代之。

这果然是好文章，解决了我的很多疑问。我所看到的那栋待出售的房屋，应可归为 condo detached house。顺便说一句，且绝没有嘲讽的意思，石冰先生在加拿大从事房产经纪工作而熟读王国维《人间词话》，套用网络语言，堪称“史上最有学问的房产经纪”，莫非是国内的大学教授移民去了加拿大?

补充说明一下，石冰先生提到的“柏文”，应是 apartment 的广东话音译。对他推崇的“瞰都”一词，我则有保留，不仅因为“瞰”字比较生僻，也不仅因为“瞰都”读音接近上海方言中的“戆大”(意为“傻瓜”)，更是因为它通用性不强，因为美国或者加拿大占大多数的中产阶级更喜欢居住郊区，那里没有“都”可“瞰”。当然，我暂时也没有“新词代之”。

简而言之，condo 就是房东拥有独立的房屋室内产权，而室外通道、电梯等设施归小区业主（以业主协会的方式）共同拥有和使用的房屋，而不论该房屋的结构形态或风格如何。房东只负责室内独用空间的装潢和布置，室外公共空间的维护和装饰则由业主协会统一安排和设计。如果某人告诉你他住在 condo，你基本上只知道这套住宅的所有权情况，至于住宅是大楼里的一套单元还是独栋房屋，则还需主人进一步说明。但是在口语使用中，人们往往用 condo 来表示房屋本身，且更多指的是“公寓”。

Single-family house（亦称 single-family home）的定义是“独立成屋的单户住宅”，往往须同时满足三个特点：一是主要供单个家庭居住，其体现是不管面积多大，仅有一套主卧或一间厨房，如果有两间以上的主卧或厨房，这样的房子叫 multi-family house（多户主宅）；二是独栋，即与其他房屋没有公共墙；三是房屋所处的土地面积一般大于房子外墙围成的区域面积，且房东独立拥有这些土地及房子本身的产权，房东要对房屋内外的维护保养负责，在外墙粉刷的颜色和风格、室外空间的利用等方面的发言权比 condo 的房东要大得多。

我把自己租住的 single-family house 情况与这三个特点进行了对照，发现基本上吻合，但进入车库的通道是与隔壁邻居共用的，有一次我临时在通道上停了一下车，邻居老太太就来提醒，她过一会儿要开车出门。我打电话向房东请教了这个问题，他笑了，说车库通道以中间线为界，产权分属相邻两家，大家合用通道可以节省用地嘛。

写到这里时，恰好邻居老太太来敲门，客气地说，我们的车库通道混凝土路面应该修一下了，她请人估了个价，需要两家平均分摊。我也客气地说，这个主意很好，我一定向房东转告。

看来，住 condo 也好，住 single-family 也好，邻居们都要互相适应和尊重，没有能绝对分开的事。

阳台、露台及其他住宅户外空间

人住在家里，却抵挡不住对户外风景的渴望。窗户除了可以将外面的天然光线引入室内，可贵之处是一般还能让屋内之人透过它看见户外的风景。足不出户却又能暴露于户外的阳光和空气中，则首推阳台和露台。

我们一般把阳台译为 balcony，把露台译为 terrace。但细究起来，似乎并不如此。在英语中，balcony 与 terrace 大致有如下的区别：

1. 从面积来看，balcony 小、terrace 大。balcony 往往只放得下两把椅子和一张小桌，适合情侣两人喝着红酒看日落日出；而 terrace 可招待更多的客人，甚至可以搞一个小型派对。这一点与中文的“露台”和“阳台”的区别是一致的，露台比阳台大很多。

2. 从位置来看，balcony 与建筑物联结在一起，二层以上的楼层才设有 balcony，且 balcony 是附属于某个房间的，一般从这个房间才能走到 balcony 上去；而 terrace 可以与主建筑物联结，如屋顶露台，也可以独立于主建筑物，如庭院露台，一般是开放的空间，可以从多个地点进入。

外阳台与内阳台

3. 从建造结构来说，balcony 一般是突出建筑墙面的悬空平台，根据受力方式，有的是由立柱或墙体支撑的堆叠式（stacked balconies），有的是悬臂式（cantilevered balcony）、墙面撑架式（bracketed balcony）或 45° 斜挂式（hung balcony）。terrace 一般建在屋顶或地面平台上，比较稳固。

网络上中文媒体对“露台”的解释是：露台又称阳台、阴台，是一种从大厦墙壁“外壁”突出，由圆柱或托架支撑的平台，其边沿则建栏杆，以防止物件和人落出平台范围，是为建筑物的延伸。尽管露台和阳台泛指同一种建筑物，但其实两者有其些微分别，无顶也无遮盖物之平台称露台，有遮盖物者之平台称阳台。

上述解释将露台定义为阳台的一种，其建造结构与英语的 balcony 基本一致，只不过面积比一般的阳台大，而且顶上没有遮盖物，是完全露天的，所以被称为露台。这样定义的露台与英语中 terrace 的意思是相去甚远的。

百度百科对露台的解释是：露台一般是指住宅中的屋顶平台或由于建筑结构需求或改善室内外空间组合而在其他楼层中做出的大阳台。由于它面积一般较大，上方又没有屋顶，所以称作露台。该解释尽管仍强调了面积大小和有无屋顶这两个特点，但与第一种解释相比，较为接近英语 terrace 的含义。

上文提及的“阴台”，是指晒不到太阳的背阴阳台，也就是常说的北阳台，由于太阳是转动的，上午是背阴的阳台，下午也许就面阳了，所以阴台就是阳台的一种。此外，阳台一般是突出在建筑物墙体之外的，被称为外阳台；也有是退缩在墙体之内的，栏杆与墙体相平，等于用一部分室内建筑面积用作阳台，被称为内阳台。内阳台仍是面向户外的，与某些剧院、酒店等建筑物内面向舞台或建筑中庭的“室内阳台”（interior or inside balcony）不同。

随着我国人民居住条件的改善，在传统的阳台之外，越老越多地接触到屋顶露台和庭院露台的概念，因此将阳台与balcony、露台与terrace进行对等互译应该是没有问题的。

英语中有French balcony（法式阳台）或Juliet balcony（朱丽叶阳台）的说法，两者意思是一样的，指的是在楼上房屋门窗之外用金属栏杆做成阳台的样子，但这种阳台仅有装饰作用，阳台底部是空的，无法站人。作家陈丹燕在《上海的风花雪月》中描写了上海武康路上西班牙式建筑的“一步阳台”，并将之想象为莎士比亚戏剧中罗密欧要爬的阳台，因而将其称之为“罗密欧阳台”。这种阳台尽管面积也很小，但它是有可以站人的平台的。我无意大煞风景地质疑“罗密欧阳台”，只是想说，在英语中“朱丽叶阳台”指的是没有平台的装饰性阳台。其实，西班牙式的“一步阳台”也好，法国式的“朱丽叶阳台”也好，或者在意大利维罗纳的朱丽叶故居阳台也好，都是后人的杜撰和想象，在莎翁的原著中只提到了朱丽叶的窗户，并没有提及阳台。

美国不少人家居住在单门独户的住宅，有多种户外空间可供小憩、聊天、招待客人等，如porch、veranda、patio等。Porch译为“门廊”，是建筑物正门前的一块地方，一般高出地面，较高的门廊有踏步台阶通往地面，台阶如超过两级一般需要建有扶手或护栏，门廊上方往往有顶盖遮雨。门廊宽窄不一，如与正门宽度相仿，则主要是用于进出门的过渡，比较宽的门廊就可以放上桌椅，供住户在此小憩。

如果门廊再延伸到房子的侧面和后面，形成完全围绕住宅的“回”字型廊道，就是 veranda（回廊）了，也可写作 verandah。四周景观都相当秀丽的住宅，比如湖边或海边的景观房，往往会建有回廊，便于主人和客人环绕一圈欣赏不同角度的景观。

在住宅的前院或后院用水泥混凝土、沥青、砖石等材料，铺设一块与周边草地水平的区域，供人们消遣活动，这样的区域被称为 patio，中文一般译为“庭院”，但我认为庭院可以泛称整个院子，包括 patio 之外的草地、绿植和其他设施，因此建议把 patio 专译为“院庭”（参照建筑物的中庭 atrium）。

不管是 balcony, terrace 还是 porch, veranda 和 patio, 如果其地面上铺设的是木地板，那这样的地面就可以叫 deck。另外更为典型的 deck 是专门在住宅墙外抬高建设全木质结构的户外生活空间，可以与主建筑物联结在一起，也可以独立于建筑物之外。众所周知，船上的 deck 叫作“甲板”，现代货船、军舰的甲板大多采用钢板材料，但豪华游船、游艇还像以前的木船一样在甲板上铺设木地板。美国住宅中流行的户外 deck，目前还没有公认的译法，译为“甲板”“平台”似乎还不能描述其特点。我姑且将其译为“木板平台”或简称“板台”，体现它是个平台，同时是用木板铺成的特点。由于板台都是抬高建成的，为防止人和物跌落，板台外侧一般都有木质栏杆围住。

除了木板之外，现在人们也使用竹板、复合材料板来铺

板台

设 deck，但其形状、颜色等应尽可能接近木地板。为了增加板台的使用面积、增强设计美感，有的住宅选择搭建了错层板台（multilevel deck）。

住宅户外空间的设计与使用，也是与所在地区的气候特点紧密联系的。像美国东北部的新泽西州，即使是多层的住宅，也很少设计户外阳台，因为这里冬天寒冷且时间较长，阳台能发挥的作用不大。相反，在南部的路易斯安那州，不少住宅两层以上的楼层建有阳台，不少也建有较宽的门廊、甚至回廊。

在气候温暖的佛罗里达州和加利福尼亚州，因为人们对户外大自然的热爱和渴望，衍生出 了“佛州房”和“加州房”这样的几乎分不清是户外还是户内的居住空间。“佛州房”（Florida room）也被叫作阳光房（sun room），屋顶和墙壁、窗户都采用透明玻璃，室内可摆放休闲桌椅、鲜花植物等，屋顶和窗户可以开启通风，室内也可以安装取暖或空调装置以适应天气变化。“加州房”（California room）则是结合了门廊和房间的特点、在住宅一侧建出的通风房，由于一侧外墙是空的，房间直接面对户外，人在这样的房间起居休息，可以最大程度地享受四季温暖、多晴少雨的气候。

单人床，双人床

现代人经常旅行，也习惯了自己预订酒店房间，知道酒店卧房有 single room, twin room, double room, queen room 和 king room 等区分，依据的主要是卧室内睡床的数量和大小，中文一般译为单人房、标准双床房、普通双人床房、大号双人床房和超大双人床房。

单人房仅有一张单人床，标准双床房（俗称“标准间”）内则摆放两张中间隔开的单人床。有些酒店也允许客人将两张单人床推并到一起，成为一张双人床。单人床的标准宽度为 38 英寸，两张拼起来有 76 英寸宽，接近于超大双人床的 80 英寸床宽。

床的尺寸差不多就等于床垫的尺寸。单人床和标准双床房使用同一尺寸的单人床垫（38 英寸 ×75 英寸，换算成公制为 96.5 厘米 ×188.0 厘米），所以这种单人床垫叫作 single bed (mattress)，也可以叫作 twin bed (mattress)，意思是一样的。

普通双人床房叫作 double room，房内的睡床既可以叫 double bed，也可以叫 full-size bed，意思也是一样的，其床垫标准尺寸为 54 英寸 ×75 英寸（相当于 134.5 厘米 ×188.0 厘米），比单人床垫宽 16 英寸。

如果房间内摆放了两张普通双人床，如何称呼这样的房间呢？一般不叫 twin double bed room，而是叫作 two double bed room，这也从侧面印证了 twin 专指单人床。由于这种房间可供 4 人居住，因此也叫作 quad room（四人房）。

大号双人床（queen bed）的标准尺寸为 60 英寸 ×80 英寸（相当于 152.5 厘米 ×203.5 厘米），俗称“1.5 米床”。摆放了两张 queen bed 的酒店房间，英语中一般称为 double queen room。

超大双人床（king bed）与 queen bed 相比，长度同样是 80 英寸，但宽度大出 16 英寸，为 76 英寸（193 厘米），所以俗称“两米大床”。

现在有些度假酒店推出了专供三口之家使用的“亲子房”，一般摆放一张大床和一张小床，英文的说法是 family room。

“单人床”“双人床”是传统的叫法，并不是说单人床绝对不能让两个人挤一下，而双人床绝对不能只睡一个人。现代人崇尚宽松和舒适，单人睡觉也往往选择 queen bed。床的尺寸也随着时代在改变，我们参观天津静园时，看到皇后婉容和皇妃文绣睡的单人床，以及只有溥仪才有资格睡的双人床，都显得比现代的单人床和双人床窄了不少。

刚才介绍了各种床型的标准尺寸，但“因有例外才显规则”（It’s the exception that proves the rule），人们尽可以根据自己的情况来决定自己床和床垫的尺寸，你不能期待“小巨人”姚明与普通人睡同样尺寸的床，只不过非标准尺寸定制须承担额外的时间和费用而已。美国的床垫公司在 king bed 超大双人床的基础上，又推出了更大尺寸的床垫，并且用四个州的名字来命名：

1. 加州超大床，尺寸为 72 英寸 ×84 英寸，即比标准超大床窄 4 英寸，但长度多 4 英寸，适合瘦高个使用；

2. 怀俄明州超大床，尺寸为 84 英寸 ×84 英寸，与加州超大床相比，长度一样，但宽度多 12 英寸；

3. 得州超大床，尺寸为 80 英寸 ×98 英寸，比怀俄明州超大床略窄 4 英寸，但长了 14 英寸，长度达 248.9 厘米，超出了姚明近 2.3 米的身高；

4. 阿拉斯加州超大床，尺寸创纪录地达到 108 英寸 ×108 英寸（即 274.3 厘米见方）。

为什么用四个州的名字来命名超大尺寸的床垫呢？因为阿拉斯加、得克萨斯、加利福尼亚是美国占地面积排名前三的州，以其疆域之大来形容床垫面积之大；怀俄明州以 9.8 万平方英里的土地面积排名第十，远低于第四名蒙大拿州的 14.7 万平方英里，也能跻身“超大州”之列，只能说是“每个规则都有例外”（There is exception to every rule）之又一例证了。

美国歌星蕾亚娜唱红了名为《加州大床》（*California*

King Bed）的歌曲，歌中唱道："胸对胸，鼻贴鼻，掌叠掌，你我过去总是如此亲密；……为什么如今我伸出手指，却感到我们之间隔着的不仅是距离；同在这张加州大床上，我俩却有一万英里之遥。"创作者以"加州大床"作为歌名，并非要突出其大，或许反而是因为加州大床窄于标准超大床，要用物理距离的紧密来反衬心理距离的遥远。后面又唱道："我朝着天上的星星许愿，想要真正进入你的心房，我的加州之王，我的加州之王。"原来，作者用 *California King Bed* 作为歌名和主题，除了因为床是见证男女感情的合适载体之外，更是要用字面的 California King，来称呼她心目中如国王般伟大的男神。

无独有偶，我国香港歌手莫文蔚演唱过题为《单人房，双人床》的歌曲，把恋人的心灵比作谁都进不去的单人房，而他的感情和欲望却是可以跟人分享的双人床。歌中委婉的感情抒发与本文的内容并不相干，但这并不妨碍我模仿歌名，将本节的标题定为"单人床，双人床"。

“狗公园”与“狗海滩”

从我在尔湾租住的房子出门，走上一百来米就有一个小公园，公园有草坪、烧烤架、沙滩排球场、篮球练习场、小孩玩“跳房子”的场地，在这里玩累了，有水泥桌椅可供休息，有沙滤水龙头可以解渴。如果你是来此遛狗的，这里免费供应收集狗狗“便便”的塑料袋，旁边就有垃圾箱让你处理这些用过的塑料袋，特别是在供人使用的沙滤水龙头旁，还有一个低矮的水龙头，那就是给狗狗喝水的了。

初次看见公开摆放狗用塑料袋供人取用时，我心里有点嘀咕：是否会有贪小便宜的人会将袋子卷裹而去，派其他用处？后来，我在加州长滩市附近的信号山山顶公园看到塑料袋发放器上写着“每人限用两个”（Please limit two bags per person），不禁莞尔一笑，原来也并非没有贪小利的人。

设计社区的人考虑得挺周到，但狗在这个公园还得委屈套上栓带，由主人牵着。洛杉矶市公园与娱乐局网站上公布了 9 个在册的狗公园，那可是专业的 off-leash dog parks，狗在这里彻底“解套”，可真是“天高任鸟飞，园阔凭狗跳”，这里真正是狗的世界、狗的天堂。有的狗公园，担心个别狗受欺负、受委屈，还专门划出一块“特区”，围上栅栏，供幼狗、胆小或体质差的狗放心地玩耍，一如在成人游泳池旁辟出儿童戏水池。

在圣佩德罗地区，洛杉矶港集装箱码头后边有个小山包，叫 Knoll Hill，是狗公园的所在，面积为 2.5 英亩，按美国人的标准是“不大也不小”。当地狗主人在社交网站上“冒泡”说：“地方比较宽敞，不太小，也不太大。有好几个饮用水站，甚至还有一个塑料小水池。这有点酷，因为我看出我的狗明显喜欢在水里蹦跶。然而，事情变得不那么酷了，因为它喝起了塑料池里的水，而我不清楚池水在那里放多久了，或者水里面有什么不干净的东西。我把它赶了出来，把水倒掉，换上了新水，但那时它已经喝下去好多口水了。”

地方不大不小，来此消遣的狗的数量可并不多。一位狗主人评论说：“来这里的人们很友善，但地上有不少坑洼。而且，我们到的时候，只有一条小狗在那里，很令人失望。”另一位说：“我真喜欢这个公园，很干净，垃圾箱都上了盖，装狗便的塑料袋供应充足，我的狗可以解了绳子爽一把！我在傍晚时分去了两次，每次差不多碰到同样的狗，同样的主人。”

尽管享受这个设施的人们和他们的狗都比较“小众”，但他们似乎很享受这样的“奢侈”福利。有个居民说：“对爱狗族来说，这里既可以遛狗，又可以看洛杉矶港口里的船，实在是酷。”前几年洛杉矶港务局曾设想把小山包平了，用以扩展码头，友善的居民们以环保为由，一纸诉状把港务局整得没了脾气。

两用水龙头

狗公园不仅要让宠物们开心，还要照顾好宠物的主人们。因此，配套的停车场是必不可少的，一般还要设置移动厕所，因为人毕竟不能像狗那样就地解决。还要有座椅，供主人们休息、聊天、交流养宠物的心得。加州的阳光紫外线厉害着呢，座椅上方最好有参天大树撑出一方阴凉。

狗不仅有专用的公园，还有专用的海滩，就叫 dog beach。据《洛杉矶时报》网站提供的资料，南加州共有 7 个正规的狗海滩，即圣巴巴拉县的阿罗约 · 布若海滩（Arroyo Burro）、洛杉矶县的长滩“露西狗海滩”（Rosie’s Dog Beach）、奥兰治县的亨廷顿狗海滩，以及圣迭戈县的戴尔玛（Del Mar）、菲斯塔岛（Fiesta Island）、海洋海滩（Ocean Beach）和科罗娜多岛狗海滩。可以看出，圣迭戈的“狗均海滩数”名列前茅。洛杉矶县一千万人口，但只有长滩一个狗海滩。

小狗冲浪

开辟为狗海滩的地方往往陡峭、多石，或沙质较差，不太适合游泳。有些狗海滩允许狗除去羁绊，自由活动，如长滩“露西狗海滩”是合法的解绳海滩；位于圣迭戈使命湾内的菲斯塔岛未经人工开发，整个岛上及其海滩都可以让狗“脱缰而去”。阿罗约·布若和科罗娜多岛则是部分海滩允许狗不拴绳，其他地方必须拴绳。亨廷顿海滩明文规定狗在海滩都要拴绳，但在实际执法时，只有看上去很凶猛的狗不拴绳的话才会被“驱逐出境”。戴尔玛海滩从劳动节（9 月份的首个周一）的次日到明年 6 月 15 日这段日子可以让狗挣脱“枷锁”，而 6 月 15 日到 9 月初的这段时间，也就是热闹的夏季，则必须由主人牵着。

也许有人会问，狗在海滩能干什么呢？那差不多是人能干什么，狗就能干什么：散步、快跑、玩球、游泳、晒太阳……有的小狗还会冲浪呢。

除了指定的狗公园和狗海滩，其他公园和海滩是否允许狗“出没”，则不能一概而论，有的允许，有的则禁止，所以狗主人要事先了解好，但毫无疑问的是，狗必须是拴绳的。

狗的“娱乐场所”尽管大多配有塑料袋等“卫生设施”，但还是要定期清理维护的。有些狗公园和狗海滩的管理机构会招募“会员”，或直接募捐，以筹集维护资金；有些则招募志愿者，发给口罩、手套和有关工具，负责清理垃圾、整理地面、维护栅栏等工作。

热爱狗的人们，干这些活应该是心甘情愿的。

Sheriff 与 Police 的区别

几年前我从国内到美国出差，在纽约肯尼迪机场商店里给儿子买了件印有“NYPD”字样、胳膊上还有警徽的夹克上衣。经常看美国警匪电影的朋友应该不会对“NYPD”（纽约市警察局）、“LAPD”（洛杉矶市警察局）感到陌生。影片里警察大喝一声“NYPD”，嫌犯就应该放下武器、束手待擒，否则警察的火力就会铺天盖地而去。这件衣服尺码买大了一号，四年后给儿子穿才正合身，而此时他已经随我来美、坐在初中教室里上学了。

听儿子说，他穿着“警服”到学校时，一位黑人男孩还愣愣地盯着他好一会，然后夸张地跑了，边跑还边大叫：“不是我干的，别抓我！”

太太偶有一次在丁字路口没留神，驾车闯了红灯，被警察罚去 550“刀”（dollar，即美元），现在想来我也还心有余悸。我所住的尔湾市属于僻静的郊区，是美国有名的低犯罪率城市，但在万籁俱寂的深夜，仍常会被尖利的警笛声所惊醒，听到警车一路奔袭而去，余音“袅袅不绝”，让人脑子里想的全是警匪片的情节。

警察的威慑力无疑是强大的。我们在公路上也会看见车身印着“Sheriff”字样的警车。在英汉词典中，sheriff 翻译为“县的行政司法长官；县警长”。2013 年 4 月 17 日得克萨斯州麦克伦南县一家化肥厂发生特大爆炸案，很多媒体报道该事件时，将 sheriff 译为“治安官”。有人认为，sheriff 一词源于英国，是由 shire 和 reeve 两个字合成而来，shire 是英国的“郡”，如 Yorkshire 即“约克郡”，reeve 的意思是 keeper，即“看管人”“看护者”的意思。看过 007 电影《你死我活》和《金枪男人》的人，应该会对其中的“邦男郎”佩伯警长（Sheriff J.W. Pepper）印象深刻，因为他口气很大、口无遮拦，却又极其无能，是典型的“愚蠢警长”的形象，给影片增添了笑料。

写到这里，你可能会理解，我为什么特意把 NYPD 翻译为“纽约市警察局”，而不仅仅是“纽约警察局”，因为 NYPD 只管纽约市（New York City）所属范围内的事。纽约州政府的警察称为 New York State Police。

要说 sheriff 和 police 的区别，最大的区别就是市政府下设警察局，警察局的头儿一般称“局长”，而县政府设警长，他手下的部门称为警局（Sheriff's Department）或警长办公室（Sheriff's Office）。当然，有些大学或港口等特殊机构也可以单独设警察局，比如 2013 年 4 月发生波士顿马拉松爆炸案后，两名嫌犯到麻省理工学院所在的坎布里奇市一家超市内抢劫，学院警察局接警后派出警员考利尔出警，被嫌犯枪击而殉职。在警察局工作的警察被称为 Police Officer 或 Officer，而在县警局工作的警察须被称为 Sheriff's Deputy 或 Deputy，不称 Officer。

在中国，“市”往往大于“县”，除非注明是“县级市”。但按美国的行政区划，除了路易斯安那和阿拉斯加例外，一般是州（state）下设县（county），县管辖若干个市（city）。上文所述的佩伯警长来自路易斯安那州，他是 parish sheriff，而不是 county sheriff，因为路易斯安那州不设 county，而是划分为 48 个教区（parish）。阿拉斯加则划分为区（boroughs）或人口普查区（census areas）。

所以，从理论上说，sheriff 的管辖范围比 police 大。确实也有这样的例子，县警长认为治下的某个市警察局办案不力，下命令由他自己的部门接管案子；或者认为警察局管理混乱、需要整顿，就由县警局接管该城市的警察工作，直至该警察局整顿达标为止。

但是，大多情况下，由市警察局自主管理市属范围内的事务，县警局经费有限，他们也不愿多管“闲事”。因此，县警局一般只负责所属区域内尚未成立市、或尚未被市兼并的地方，往往是偏远的山区或无人居住的荒野地区；有些城市管辖面积或人口较少，往往会把警察事务“外包”给县警局，当然是要按合同缴费的，因为县政府和市政府分灶吃饭，各有各的收入来源。

另外一个区别是，县警长一般是政务官，分属某个党派，是经过选举产生的（罗得岛和夏威夷两州例外），并不要求是接受过正规警察训练的警官；而警察局局长往往是由市政府或警察委员会任命的公务员，一般要求有正规的专业训练和履历。县警长可能是半路出家的“半吊子”，又往往只管“乡下”的事，在很多美国电影和文学作品中受到奚落，被称为“愚蠢警长”，也就是难免的了。

县警局常见的职能是担任司法警察，负责法庭保安、递送传票、监狱管理等。以加州为例，法院分三级，最上面的是加州最高法院，中间的是上诉法院，分 6 个区域、9 个法庭，最基层的是高级法院或叫初审法院，58 个县各设一个高级法院。法院判了罪行的人须送至监狱服刑，所以也是县一级才设监狱。市警察局一般没有这些司法警察的职能。

加州奥兰治县的警长同时担任首席验尸官，所以被称为 Sheriff-Coroner。2011 年 12 月，时任奥兰治县女警长经县咨议会批准，准备向加州政府申请一亿美元拨款，用于扩建位于尔湾市境内的一所监狱。尔湾市担心监狱扩建后关押重刑犯，一旦罪犯越狱会对当地治安造成恐慌和危害，进而影响当地房地产价值，因此极力反对该工程项目，谈判协商不成，于 2012 年 1 月将奥兰治县警长告上了法庭。

不同的州、不同的县，警长办公室的职能也有所不同。以新泽西州大洋县为例，警长办公室设有犯罪现场调查部门，而县检察长办公室也设有被赋予警察职能的案件侦查部门。2015 年发行的美国影片《被拒人生》（一译《扣押幸福》）

讲述的是滨海县女警探在病逝前向县政府官员争取将退休金移转给同性伴侣的真实故事，该女警探所服务的机构就是县检察长办公室侦查科。

上文简略介绍了美国县级和市级的警察机构，那么联邦和州政府是否有警察呢？大家熟知的联邦调查局（FBI）就是国家级的警察办案机构，负责全国性重大案件和跨州案件的侦查和协调。此外，联邦税务局、海关和移民局、毒品执法局等联邦机构也设有类似警察的执法机构。州政府一般设有州警察局和高速公路巡逻机构（Highway Patrol）。加州高速公路巡警局除了交通安全管理之外，也负责处理其他执法和刑事调查的职能，其实就是“州警察厅”。2013 年 4 月 15 日波士顿马拉松赛爆炸案发生后，我们在电视上看到，在现场执勤的警察衣服上写着“State Police”，那就是马萨诸塞州的州警察。

马萨诸塞州警察

尽管警察机构各有管辖范围，但据说加州的执法人员拥有在整个州范围内执法的权力。举个例子来说，在北加州圣何塞警察局工作的警官到洛杉矶度假，碰上违法犯罪的行为，一样可以开出罚单或拘捕嫌犯。美国1980年代风靡一时的系列电影《贝弗利山警探》中黑人影星艾迪·墨菲主演的底特律警察局警探，更是不远千里跨州来到加州的贝弗利山庄探案。

这可真应了那句歇后语：太平洋警察——管得宽。

“黑色星期五”“赛博星期一”及其他

提起“黑色星期五”（Black Friday），人们更多联想起的是证券市场的大跌。比较有名的“黑色星期五”是1869年9月24日，当时杰·戈尔德和詹姆士·菲斯克等美国金融投机家一方面游说格兰特总统，建议政府不要出售黄金，一方面大量囤积黄金，将金价推高至每盎司162美元的峰值（该价格在未来100多年时间里都未被超越），迫使美国政府在9月24日那一天出手，一举卖出价值400万美元的黄金，市场金价应声下跌，令一路追涨的投资者损失惨重。

我们这里要说的“黑色星期五”，与金融市场无关，但与日用消费品市场有关。它指的是美国感恩节后的一天，被认为是圣诞购物季的开始日。感恩节是每年11月份第4个星期四，因此它后面的一天必然是星期五。尽管黑色星期五并非节假日，但因为感恩节放假，而接下来又是周末，许多人就选择在中间的周五调休，形成连续四天的“小黄金周”。当然，零售行业的员工除外，黑色星期五正是他们最忙碌的一天。

2012年的感恩节假期，我们一家出外旅游，错过了洛杉矶的黑色星期五。据一位同事说，他们参加了商场的“血拼”，看到一台索尼“变焦”照相机仅售100美元，抢购得手，回家仔细一看只是普通的傻瓜机，又只能送回去退掉。据说黑色星期五之后几天，商场退货柜台前人头攒动，不亚于星期五那天的排队付款。

据考证，用“黑色星期五”特指感恩节第二天的周五，起源于美国费城，始于1961年前后，当时是用这个词来形容感恩节后一天街上繁忙而混乱的行人和车辆交通。从1975年起，这个词开始扩展到费城以外的地方，并逐步流行起来。

不管是金融市场也好，还是在当时的费城也好，黑色星期五似乎都是贬义词，给人负面的联想。然而，现在一到感恩节前夕，商家都不遗余力地宣传其为黑色星期五所推出的各种打折优惠措施，顾客也纷纷响应，似乎没有人在意那些负面联想了。甚至有人重新解释黑色星期五的意义，说因为商家在前三季度都是惨淡经营，利润报表往往都是“赤字”，只能指望在圣诞季节狠狠赚一把，让利润数字由“红”转“黑”，所以把感恩节后的那一天称为“黑色星期五”。这样一解释，黑色星期五就成了褒义词。

许多年来，零售商家在黑色星期五通常是上午6点就开门迎客。但从2005年前后起，不少商家为了抢头彩，早上5点、甚至4点就已开张。2011年，百思买、梅西百货等商家首次在午夜就开始迎客。2012年，沃尔玛等商家则宣布，

黑色星期五

它们大多数门店在感恩节的晚上 8 点开始营业，一直连续到星期五；但马萨诸塞州等地的门店因“蓝色法律”禁止商店在感恩节营业，所以还是要等到午夜才能开张。因为在感恩节就可以购物，也有人把感恩节称为“黑色星期四”。

有人做过统计，在 1993—2001 年，圣诞节前的星期六往往是美国一年中最为繁忙的狂购日，黑色星期五分别排在第五至第十名。但从 2003 年起，黑色星期五的排名一直保持在每年的第一，仅 2004 年例外，那年黑色星期五的购物总人数排在 12 月 18 日星期六之后，为第二名。由于黑色星期五人们的购物热情过于高涨、生怕落后于人抢不到便宜货，购物过程中互相推搡、踩踏，造成了不少人身伤害事故，甚至有不法之徒乘机抢劫、开枪杀人，为这一天真正涂上了“黑色”。

由于商家和媒体的炒作，人们总以为黑色星期五的促销力度最大，过了这个村就没这个店了。其实，黑色星期五只是促销季节的开始，名目繁多的购物日还会接踵而至。再过一天就是所谓的“小生意店星期六”（Small Business Saturday），这一天面包店、便利超市、花店等服务当地居民的“夫妻老婆店”会推出优惠价格，而顾客也会格外照顾邻里街坊小店的生意，为社区经济做点贡献。

在星期天略做休整后，星期一人们都要上班了。但别以为到了办公室就是办公事，这一天是轰轰烈烈的“赛博星期一”（Cyber Monday），是在“赛博空间”购物大促销的日子。白领们打开电脑，想的不是公事，而是浏览各种电子商务网站，寻找自己中意的商品，然后就在网上下单。网店不仅打出优惠的商品价格，而且推出“免费运输”等措施，保证在圣诞节前将你订购的商品送上门，不耽误你送出圣诞大礼。也许你没有主动去购物网站浏览，但电子邮箱里塞满了各种网店促销广告，那些动听的推销用语会让你抑制不住地怦然心动。毕竟，没有人会跟钱过不去，便宜货人人喜欢。

赛博星期一之后，促销邮件还是会接踵而至，告诉你今天又是“赛博星期二”，直至“赛博每一天”。尽管赛博星期一的名称从 2005 年开始打响，它也只是 shop.org 电商网站首先推出的，并非官方钦定，那么，为什么人们就不能用“赛博星期二、星期三”呢？

转眼间，圣诞节快到了，按网店正常的发货和运输周期，你订购的物品恐怕是来不及在圣诞前送上门的了；可是，不用担心，网店又会推出“免费运输升级”的服务，他们可以安排紧急快递服务，你要做的只是按下购物确认键，就可安心在家等候。

圣诞和元旦已过，满以为促销的浪潮该慢慢平息了，可是，你会被告知，每年一月份是“白色促销”（White Sale）的时节，而且打折的力度会更大。白色促销同样起源于费城，最早是在一月份打折推销白色亚麻床单等商品，因为这些商品一般在这个时节的销售极为困难。当然，如今的白色促销已经不再局限于白色的商品，而是扩展到各种家用物品。以梅西百货的网店为例，商品最多可以打四折，而且你在网上下单时输入特定的促销代码，还可以再打折 10%。

白色促销鸣金收兵，“冬季促销”（Winter Sale）又纷纷粉墨登场。此时，你恐怕已经见怪不怪了，知道还有很多新的促销名堂在前面等待着你。你能做的，也许是管好自己的钱包和信用卡，等待最便宜价格出现时再出手“抄底”，尽管这与在股市上抄底的难度不相上下。

“掰钱”与“抻钱”

我们中国人崇尚节俭，老人总希望年轻人要“一个铜板掰成两半花”，意思是尽管手里的钱不多，也要让它尽可能多地发挥效用，用一分钱办成原本需要两分钱才可以做到的事；或者是尽可能少花钱，把手头的钱留给以后应急之用。这样，本来一个星期就用完的钱能撑上两个星期。

这里用的动词是“掰”，也许是因为传统上中国人的货币是使用金银铜铁等硬脆的金属材料，在外力作用下容易裂碎。把零钱称为“碎银子”，也是这个道理。

“掰”这一动作在英语中可说成 bend something to break it. 然而，“一个铜板掰成两半花”在英语中相当于 to stretch one's money，英语习惯用的动词是 stretch，即把钱“抻一抻”，让它派上更多用场。这恐怕与英语国家较早使用纸币或支票等支付方式有关，纸币很难“掰碎”，用手“抻一抻”，也许能像橡皮筋一样抻长一些。

下面是英语中“抻钱”的一些用例：

1. *Six genius ways to stretch your dollar during inflation.*

（高通胀时期的六种省钱神技。）

2. *My husband lost his job and we tried very hard to stretch his unemployment benefits.*

（我老公失业了，我们靠他的失业救济金度日，尽量把一个铜板掰成两半花。）

Stretch 这个动词还可以有不少其他的用法，如 to stretch the truth（夸大事情真相）、to stretch the rules（对法规搞变通）。所以人们常说要提高制度约束的刚性（rigidity），使之不容易被随意“抻大”。

Stretch 在表示“夸大”的意思时，也可以用作名词，常用在 It’s a stretch to …或 It’s a bit of a stretch to …这样的句型中，例如：

I’m not too fond of taxes either, but it’s a bit of a stretch to claim they are the cause of all our problems.

（我也不喜欢高税负，但如果说税收是我们所有问题的根源，那也太扯了。）

加州篇

加州邂逅“黄安记”

2016年底到2017年初的冬天，一向干旱的美国加利福尼亚州遭遇接连不断的暴风雨袭击，不仅导致车祸连发、出行不便，更是带来了道路毁坏、塌方、泥石流等灾害，就连被誉为“泛美风景大道”的加州1号公路也未能幸免。其中大瑟尔（Big Sur）的交通要道菲佛尔峡谷大桥（Pfeiffer Canyon Bridge）出现断裂，自2017年2月15日起，大桥对所有车辆和行人关闭，重建至少需要6个月到1年的时间。

我读到网上这段报道时，回想起了2014年5月下旬美国阵亡将士纪念日期间我们一家三口驾车从旧金山沿着加州1号公路回洛杉矶的情形。从蒙特雷南下，一路上景点繁多，景色壮观、优美，无法用文字一一描述。大瑟尔是长达100多公里的狭长地带，一侧是陡峭的山脉和幽静的森林（San Padres National Forest，圣父国家森林），一侧是浩瀚的太平洋，对驾车的人来说，不仅有欣赏美景的乐趣，更有峰回路转的冒险体验。然而，此时此刻，那次出游让我想起最多的倒还不是加州1号公路的美景，而是从大瑟尔南下后到访过的小城市圣路易斯奥比斯波。这是因为儿子即将高中毕业，他申请的美国大学中就有一所是位于这个城市的加州州立工程大学（Cal Poly SLO），所以对这个地方印象颇深；更是因为我们在造访这座城市时，偶然了解到这里曾经生活过的一位有名的老华侨，他与台湾一位歌手同名，叫黄安。

圣路易斯奥比斯波 (San Luis Obispo)，写出来有 8 个汉字。当然，这还不是最长的美国城市名。儿子就读高中的小城镇叫兰乔圣塔玛格丽塔（Rancho Santa Margarita）, 填写表格时“地址”一栏往往都写不下。Obispo 是西班牙语，翻成英文就是 bishop，“主教”的意思。因此这个地名实际上意思是“圣路易主教”，在西班牙殖民时期，这里曾是加州 7 个传教营之一，名字就叫“圣路易主教传教营”，纪念的是法国图卢兹的主教圣路易。

圣路易斯奥比斯波市常住人口不足 5 万。它向北距旧金山 370 公里，向南距洛杉矶 300 公里，距离圣巴巴拉也有 150 多公里，这么偏僻的小城市，与天主教的关系又那么密切，恐怕很难与华人联系在一起吧。

然而，就是在我们参观传教营老教堂的展示室时，看到了玻璃柜内挂着的一幅人物照片，一个白发白须的老人，嘴里叼着长长的水烟斗，双腿叉开坐在低矮的门槛上，活脱脱一个标准中国农村老头的模样。照片底下的说明是：“Ah Louis 黄 安 1840—1936，Local Pioneer/Founder of Ah Louis Store 1874”，意思是“当地先驱人士，1874 年开业的黄安记商店创始人”。

在这个地方能看到“黄安”两个汉字、并且还有很多中国特色的物品，自然令我们很兴奋，也很好奇。在玻璃相框底下还挂着一个镜框，里面展示的显然是发黄老报纸上刊登的一篇报道，题目为 *Ah Louis – Historical Personality*（黄安——历史人物），可惜当时没有仔细阅读报道的内容。

我当时拍的另一张照片则介绍了黄安的生平，现翻译如下：“州政府和联邦政府开始制定限制和禁止中国移民的法律。华人被剥夺了成为美国公民的权利。这些法律为华人造成了经济上的负担，促使很多华人返回中国。那个时代过来的华人家族目前只有三个还居住在圣路易斯奥比斯波县，即秦家、钟家和黄家。”原文 Gin Family 和 Chong Family 只能按读音大致译成“秦家”“钟家”了。接下去是对黄安的介绍：“本县当时最为知名的华人居民是黄安。他的人生经历是本县华人先驱的楷模。黄安 1861 年从中国广东省台山县的 Ock Goon Hoonq On 村不远万里来到旧金山，时年 21 岁。有几年时间他在加州和俄勒冈州淘金，1870 年到圣路易奥比斯波的法国大饭店当厨师，并为圣米格尔传教营和哈福德港饭店当厨师。看起来黄安的绰号 Ah Louis 就是由他的老板哈福德船长给起的。1874 年黄安在圣路易斯奥比斯波开了家小店，店的地契是本县现在保存完好的最古老的地契。他盖了个砖窑，为建店提供砖头，他的小店成为本县第一座砖结构的建筑物。黄安制的砖还用来建造铁路的保养场、法庭和传教营教堂的东翼。1877 年起，黄安开始投标承包建路工程，当时中国劳工想来加州打工但付不起路费，都是由黄安垫付路费，抵达加州后就在黄安承包的工地上打工，直到向黄安还清路费为止。黄安在自己的农场耕种，出产的粮食蔬菜除了为劳工们提供伙食，还销售到旧金山。最盛时候他的农场有 3580 英亩土地。有一张 1907 年时的火车装货称重单标明，车上装载了 40 吨黄安农场产的土豆运往旧金山。当时连接黄安两个农场之间的公路叫作黄安公路，可惜在他死后这条道路改名为比德尔牧场公路了。”

从展示室出来，看见教堂院子里一口水井上方建了简易的亭子，亭子屋顶用的是熟悉的中国青瓦，这瓦一定就是黄安自己的砖窑烧制的吧。

按资料的提示，我们步行找到了附近的“黄安记”小店。一幢二开间的两层小楼，正面粉刷了白色石灰，但侧面还可以看见扁砌的红色砖块。二楼挂着红底白字的店招“Ah Louis Store”，如果不知道 Ah Louis 就是“黄安”，很容易就忽视了。还好在它右侧隔着一段空地有另一幢二层小楼，小楼侧墙上

“黄安记”杂货店

写着大大的“爱乐”两个繁体汉字，让人把这里与华人联系在一起。店门关着，我们只能从窗户往里看，看见货架上都是中国的商品和工艺品，和国内乌镇、周庄等地的小店没什么两样。

看完小店，我们就驱车离开了圣路易斯奥比斯波，与老华人黄安的短暂“邂逅”也就这么结束了。后来在网上搜索到人民日报记者丁刚撰写的通讯稿“美国华人老店开了 130 年”，看到记者在 2002 年时到店采访了黄安的小儿子黄铨藻，老人当时已经 90 多岁。据说黄铨藻于 2008 年以百岁高龄时去世，比我们造访时间早了 4 年。

此外，我还在网上搜索到两篇相关的报道，一是说美国南加州华人历史学会 2002 年 11 月 1 日庆祝学会成立 27 周年，黄铨藻带了 4 箱家族中文历史文件来洛杉矶出席庆典，并捐赠 5000 美元给学会，表示希望这些历史文件能够永久被保存在华美历史博物馆。学会对黄铨藻老先生保存家族历史的努力表示了高度赞扬。此外，中新网报道，2002 年 1 月 18 日，数百位当地华人和各族裔民众，一同在圣路易斯奥比斯波美铁火车站广场前，为“铁路先锋”（IRON ROAD PIONEERS）铜像揭幕，纪念并感谢这些开路先锋的无名英雄。铁路华工不仅完成车站路段的建设，贯穿加州的太平洋铁路圣路易斯奥比斯波的八处隧道，甚至美国西部的各铁道干线，都有华工参与。但圣路易斯奥比斯波却是首开纪录，公开表彰华工的贡献，让美国铁路历史的真相得以还原。这处可能是全美绝无仅有的铁路华工铜像，得之不易。报道还说，广东台山人氏黄安成立于1874年的“黄安记”杂货店，是圣市第一家华人商号，曾为数千名华工提供衣食住行的服务。今天“黄安记”仍旧在营业，由黄安的幼子、现年94岁的黄诠藻主持。他以历史见证人的身份出席，回忆当年亲身见闻的点滴，获得全场最热烈的掌声。

这些报道材料增加了我对黄安的了解以及对他所处的历史背景的了解。在此过程中，我得知北京师范大学历史系教授黄安年编著过一本大型历史画册《沉默的道钉——建设北美铁路的华工》，由五洲传播出版社于2006年同时以中英文出版。画册前言写道：“本画册依据许多珍贵的历史图片和较为翔实的文字资料，反映了19世纪中晚期数万华工漂泊海外的坎坷遭遇，展现了一百多年前在北美建设的华工从生存挣扎到立足生根，为当地文明的发展所做出的巨大贡献。希望画册的出版将有助于北美华人华侨了解、认识当年华工参与建设北美社会的历史，有助于促进中国与美国、加拿大人民之间的传统友谊和友好交往，有助于北美移民社会和多元文化和谐家园的建设。”黄安年先生还在其博客中指出，海外修建了至少九座华工建设太平洋铁路纪念碑，其中八处在美国和加拿大，唯有一处在上海，为美国人所建，而国内还没有一处自己建造的纪念设施，对北美华工历史的研究尚有待加强。

大瑟尔地区的桥梁重建，对当今的中国工程公司而言乃小菜一碟，但在美国却费时费力。正如有个网友评论的，新上任的特朗普总统要扎紧移民藩篱，但没有了肯吃苦耐劳的墨西哥劳工，就像当年建造太平洋铁路如果没有华工一样，修桥恐怕根本无法按时完工。我从加州 1 号公路桥梁关闭，联想到圣路易斯奥比斯波、联想到黄安，又认识了专门研究海外铁路华工的黄安年教授。黄教授为江苏武进人氏，与黄安家族应无关系，但姓名如此接近，也是冥冥之中上苍的安排吧。

按照黄教授书中提供的信息，我冒着初春的寒意，来到了上海市广元路和衡山路口的街心花园，瞻仰这里矗立的“中国铁路工人纪念塔”。这是 1991 年由美国伊利诺伊州政府捐赠的，以纪念一万三千余名为建设连接美国东西岸的太平洋铁路而死亡的华工，当时有“每一公里路轨下埋葬着一个华工”之说。塔身上的标识牌说明，该塔由美国著名女雕塑家格罗尼亚·柯南设计创作，纪念塔由钢铁材料制作，总高约 9 米，重 1.5 吨，中间

上海“中国铁路工人纪念塔”

一根钢柱，塔体由三千枚当年的铁路道钉实物焊成，连成一线，盘绕而上。

以前也经常来衡山路，竟然从未关心这座不太起眼的纪念塔。当然，“中国铁路工人纪念塔”的名字由英文 Chinese Railroad Workers Memorial Tower 翻译而来，在我看来这个中文译名过于宽泛，没有体现特定的历史和地理背景，称之为“北美铁路华工纪念塔”也许更贴切一点。

黄安只身赴美淘金，后成为华工的包工头，攒下一定的家业，某种意义上也算是实现了“美国梦”。他在历史上扮演的是帮助美国铁路资本家盘剥压榨中国苦力的“买办”角色，还是协助广东乡亲躲避当时清朝贫穷和战乱、为他们在美国落脚提供庇护的“大哥”角色，那恐怕是见仁见智了。无论如何，黄安到老还保持着中国老农的淳朴本色，还想着叶落归根，只是因家乡在当时匪患猖獗，无奈客死他乡，值得我们后辈唏嘘和敬重。

如今到加州 1 号公路旅游的中国游客，也许更加青睐赫氏古堡、丹麦小镇等景点，甚至会去萨林纳斯小镇造访因小说《愤怒的葡萄》而闻名的美国作家斯坦贝克的故居，很少有人会关注黄安。也许，我们应该发起募捐在圣路易斯奥比斯波为他立一座雕像或建一所纪念博物馆？这样也可吸引更多中国游客以及附近加州州立工程大学的中国留学生来此瞻仰。或者设立一个“黄安记”小店的维护基金？毕竟他的后代人数不多，且非大富大贵，独自维持这份中国人的共同记忆显得势单力薄。或者，请哪位著名电影导演拍一部反映黄安生平的史诗性大片？毕竟，他的故事也不乏足资猎奇的戏剧情节，比如他 90 多岁回到台山老家被土匪盯上而脱险，比如他的第二任妻子银鸽在旧金山被枪杀，据说枪手就是前妻所生的儿子……

安息吧，黄安老人。

南加州的海滩

一

南加州海滩是令人难忘的。印象中，北加州以旧金山为代表，南加州则是以洛杉矶市为中心的区域，具体哪里是南北的分界线，则不甚了了。资料上说，南加州北侧界线并无官方定义，人们习惯上认为是以位于洛杉矶市以北 70 英里处的 Tehachapi 山脉为界，具体来说，在海滨城市圣巴巴拉与位于 5 号州际高速公路沿线的 Grapevine 市之间画一直线，以南的地区被认为是南加州。但是，优胜美地国家公园以东的大片沙漠地区尽管越过这条直线向北延伸，习惯上也被认为是南加州的区域。

按这样的划分，南加州的海岸线可认为是以圣巴巴拉市为界线，经文图拉县、洛杉矶县、奥兰治县，一路向南，直抵与墨西哥接壤的圣迭戈县。从圣巴巴拉到圣迭戈，沿着随海岸线蜿蜒的加州 1 号公路和 5 号州际高速公路，一共要行驶 210 英里或 330 公里左右的距离。

习惯上，人们又把加州的海岸及海岸线附近的度假区和社区分为北部海岸、中部海岸和南部海岸，即旧金山以南和洛杉矶以北的海岸地区被称为“中部海岸”，该段海岸从南向北又分为文图拉、圣巴巴拉、圣路易斯奥比斯波和蒙特雷湾四个地区。从旧金山湾向北直至俄勒冈州界被称为“北海岸”，文图拉以南的洛杉矶县、奥兰治县和圣迭戈县的海岸地区则被称为“南海岸”。比如，奥兰治县科斯塔梅萨市著名的购物区被称为“南海岸广场”（South Coast Plaza），在尔湾市设有“南海岸中华文化协会”，说明“南海岸”的概念得到了普遍认可。从以上定义可知，南海岸位于南加州，但南加州的海岸并不全是南海岸，部分属于中部海岸。

我寓居在奥兰治县的尔湾市，驱车沿加州1号公路或405高速公路向西北方向行驶，一路经洛杉矶国际机场到圣莫尼卡、马里布海滩，有50英里距离；沿5号高速公路向东南方向，行驶80多英里就到圣迭戈。因此，就我个人的体验而言，南加州的海岸几乎可以与130英里（约180公里）长的南海岸画等号。

二

我去过国内外不少海滨城市，也欣赏过很多享誉世界的迷人沙滩，比如号称位列世界前十大著名海滩的巴西里约热内卢的科帕卡巴拿海滩（Copacabana）、澳大利亚黄金海岸海滩、夏威夷瓦胡岛的威基基海滩，以及海南三亚亚龙湾、迈阿密、釜山海云台等海滩。但像南加州有如此之长又风光宜人的海岸线，印象中可能只有法国的蓝色海岸和中国山东半岛的海岸能与之媲美了。

不妨来简单对比一下。蓝色海岸（Cote d'Azur）又称里维埃拉地区，是法国滨海阿尔卑斯省和摩纳哥王国的总称，从马赛市一直延伸至摩纳哥蒙特卡洛市。我未能查询到蓝色海岸总长度的权威数据，但借助谷歌的导航定位功能可以得到，马赛与蒙特卡洛之间的公路距离为 230 公里左右，但该路线并非完全靠近海岸线。略为准确一点，先计算从马赛到位于海岸线转折处的耶尔（Hyeres），公路距离为 86 公里，再从耶尔到蒙特卡洛，公路距离 182 公里，合计 270 公里左右。

再看我国山东半岛从青岛到烟台这一段海岸线，也是海天一色、气候宜人、美不胜收的，被誉为中国的“蓝色海岸”。从青岛开车去烟台，公路距离为 240 公里，但如果沿着海岸线，先从青岛到荣成，再从荣成经威海到烟台，公路距离为 360 公里左右，总体上与南加州海岸和蓝色海岸同处于 300 公里级别。如果从烟台一直向北延伸到蓬莱，则还有 70 多公里的路程。

法国的蓝色海岸素享盛名，得天独厚的地理位置使这个地区呈现出了海洋与山脉这两种截然不同的地貌特征，沿岸不仅有蒙特卡洛、尼斯、戛纳、马赛等著名旅游城市，还有悬崖古城艾斯、海峡小城安提贝、香水城格拉斯等景点，像一颗颗珍珠串成了蓝色海岸这根项链。我国的青岛、烟台、威海、蓬莱、荣成等也是吸引无数游人到访的海滨城市，只要珍惜其独一无二的宝贵海岸线资源，好好开发，也必然傲然屹立于世界级海岸之林。

然而，仅从适于游泳和其他水上运动的沙滩的数量和质量而言，我认为南加州海岸是无与伦比的。只要打开地图，光从城镇地名来看，从圣莫尼卡往南，就有曼哈顿海滩、赫莫萨海滩、雷东多海滩、托兰斯海滩、长滩、海豹海滩、日落海滩、亨廷顿海滩、纽波特海滩、拉古纳海滩、索拉纳海滩，等等，以至于有些中文地图编撰者为了突出这些是城镇的名称、而不仅仅指海滩，而将“海滩”（Beach）音译为“比奇”，如“海豹海滩”（Seal Beach）音译为“锡尔比奇”。

这些被称为“比奇”的城市可不是浪得虚名，在它们面向大海的地方，一定都有长长的沙滩，四季咸宜供当地居民以及慕名而来的游客在此休闲娱乐。此外，还有不少名字不带“比奇”的地方，也有漂亮的沙滩，比如圣莫尼卡的沙滩是许多来洛杉矶的游客

加州海滩图

必到的景点，圣迭戈海洋世界附近的使命海滩和科罗娜多岛上的海滩也极富浪漫色彩。南加州的沙滩，简直数都数不过来。

加利福尼亚别称“金州”（the Golden State），据说该别名来源于19世纪中叶的淘金潮，以及旧金山著名的金门大桥，抑或因加州中部山丘盛产金色的罂粟花（golden poppy flower，它也是加州的州花）而得名。在我看来，艳阳照耀下闪烁着熠熠金光的南加州沙滩，使得“金州”的雅号更加名副其实。

三

有时在南加州海滩边的指示牌或地图上会看见“SB”的字样，如Bolsa Chica SB、Huntington SB等。熟悉网络国骂的人会哑然失笑。那么，加州的SB是什么呢？原来，它是State Beach的缩写，是标列在加州公园与娱乐局系统内进行管理的海滩，在性质上等同于State Park。

人们经常将State Beach或State Park翻译成“州立海滩”或“州立公园”，亦有人按中国习惯翻译成“州级海滩”或“州级公园”，但笔者觉得这两种译法都不甚贴切。把State University译为“州立大学”无可厚非，但沙滩和公园基本处于自然状态，是无须花太大力气去“立”的。至于说“州级”，那体现出一种等级观念，一般认为“州级”肯定高于或好于“市级”，但以亨廷顿海滩而言，既有 Huntington State Beach，也有 Huntington City Beach，只是指海滩所在土地的所有权归属不同而已，并没有沙滩好坏之分。所以笔者倾向于将其翻译为“州属海滩”或“州属公园”，将 City Beach 译为“市属海滩”似乎更为贴切。

据资料记载，在南加州，属于洛杉矶县的州属海滩有位于洛杉矶国际机场附近的多克维勒海滩（Dockweiler SB）、位于马利布市的马利布环礁湖海滩（Malibu Lagoon SB）和杜梅角海滩（Point Dume SB）、位于马利布市以西 10 英里左右的罗伯特·迈耶纪念海滩（Robert H. Meyer Memorial SB）、圣莫尼卡海滩（Santa Monica SB）、位于圣莫尼卡湾上的威尔·罗杰斯海滩（Will Rogers SB）；属于奥兰治县的有位于亨廷顿比奇市的波尔萨奇卡海滩（Bolsa Chica SB）和亨廷顿海滩（Huntington SB）、位于纽波特比奇市的科罗娜德玛海滩（Corona del Mar SB）、位于达纳波因特市的多黑尼海滩（Doheny SB），以及圣克利门蒂海滩（San Clemente SB）；位于圣迭戈县的州属海滩则较多，如卡迪夫海滩（Cardiff SB）及其附近的圣埃略海滩（San Elijo SB）、卡尔斯巴海滩（Carlsbad SB）、位于恩西尼塔斯市的路卡迪亚海滩（Leucadia SB）和月光海滩（Moonlight SB）等。

在这些州属海滩中，有的是以其所在的地名而命名的，如圣莫尼卡、亨廷顿、卡尔斯巴等。有的是以土地捐赠者的名字命名的，比如位于达纳波因特（Dana Point）的多黑尼海滩是1931年5月31日由石油大亨爱德华·多黑尼（Edward L. Doheny）捐献给公众使用的，也成为加州的第一个州属海滩，该海滩于1963年被正式命名为多黑尼州属海滩，以表达对捐献者的敬意；威尔·罗杰斯海滩是以美国1920年代的演员威尔·罗杰斯命名的，他在海边置地建了个牧场，他本人于1935年因飞机失事去世，太太贝蒂1944年去世后，或许是因为身后没有子嗣，他们拥有的牧场变成了州属公园。有的海滩则是为了纪念某个知名人士而命名的，如多克维勒州属海滩原是威尼斯-海佩里翁州属公园的一部分，在1955年以洛杉矶地区早期著名律师和政治家伊斯多·多克维勒（Isidore B. Dockweiller）的名字命名；罗伯特·迈耶纪念州属海滩是由El Matador等三段海滩组成的，这个名字所纪念的Robert H. Meyer是什么人，网络上则几乎查不到什么资料。

有部2007年发行的喜剧影片《梦回加州》（又名《走出奥马哈》）讲述居住在内布拉斯加州奥马哈的一户人家的故事，女主人一直向往加州的多黑尼海滩，终于决定在她自己43岁生日之际和家人驾驶房车驱车38个小时去多黑尼海滩度假，并且预约了海滩旁的房车营地。她盼望早上一起床就能踏足沙滩、拥抱海洋。好不容易上路了，谁知状况频出，家人间累积的矛盾集中爆发，到最后也没有走出奥马哈。尽管如此，影片还是着实为遥远的多黑尼海滩做了一个大大的广告。

有些海滩尽管名列州属公园系统，但它的管理和维护也可能委托当地县或市政府机构来负责。多克维勒州属海滩就是由洛杉矶县海滩与港湾局负责管理。这段海滩长 3.75 英里，占地 90 英亩，其中一部分就地处洛杉矶国际机场飞机起降的飞行路线上。位于圣迭戈县的路卡迪亚州属海滩实际是由恩西尼塔斯市负责管理，而且海滩上竖立的指示牌写的也是当地人为这段海滩起的名字“灯塔海滩”（Beacon’s Beach）。

加州公园与娱乐局管理着 280 个公园单位，涵盖了加利福尼亚大部分最好的和最为多样化的自然、文化和娱乐资源。在加州漫长的海岸线上，该机构管理着海岸湿地、河口、海滩和沙丘系统，几乎占了加州风景秀丽的海岸线的三分之一。它的工作场所包括将近 140 万英亩土地，280 英里以上的海岸线，625 英里长的湖泊和河流岸线，近 1.5 万个露营基地，以及 3000 英里长的越野、自行车和骑马专用路道。

2012 年七八月，加州公园与娱乐局爆出丑闻，被指控隐匿了 5400 万美元的公款，时间长达 10 年以上，导致局长露丝·柯尔曼和副局长托马斯·洛佩慈下台；同时还发现由洛佩慈副局长主导，私自花费 27 万美元补偿员工未休的年假，其中洛佩慈副局长本人拿得最多，为 2.06 万美元。这桩丑闻之所以闹得沸沸扬扬，原因之一是在丑闻被发现之前，加州政府因债台高筑，州长布朗提议要关闭 70 个州属公园，以节省 3300 万美元的政府预算。对于公园与娱乐局一方面坐拥重金、私分公帑，一方面却要剥夺公众享受公园海滩等设施的权利，加州居民自然要群起而攻之了。布朗州长于 2012 年 9 月份签署决定，同意拨款 3000 万美元保持州属公园开放，同时要求公园与娱乐局增加门票和纪念品销售等经营收入，并鼓励私人为州属公园捐款：每收到 1 美元捐款，州政府也相应会出 1 美元相匹配，总额不超过 1000 万美元资金。

我们今天在享受南加州海滩的时候，恐怕很难想到背后还有这些复杂的事情。经常听到有人抱怨海滩停车场的停车费又涨价了，但平心而论，赴海滩游玩仍是低成本、高享受的活动。

四

美国“旅游频道”网站评选出了“南加州十佳海滩”（这里说的南加州也仅指洛杉矶县、奥兰治县和圣迭戈县），并分别加以点评，现翻译如下以飨读者：

1. 拉古纳海滩

拉古纳是奥兰治县最为时尚、文化内涵最为丰富的城镇之一，而其海滩也是吸引人的一大因素。拉古纳的海水总体上干净、平静，但太平洋偶尔也会在此掀起一些大浪。拉古纳的沙子干净、洁白、温暖，极其适合人们在此散步、进行排球比赛或简单地铺条毯子放松身体。

2. 科罗娜多海滩

自从韵味十足的科罗娜多大酒店于 1888 年开业以来，

在一个多世纪里，酒店前方的沙滩成了圣迭戈的科罗娜多岛的财富。不住在酒店的客人也可以享受那绵延1.5英里的科罗娜多中央海滩，海滩一侧的海洋大道上矗立着豪华的海景房。这里是喜欢游泳、徒手冲浪、短板冲浪、沙雕、玩潮汐池的人们的好去处，在每年12月至2月份期间还有来此观看鲸鱼的人，每个人都能在这里各取所需。科罗娜多北海滩适合在早晨冲浪，最北端是个遛狗海滩，挣脱了牵引绳的宠物们可以在波浪里尽情撒欢。

3. 埃尔玛塔多海滩

如果你是为了躲开洛杉矶的繁忙喧哗而来到埃尔玛塔多海滩（组成罗伯特·迈耶纪念州属海滩的三段海滩之一）的话，那么恭喜你了，因为在马利布市这段壮观的沙滩上，除了晒太阳、看海景，几乎没有别的事情可干。打发时光的最好办法是查看一下潮汐时间表，带上一份适合野餐的午餐或就着晚霞吃下的晚餐，携一条浴巾，小心地走入隐藏的岩凹或水湾，在那里享受无与伦比的浪漫氛围。

4. 威尼斯海滩

威尼斯海滩是独一无二的。当然，别的加州海滩也有沙子、冲浪和阳光，但它们没有在城市街道上建起的“三圈分立马戏场”。这里表演的主角有作沉思状的画家，嘴里骂骂咧咧的穿着印有过气明星照片衣服的人，洋洋自得的举重练习者，光脚制作沙雕的人，以及其他形形色色的怪人，而所有这些怪异行为都发生在“海边步行道”上——一条长度不到一英里的混凝土路。“海边步行道”靠里一侧布满了商店、快餐店、跳蚤市场和卖画的摊头。

5. 纽波特海滩

“懂经”的潮人、富豪和沙滩族几十年来一直享用着纽波特海滩的滨海风情。纽波特的港湾极为豪华，大多数人也许只会在梦里才想得到将自己的游艇停泊在这样的港湾里。沿着海滩建起的豪宅动辄价值数百万美元。它的商业区名为“时尚岛”（Fashion Island），在其附近还有著名的南海岸广场（South Coast Plaza），许多高档百货商店和品牌专卖店设立于此，即使与贝弗利山庄的罗迪欧名品街相比也毫不逊色。它的沙滩更是精美绝伦，从纽波特码头向南延伸到毕尔巴鄂码头，沙床宽阔，淡黄色的沙子如丝绸般细腻滑润，吸引了大量敢啃硬骨头的冲浪者、铆足了劲的日光浴者、时髦的二十出头的年轻人，以及拖家携口来游玩的人。坐在那饱经风雨的木头码头旁，视线越过救生员站台看向天边火红的晚霞，使人不由泛起怀旧的思绪，追忆起“沙滩男孩”录制的唱片和长冲浪板大行其道的年月。

6. 赫莫萨海滩

赫莫萨海滩以其多样的露天海滩活动而傲视群雄。这些活动包括冲浪、游泳、回力球、日光浴，当然少不了沙滩排球，这段长达 1.5 英里的沙滩上到处都有沙排爱好者发球和扣球的身影。白天，沙滩一侧的步道上，自行车手、溜旱冰者、慢跑者和散步者穿梭来往；晚上，街边的餐厅和酒吧贵客盈门，是人看人的大好时机。

7. 拉荷亚湾

位于圣迭戈县的拉荷亚湾海滩是隐藏于高高的砂岩悬崖之间的一弯月牙形沙滩，尽管这里是南加州最短的沙滩之一，但却最受摄影师们青睐。这里不仅岸上风景如画，其水面之下也是景象万千，水下能见度达到 30 英尺、水生物受到圣迭戈拉荷亚海底公园生态保护区的保护，使这里成为斯库巴潜水和带呼吸管潜泳的好去处。

8. 卡塔琳娜岛

卡塔琳娜岛距离南加州海岸线有 22 英里，以提供各种户外活动而闻名，如呼吸管潜泳、斯库巴潜水、骑马、划船和登山。玩累一天后，晚上可以在岛上的社交中心欣赏商店橱窗、看画廊，并美餐一顿。一定要带好相机，因为几乎每次转头都是一幅风景画，值得“咔嚓”一下，业余摄影迷应该留意拍摄吃草的水牛。从纽波特海滩、长滩、圣佩德罗、达纳波特因都有渡船开往卡塔琳娜岛。分秒必争的飞行一族也可以选择乘直升飞机上岛。

9. 水晶湾州属公园

水晶湾州属公园位于纽波特海滩和拉古纳海滩之间，它拥有长达 3.5 英里较为“私密”的沙滩，它的“海底公园”布满了珊瑚，岸上有 2000 多英亩的林地供越野者探索，是避开纽波特港湾的人流和繁杂的好去处。人们一年四季都可以来这里观赏潮汐池和小海湾，其中冬季是更适合的季节，因为此时潮水低，更容易清晰地看见水里的动植物。有长达23英里的林中小径，可供骑山地自行车、骑马或步行，不少地方是陡直的石坡，带来不少挑战。

10. 圣莫尼卡海滩

圣莫尼卡栈桥码头是沙滩与步道接壤的地方，这里从不会缺少海边的乐趣。码头上游乐项目、海族奇迹和节日般的美食让游人流连忘返。不愿花钱参加游乐活动的人们也可以在这具有历史意义的码头上散散步，或走进小店逛逛。傍晚时分码头这里是观看日落的绝佳位置。

“旅游频道”评出的这“南加州十佳海滩”或许只是一家之言，每个人都可以根据自己的体验评出自己心目中的“十佳”。南加州有这么多各具特色的海滩，逐一去欣赏把玩或许是“不可完成的使命”。

好在，海滩是富有耐心的，它们会静静地等待我们去慢慢探索、慢慢领悟。

冲浪胜地——亨廷顿海滩

我 2011 年 12 月中旬外派到美国工作，不久即有国内的友人趁圣诞新年假期来洛杉矶地区游玩。尽管我还在为租房、买车、考驾照等杂事儿忙得晕头转向，但有朋自远方来，自然还是要略尽“地主”之谊。听朋友说他们很想去看看这里的沙滩，我大致看了一下地图，就开着凭国内驾照租来的小车，从我工作所在地长滩沿着又被称为“太平洋海岸公路”的加州 1 号公路向南驶去。

行驶了 12 英里左右的路程，一路上太平洋海岸在我的右侧，如惊鸿一瞥，闪烁而过；过了一个小镇，或掠过几台正在田野里不紧不慢开采石油的抽油机，就又能看到一段海岸线。朋友的妻子和女儿坐在车后座上，时不时因看到海滩而欢呼起来。此时，我看到前面公路右侧有一个停车场，不少穿着亮丽沙滩服装的人正从车里出来，朝海岸走去。我相信这就已经来到传说中的亨廷顿海滩，因此方向盘一打，我也转进了这个停车场。

停好车，在自动付款机上付了停车费，我和朋友一家走到高高的堤岸上。眼前是一片蔚蓝色的广阔海洋，远处有若隐若现的绿色岛屿，堤岸的下方是平坦而绵长的沙滩。时间已经是下午 3 点多，毕竟是冬季，太阳已经逐渐在西沉，一阵凉风迎面扑来，尽管我们穿得比较厚实，还是感到了一丝凉意。但转眼看看沙滩上欢快的人群，几乎都还穿着短袖 T 恤，甚至还有不少人穿着短裤，光脚穿着夹指拖鞋，让我们不禁有种错觉，夏天还没彻底离开，它只是被人们拽住了衣襟。

我们也有点激动起来，从堤岸小心地走过嶙峋石块组成的坡路，到了沙滩上。白白的海浪一波又一波地冲刷着沙滩，带走了薄薄的一层细沙，不一会又把卷走的沙子送了回来。此时已经没有人在海水中嬉戏，但有数十只大小不等的狗，在沙滩上不停地奔走、跳跃，有的也大胆地跑到海水里去，对着退去的海浪煞有其事地咆哮着。它们走过或跑过的地方，留下了一串串杂乱的脚印，又一个海浪打来，轻轻地将这些脚印抚平。大海就像一位大度的母亲，不会去责怪这些淘气的顽童。

离我们不远的地方，一位年轻的金发姑娘在往空中扔塑料飞盘，让她的一条灰色小狗跳得高高地用嘴接住，接住了飞盘的狗就欢快地回到主人身边，接受主人的轻拍和爱抚；姑娘有时还故意表现得不太满意，把跑来邀宠的小狗推开，把塑料飞盘抛得又高又远，那小狗如离弦之箭一样奔去，又如一只灰色的小皮球般高高弹起，稳稳地接住了飞盘，下落时顺势在地上一滚，吸收掉了很多冲击力。一对中年夫妇，则跟在他们的一对双胞胎小狗后面慢跑，逐渐就跑远了，他们的身影融进金色的夕阳余晖中去。一位黑人母亲在沙地上铺了一条宽大的彩条浴巾，她坐在上面阅读起随身带着的畅销小说来，任由她年幼的儿子同自家的狗狗在身旁嬉戏。

朋友感叹道，这就是南加州海边人们的悠闲生活啊，可以天天来海边玩耍，四季在家门口度假。在国内，此时正是北方的人们穿着厚厚滑雪衫向往海南岛的沙滩、去三亚度假一票难觅一房难求的时候。朋友以羡慕的口气轻轻地对我说，你被派到这里来工作，知足吧。

这就是南加州沙滩给我留下的第一印象。两个月后，我家人来到美国“随任”。我轻车熟路地带他们去看“亨廷顿海滩”。快满13岁的儿子那天正好穿着黄黑相间的长袖T恤，他高兴地在沙滩上蹦蹦跳跳，留在照相机里的形象活像迪士尼动画里的“跳跳虎”。回到家里，鬼怪精灵的儿子在电脑上横查竖找，然后一脸疑惑地问我：“爸爸，你今天带我们去的不是正宗的亨廷顿海滩吧，应该是‘亨廷顿遛狗海滩’（Huntington Dog Beach）！”

啊？我闹了个大红脸，仔细看了他查到的关于亨廷顿海滩的资料。可不是吗，亨廷顿比奇市号称“美国冲浪之城”，它管辖范围内的沙滩分为波萨奇卡州属海滩、遛狗海滩、亨廷顿市属海滩、亨廷顿州属海滩，在波萨奇卡州属海滩北侧的日落海滩也在2011年8月从一个独立社区正式被亨廷顿比奇市兼并。这段绵延十几英里的海岸线整个都是连续的沙滩，即使在加州也是独一无二的。而我们去的遛狗海滩，无论从长度还是从沙质来说，都不算其中最好的。

呵呵，我犯了只见树木不见森林的错误。好在，我们还有时间去弥补、去探索，去品尝南加州海滩的“盛宴”。

这个愿望直到当年的年底才得以实现。圣诞节前，公司的合作方在亨廷顿凯悦酒店举办年末晚餐派对，邀请我携家属参加。那是个周六，吃过中饭后我们就早早地出发，来到了酒店。酒店是白墙红顶的建筑，标准的南加州海滩度假酒店的式样，院子内有三处露天游泳池，包括一处儿童专用的泳池，当然也少不了热气腾腾的圆形按摩池。这种热水按摩池在美国被称为“Spa”，在我们居住的小区就有好几个，老美下班以后就泡在里面，还一边看小说，或拿一罐冰镇啤酒喝着。在我看来，这种按摩池颇类似于北京郊区的温泉池，只是没放中药材，也没有小鱼儿来啃掉你脚趾上的死皮。这里与国内的大浴场同样有让人放松的功能，只是池壁喷出的水柱代替了浴场的人工按摩服务。

闲话少说，酒店与沙滩仅隔着太平洋海岸公路，由专用的过街天桥通向海滩。我们沿着天桥就来到了“正宗”的亨廷顿沙滩。第一感觉就是沙滩好宽阔，从靠近公路边的沙滩外缘垂直走到海边，足足有500多米的距离。我循着管理人员驾驶的车辆留在沙滩上的辙印，朝海边走去，儿子落在了后面，据他后来跟我说，看见我背着手站在海边的样子，让他想起了海明威的小说《老人与海》。我呵斥了一声：我有

亨廷顿海滩

那么老了吗?

但是，与海里活跃着的冲浪者相比，我确实感到自己显得“老态龙钟”了。毕竟是冬天，南加州的气温也已降至华氏 40 来度（10℃以下），但那些冲浪者仅仅穿着紧身的冲浪服，伏在冲浪板上，寻找着波峰浪谷游弋，仿佛要向我证明亨廷顿海滩被称为“美国冲浪之城”的确名不虚传。

亨廷顿的沙滩不仅宽敞，而且开阔，直接面对着浩瀚的太平洋，除了远处的卡塔琳娜岛，几乎没有海湾或大堤的遮蔽，也许这就是它适合冲浪的原因？尽管波浪很高，但沙滩非常平缓，一个浪退去，露出一大片平整的滩面，而且滩面上的水没有马上退去，仿佛沙子上面覆盖了一面薄薄的镜子，倒映着蓝天和白云。一待潮浪退去，海鸥就纷纷降落在了沙滩上，远远看去好像它们也在举办年终派对似的。这与我们曾经去看过的日落海滩形成了鲜明的对比：尽管日落海滩距离这里不过三英里，沙滩也很宽阔，但它一到与海接触的地方，就突然陡了下去，与海平面有较大的落差。晒日光浴的人可以躺在离海水很近的地方，而不用担心海水会漫上他的身体。

与南加州很多其他的海滩一样，亨廷顿沙滩也有长长的栈桥伸向海里，但不同的是，这座栈桥是混凝土结构的，因此它可以比木栈桥更长、更宽，也显得更结实。据说这里的栈桥最早于 1903 年兴建，也是木结构的，全长 300 米，1912 年时被巨浪冲毁。1914 年这里改建成混凝土的栈桥，但在后来的岁月中历遭风浪和地震的摧残，使其安全性大大降低。现在的这座混凝土栈桥是 1992 年建成使用的，长度达到 566 米，也是美国西海岸第二长的栈桥。栈桥上两侧有商店，出售饮料、渔具，以及印着“美国冲浪之城”字样的 T 恤衫、太阳帽等旅游纪念品。栈桥上有公共厕所，还有一个瞭望塔，塔底下还停着汽车，瞭望人员一旦发现海里游泳或冲浪的人有何危急情况，立即就可以跳上车，驶去救援。栈桥的顶端是一家红宝石餐厅，出售汉堡、饮料和冰淇淋。我们走在栈桥上时，暮色已经降临，海风吹来阵阵凉意，但红宝石餐厅露天的餐椅上，还三三两两地坐着游客，一边喝着饮料，一边欣赏西天渐渐沉入海中的夕阳。

栈桥正对着亨廷顿海滩的市中心。此时这座海滩小城的灯光亮了起来，为冒着寒风的我们增添了一丝暖意。我们沿着太平洋海岸公路走回凯悦酒店，去加入那里欢乐的人群。回头望一眼那宽阔而安静的沙滩，待来年夏天我们再来造访的时候，这里应该会是怎样热闹的景象？这座属于年轻人的海滩，也许会让我这中年人的心态也随之年轻起来？

帆影憧憧的纽波特海滩

在一个周末，我决定兑现“诺言”，和家人一起去纽波特比奇市看看“正宗”的游泳沙滩。对于不熟悉路线、完全依赖 GPS 导航驾车的人来说，没有一个目的地的地址，就完全没了方向，犹如无头苍蝇。因此，这回出门前我特意上搜索网站查看了相关信息。谁知，这次海滩游基本上又算是“剑走偏锋”。

我在 GPS 里设置目的地为纽波特比奇市的海洋大道（Ocean Boulevard），按照导航指示，顺利驶达了纽波特海滩。这里的街道绿树成荫、鲜花盛开，住宅豪华漂亮，看上去比毗邻油田的亨廷顿比奇市高档多了。怕离海滩太近停车不便，我把车停在居住区附近的一个免费停车场，然后和家人沿着两侧整齐地长着高高棕榈树的街道，向海边走去。

到了海洋大道，视野挣脱棕榈树的束缚，一下开阔起来。我们所在的位置正好是一个小公园，有一些椅子供游人坐着观景。公园和对面的住宅浑然一片，都是绿色的草坪和灌木丛，盛开着色彩艳丽的鲜花。一块石碑上镌刻着“灵感观景台”（Inspiration Point）的字样，并说明观景台的下面是纽波特比奇市的科罗娜戴玛沙滩（Corona del Mar Beach，这个地名来自西班牙语，大概是“海洋之冠”的意思）。这里确实是观赏180° 海景的绝佳位置，在全无一丝云彩的湛蓝天空下，平坦广阔的海洋像一块一望无际的碧玉，偶尔有一艘帆船在海面上轻盈地划出一道白色的浪尾。远处有若隐若现的岛屿和山脉，那一定是洛杉矶地区有名的卡塔琳娜岛。近处，有几块黑色的礁石伸出海面，指向空中，原来似乎平静的海水到了岸边，显得不安分起来，绕过那些礁石，连续不断地冲刷着沙滩。向右侧望去，一道细长的防浪堤围出一个船艇港湾，里面停泊着帆船、渔船和游艇，一艘游船正从防浪堤的口门中驶出，也许那就是从纽波特海滩驶往卡塔琳娜岛的渡轮?

纽波特比奇市是美国西海岸最大的船艇港，拥有数十个船艇港湾，港湾内停满了帆船、渔船、游艇、划艇等各种船艇，平静的海面上帆影憧憧，在南加州众多海滩中独树一帜。除提供船艇停泊外，也形成了船艇销售、租赁、维修、备件和物料供应、操艇培训等产业链，成为当地的支柱产业之一。

儿子一开始被眼前的海景吸引，静静地观看着，不知这里的美景能否给他带来“灵感”？过了一会，他就迫不及待地拉着我们，沿着长长的陡直的木制台阶走下去，来到了沙滩上。科罗娜戴玛沙滩长度不过半英里左右，因为那道长长的乱石堆成的防浪堤的缘故，这里的海浪相对平缓，很适合游泳，但如果想冲浪，那还是去亨廷顿的沙滩吧。

夏季远在三个多月之外，海里几乎没有一个游泳者，但沙滩上仍然躺着上百个身穿泳衣的日光浴者。纽波特海滩是禁止宠物光临的，所以这里看不到小狗的撒欢。但不少三四岁的小孩，在快乐地互相追逐，或者跪在沙滩上，很认真地用塑料铲子把沙子装到塑料桶内，提着倒到海水里。

有几个人站在沙滩上，把鱼竿伸到礁石的缝隙中去，据说能钓到鲍鱼和北美地区特有的硬头鳟鱼。这时候钓鱼是必须持有州政府颁发的执照的。渔者告诉我们说，如果我们没有执照却想试试钓鱼的乐趣的话，那么最好在 7 月 7 日或者 9 月 8 日来，因为那两天是美国独立日（7 月 4 日）和劳动节（9 月 3 日）假日后的周六，是州政府允许免费钓鱼的两天。利用这两天免费期小试身手，有兴趣的人可以申办钓鱼执照，16 岁以上当地居民申领钓鱼运动执照的年费为 40 多美元。

我们看见沙滩上散布着一个个水泥砌成的圆圈，活像一只只硕大的碗盏，也像我国农村使用的井台似的，圈内焦黑焦黑的，有的还残留着一些木头的灰烬。儿子问我那是什么？我不知道，也为了鼓励他说英语，就让他去问坐在沙滩上看书的一位金发姑娘。那姑娘很热情地向我们介绍说，这是人们在傍晚太阳快落山时生篝火用的，熊熊的火苗映衬着渐渐黯淡的晚霞余晖，让海滩呈现出某种原始的气氛，同时也给沙滩上乐不思归的人以照明和取暖。也有人就着篝火烤鱼、烤红薯吃。甚至还真有人围着篝火跳起印第安人的原始舞蹈呢！

可能因我们听得入神，姑娘受到了鼓励，继续介绍说，科罗娜德玛沙滩上共有27个篝火圈，北侧毕尔巴鄂码头区的沙滩上有33个，这是纽波特海滩区别于其他南加州海滩的最大特点之一呢。但是，附近的居民不喜欢篝火圈，说影响了他们的空气质量，这里散发的烟气让有些居民哮喘复发，所以他们不断地向市议会投诉，据说市议会不久将投票表决，是否要取消这些篝火圈呢。她有些抱怨地说，没有了篝火，在海里夜泳上岸时那可真冷呵，也许她就不会再来这里看夜景了。

她向堤岸指了指，我们看到如同悬崖的高高堤岸上确实矗立着一排住宅，这是最好的海景房了，估计价格不菲，每家都有单独的台阶，可以直接走到沙滩上。姑娘撇撇嘴："以后就让他们独享这里的海滩吧。"我们不知道该说什么安慰她，只好微笑着和她告别。

往前走是沙滩排球区域，拉着两幅排球网。有8个男女分成两队在"厮杀"，发球、垫球、扣球，打得有模有样。有个球打出界，奔我们方向来了，儿子捡起球，一个上手漂球发给他们，引起他们一片赞扬声："Cool（酷）!"。看到场地外还放着两个备用排球，我们不仅技痒，问他们能否借我们一用，得到了热情的首肯。

我们比画了几下，才知道沙滩排球的不易，光脚在沙子里挪动，要比正常场地花上更大的力气。

在儿子提议下，我们上车，驶向北侧的毕尔巴鄂码头沙滩，因为，“那才是正宗的纽波特沙滩”，儿子嘟囔道。尽管与科罗娜德玛沙滩仅隔着一条纽波特港湾航道，但毕尔巴鄂码头沙滩所在的区域实际上是个细长的半岛，其最北端与大陆连接，因此我们行驶了将近 10 分钟才抵达“半岛公园”，那里的停车场距毕尔巴鄂码头最近。

毕尔巴鄂码头是一座由木块铺成的长长的伸向海中的栈桥。栈桥两侧几乎排满了钓鱼的人，不时听到有人在惊呼，原来又有收获了。每个人身边都有一个铁桶，里面装着他们的“战利品”，但几乎清一色是细细的沙丁鱼。其中一位老者，还是坐着轮椅来的，他的桶内还空空如也。我们跟他攀谈起来，他说，你们看到北面，离这里几英里远的地方，还有一座栈桥式码头，那叫“纽波特码头”，它被称为“垂钓者的天堂”，去那里的“渔夫”比这里还要多。在毕尔巴鄂码头这里钓鱼，大家都比较放松，“竞争氛围”没那么浓烈。以前，运气好的话，你还能钓到大比目鱼、鲣鱼、鲭鱼等，沙丁鱼也许只配用来做鱼饵呢。

毕尔巴鄂码头和纽波特码头这两座栈桥之间及其附近的沙滩，总长近 6 英里。我们一家脱了鞋子，走上沙滩，让光脚丫陷入暖暖的沙子里。与科罗娜德玛沙滩相比，这里没有陡崖，海水里也没有峭石凸起，眼里看到的全是平缓的沙滩和洁白的细沙。沙滩上是色彩绚烂的遮阳伞、浴巾和女士

纽波特湾的帆船

们的泳衣，天空中漂浮着同样艳丽的气球和滑翔飞机的飘带。海面上，人们有的躺在冲浪板上，顺着海浪的起伏上上下下，尝试着颤颤巍巍地在板上站起来，又哧溜一下躺了下去；有的显然已是冲浪高手，身姿矫健，娴熟地在波峰浪谷中自由地游弋；有的把冲浪板当成了一叶扁舟，轻轻划着船桨，也能四平八稳地行进；有人躺在帆船里，慢悠悠地按风向调节风帆；也有人站在滑板上，攥着绳子，在快艇的拖曳下轻盈地滑行，在海面上划出一条白色的水线……

兴毕准备离开纽波特海滩时，正逢海上的帆船也开始降下风帆，缓缓驶回港湾内。夕阳几乎紧贴着远处的海平面，用其金黄色的余晖为片片归帆送行。

艺术气息浓郁的拉古纳海滩

2013 年 6 月的一个星期天，我们一家人穿着随意的沙滩行头，驱车前往拉古纳海滩。因为事先在网上做了功课，所以直接将车停在了海洋街（Ocean Avenue）上的停车场里。这条街正对着拉古纳的主海滩（Main Beach），往前走一、两个街区，穿过海岸公路（Coast Highway）就到著名的拉古纳海滩了。

停车在拉古纳海滩是一件比较头痛的事。这个常住居民仅两万多人的小城尽管做了很多努力，许多街边设立了停车计时收费表，允许停车，街头空地设有收费停车场，一些银行商家的自有停车场在周末也对外开放，全镇还设了几处代客停车服务点，但仍然远远无法满足需求。我们抵达时已是上午 10 点左右，这片可停 20 来辆车的停车场内还有几个空位。这里没有管理人员，也没有进出拦闸，但人们会自觉地根据自己预计停车的时间长短在自动付费机上付钱，打印收据后放在车子挡风玻璃后，以备管理人员来检查。靠近海滩的停车场很多都限时三个小时，并且规定三小时后车主必须动车，哪怕你只是开出去转一圈再回来也可以。当然，再回来时那车位就不一定是你的了，因为也许早就有车“埋伏”在附近，一等你开走就“捷足先登”了。

我们停好车，一路轻松地向海滩边走去，对街边的瓷艺店、画廊也顾不上细看了。拉古纳比奇在1927年正式成为有自主管理权的城市，是奥兰治县第三“古老”的城市，仅次于阿纳海姆和另外一个由早年西班牙天主教传教前哨形成的圣胡安卡皮斯特拉诺市。拉古纳比奇城市虽小，它以两个特色闻名南加州，一是海滨度假城镇，二是艺术家天堂。市区内街边画廊和艺术品店林立，给这座海边小城平添了几分艺术气息。

到达海滩，涂上防晒霜，我们在沙滩边的石椅上坐下。蓝天碧海，微风徐徐，太阳虽然明亮，但沐浴在阳光里，没有一丝灼热的感觉，只觉得神清气爽，极为舒适。这当然不是我们第一次来拉古纳的海滩，记得去年八月份来的时候，这片沙滩上密密麻麻地撑起了五颜六色的阳伞，铺满了色彩斑斓的浴巾，海面上也满是游泳戏水的人。现在这个时节，海水漫到脚上，仍给人凉到骨子里的感觉。尽管没有那样的“繁忙”，今日的

拉古纳主海滩

沙滩仍然生机勃勃，充满活力。几片沙滩排球场地上，男男女女在捉对“厮杀”。靠近我们这边的场地是四个男人，光着膀子，发球、垫球、扣球，一招一式很有专业选手的风范。一球扣下去，旁边坐着观战的一群孩子发出大声的喝彩声，提醒我们今天是父亲节，孩子们都以崇拜的眼光欣赏着他们父亲的球艺。在父辈们中场休息的时候，孩子们迫不及待地冲到场地上，捡起球，进行他们之间的比赛。

海水似乎正在涨潮，一个波浪打上来，能引发一阵尖叫，那是一群既想下水、又害怕水凉的人们。有几个十来岁的少年，已穿戴好冲浪的服装，手里紧紧攥着冲浪板的绳子，等待着海浪把他们的冲浪板托举起来，让他们体会一下站立浪头的感受。

不少行人从我们眼前走过。有父母背着小孩或推着童车，那些小孩和婴童或在太阳下酣然入睡，或张着好奇的眼睛东张西望。有人牵着宠物狗走过，还为狗狗穿上了漂亮的头饰和花裙。也有几个家庭举家出游，纷纷在沙滩的救生员亭前合影留念。这个亭子上印着拉古纳比奇的市徽，标明这座城市的救生部门成立于 1929 年，而市徽上的主要图案也正是这座救生员亭。

我叫家人观察一下这片沙滩与我们去过的亨廷顿、纽波特和圣莫尼卡等著名沙滩有什么不同。大家凑出了几个不同之处：那三个海滩都建有伸向海里的栈桥，纽波特和圣莫尼卡是木栈桥、亨廷顿是水泥栈桥，而拉古纳海滩上没有栈桥；那三个海滩海岸线更直更长，沙滩更平更宽，尤其以亨廷顿海滩最为明显，而拉古纳主海滩处于一个小海湾内，海岸线呈弧形，沙滩较窄，且基本呈平缓坡面向海水侧下斜，这与亨廷顿一侧的波萨奇卡海滩又有所不同，那里的沙滩平面铺陈，接近海水处才急剧下斜，形成较大的落差。

不知不觉已在太阳底下坐了一个多小时。我们站起身，沿着沙滩向南走去。背向大海向岸上望去，可以看出拉古纳的另一个特色来。它海岸线附近的平地很狭窄，有些街道随着地势而高低起伏，街道后面就是突起的山丘，人们在山坡上建起了海景豪宅，随着海拔的升高而层层叠加。我有位朋友在那里拥有一套住宅，他称其为“派对房”，即只有客人聚会时才去那里。那套房子共有四层，安装了私人电梯，每层面积并不大，都有观景阳台和落地玻璃门，能把拉古纳比奇的美景尽收眼底。

拉古纳比奇市的地形就是一个锐角三角形，以海岸线为底边，尖锐的顶角伸进后面高高的山上和拉古纳峡谷中去。因此，出入拉古纳海滩只有两条通道，一条是沿海岸而建的太平洋海岸公路，向西北通往水晶湾州属海滩和纽波特比奇市，向东南通向达纳波因特和圣迭戈；另一条是沿着拉古纳峡谷筑成的加州 133 号公路，直着向北通向尔湾市。在相对“古老”的拉古纳比奇市的周围，后来又形成了好几个城镇，其中不少也以“拉古纳”命名，如拉古纳山庄、拉古纳森林、拉古纳尼格尔等，这些“城市”的居民往往会骄傲地告诉你，他们住得离拉古纳海滩很近。

拉古纳比奇市因它附近峡谷里有两个小湖泊而得名，因为“拉古纳”在西班牙语中是“小湖”的意思。很早以前，很多画家和“反文化”艺术家从洛杉矶市迁至拉古纳海滩，这里迷人的风景给他们提供了艺术的灵感，相对偏僻的位置和廉价的居住条件也给了他们自由创作的空间。如今，拉古纳比奇市成了有钱人的度假天堂，房价节节攀升，囊中羞涩的艺术家们已经住不起了，只能逐步搬迁到拉古纳峡谷的山里去居住。但是，拉古纳比奇市保持了艺术城市的特点，每年会举办真人入画表演（Pageant of the Masters）、木屑艺术节（Sawdust Art Festival）、艺术节（Festival of Arts）、艺术品展销会（Art-A-Fair）等享誉南加州的艺术活动。建在主海滩侧面山崖上的拉古纳美术馆收集了大量加州本土艺术家的画作，并定期举办加州美术作品展览。成立于 1961 年的拉古纳艺术与设计学院已有五十多年的历史，在绘画、动画创作、图像设计和电游设计等领域开展教学和研究，取得了不菲的成绩。

走在拉古纳海滩上，随处可以看见艺术的影子。沙滩后面的崖壁上随意画着东南亚特色的坐佛像，在沙滩上竖起的水泥墙被用作画布，画着一幅很有油画味道的风景画。

过了这幅“壁画”，沙滩逐步被礁石占领。而这一段海面上，有不少人在玩站立式桨板冲浪，冲浪者稳稳站立在滑板上，划动木桨前行，给人如履平地的感觉。当然，也有人一个趔趄，倒下水去，再挣扎着爬上滑板，继续前行。

这里的海岸上，连片地建有海景度假酒店。旅游度假确实是拉古纳比奇市的支柱产业，这个城市居民仅两万多人，但在市政府网站上列出的有名有姓的度假酒店就有27家，再加上其他度假村、汽车旅馆、家庭旅馆和海边小木屋，可以接待不下几千人在这里过夜。而且由于海岸后面的地势逐步升高，这里的酒店几乎每个房间都是海景房，我们甚至还看到有不少高居在海岸上的“海景车库”，车主在停车、发车时可以摇下车窗，先欣赏一下蓝天碧海的美丽景色。

我们沿着一座木头梯道，从沙滩走上高高的海岸去。没有想到的是，这其实并非供游客行走的公共走道，而是一家小型酒店的私用设施。待我们发觉时，已经走到海岸上面，进了酒店的院落。小小的院子里绿树成荫，鲜花烂漫，有一个浅浅的水疗浴池，靠墙的天然形状的石块上铺了软垫。我们顾不上在石椅上坐一坐，趁着院里没人，赶紧从虚掩的院门中走到了街道上。若有闲暇，在这样的小酒店住上一宿，泡在露天浴池里或斜倚在石椅上，眺望夜空中明亮的星星，聆听崖下传来海水扑打礁石的声音，应该是挺惬意的享受。

走在海岸公路大街上，我们发现其实还是有公共的梯道，可供游人从街上走下沙滩去，或从沙滩走上海岸，只是在沙滩上的标志不太明显罢了。也许是嫌这一段街上密密的房子挡住了游客看海的视线，一个名叫布朗的家族贡献了他们的房屋用地，建成了一个窄窄的弄堂公园，被称为“布朗公园”，游客走到公园尽头，就可以凭栏观赏海景。

已是中午时分了，我们选了海岸公路和拉古纳街交界口的一家餐厅午餐。尽管有三小时停车的限制，但在拉古纳比奇这样浪漫的氛围里，我们不忍心在快餐店用简单的三明治把午餐对付了，而是选择了一家看上去很有历史传统的海鲜牛排店。饭吃得有点匆忙，但当我们在一点钟左右坐上车，在一辆刚刚抵达的车子驾驶员惊喜的目光中驶出停车场时，觉得已基本上体验了拉古纳海滩，不需再碰运气找个地方停车，把这个不大的城市逛个遍了。

我们早上从尔湾进入拉古纳比奇时走的是 133 号公路，现在离开时走的是另一条路，就是海岸公路，属于加州 1 号公路。我们向车窗外挥挥手，作别拉古纳主海滩，作别拉古纳海滩艺术博物馆，作别海岸后山坡上层层的住宅……

音乐弥漫的圣莫尼卡

一

晚上，无聊地打开床头柜上的收音机，正好是介绍澳大利亚流行音乐组合“野人花园”的节目，听到达伦·海耶斯低沉地演唱着他们的成名曲《圣莫尼卡》。歌声传出淡淡的哀愁和落寞，以及与热闹时尚的环境格格不入的自卑感。“野人花园”，也许注定属于无人的街头，属于居室内对着电话筒时的自信和豪迈？

独自收听这首《圣莫尼卡》的经历，模塑了我对洛杉矶时尚的海滨城市圣莫尼卡既向往又畏惧的心理。与寓所之间50英里的距离，也给了我对她敬而远之的理由。然而，8月份一个周日的上午，驱车去洛杉矶国际机场为亲戚回国送行之后，还有大半天的时间，我发现实在找不到任何借口，不趁此机会去一睹圣莫尼卡海滩的芳容。

行驶不到10英里的距离，我们来到了圣莫尼卡栈桥码头。这也是用木桩支撑起来、用木头铺面的码头，但与纽波特海滩的毕尔巴鄂栈桥相比，它更为宽敞，也更热闹。码头上不仅有停车场，有咖啡厅，甚至还有一个可供家人同乐的游乐场“太平洋公园”。公园里有摩天轮、过山车，它的 44 匹旋转木马据说全部是手工雕刻而成的。这座码头实际上是由两座木质栈桥连接而成，北侧的细长栈桥原是 1909 年由市政府建造，用途是将污水排放管通到防浪堤之外，南侧宽大但较短的栈桥则是由私人建于 1916 年，用于开发娱乐项目。1953 年圣莫尼卡市政府收购了娱乐码头，对如何处置这个码头有着长期的争论，甚至一度计划拆除栈桥后改建人工岛，在岛上建造一座可容纳 1500 位客人的酒店。这个计划已经获得了市议会的批准，但当地居民自发组织了“拯救圣莫尼卡湾协会”，促使市议会于 1973 年取消了拆除栈桥的方案，也使得游人们至今还得以来码头游玩。

圣莫尼卡码头上，同样令人瞩目的景点是路中间竖着的一块路牌，上面写着：“圣莫尼卡—66 号公路—道路终点”。尽管我们还不知道这块路牌的意义所在，但也学着游客的样子，在路牌前面合影。幸好路牌旁边有一家名为“66-to-Cali”的纪念品商店，出售大多与 66 号公路有关的商品，才使我们对美国历史上的 66 号公路有所了解。

美国 66 号公路始建于 1926 年，是美国最早建设、也是最著名的跨州公路之一，获得过“美国主大街”和“母亲路”的别号，可见其重要性。它起始于伊利诺伊州芝加哥，穿越密苏里、堪萨斯、俄克拉何马、得克萨斯、新墨西哥和亚利桑那州，最后止于加州洛杉矶，全长 2448 英里。

66号公路的开通，为沿线各州人们带来了无限商机，也为人们去西部开拓事业打通了道路。由黑人歌手纳特·京·柯尔于1946年录制的欢快的民歌《66号公路》以及1960年代美国的同名电视节目使66号公路名声大噪，家喻户晓。后来，美国发展州际高速公路系统，逐步取代了66号公路，并于1985年将它从美国公路网中正式除名。但怀旧的人们依然想念着它，部分州保留了这条公路的部分路段，将之更名为“历史上的66号公路”“州66号公路”，或将部分路段开辟为观景道路。

2009年，丹·赖斯先生看出了商机，成立“66号到加州公司”（66-to-Cali），并将第一家专卖店开在了游人众多的圣莫尼卡码头。历史上，66号公路西部的终点经过一些变化，原来是在洛杉矶市中心七街附近，后来被延伸至南部海边圣莫尼卡的奥林匹克大道与海洋大道的交界处，因为那里可以自然地连接上加州1号公路（即太平洋海岸公路）。从1964年起，66号公路到洛杉矶北侧的帕萨迪纳就截断了。所以，66号公路实际上是不可能通到圣莫尼卡码头的木板路面的。2009年，赖斯请人制作了曾经出现在电影中的圣莫尼卡66号终点路牌，把它安放在了码头路中间，并由“66号公路联盟”董事康克尔（Jim Conkle）正式将这里命名为66号公路西部的终点，路牌的使用得到了“合法化”。

“合法”与否，来此游览的人们并不在意。在他们看来，大篷车一路从芝加哥长途跋涉而来，到了洛杉矶和圣莫尼卡，再经过两个街区驶上木板码头，近距离看看浩瀚的太平洋，把陆地之尽头的码头作为66号公路之尽头，这或许是完全在情理之中的。就这样，圣莫尼卡码头就成了英雄般的66号公路的终点，同时也成了起点，不少外国游客到过这里后，就盼望着去芝加哥看它东部的终点。

码头上，路边艺人们在认真地演唱或演奏，有的还一边扭动身体跳着舞蹈，把码头的木板当成了他们尽情挥洒的舞台。他们身前放着收取小费的罐子，或摊放着他们自己录制的唱碟，游人扔10美元就可以自己取走一张。或许，当丹麦小伙传普（Mike Tramp）1982年从西班牙抵达圣莫尼卡的时候，也是这样在街头开始了音乐生涯，然后遇见了他的吉他手、贝斯手和鼓手，随后就有了以外形和音乐华丽而著称的重金属乐队“白狮”（White Lion）的诞生。

对我而言，圣莫尼卡的海滩就这样地与歌曲、音乐紧密联系在了一起。

二

栈桥两侧，就是著名的圣莫尼卡海滩。海滩长达两英里，沙子是土黄色的，也许不如国内海南亚龙湾的沙子那么细白。眼前是一望无际、烟波浩渺的太平洋，海水一波一波地涌上沙滩，而沙滩上星星点点的鸽子和海鸥，面对海浪不惊不慌，把宽阔的沙滩当成了可以自由漫步的庭院。海滩边的砂岩峭壁之上，是圣莫尼卡的帕利塞兹公园（Palisades Park），公园里高大的棕榈树和公园后圣莫尼卡市中心的建筑，构成了人们拍摄的圣莫尼卡海滩相片中必不可少的背景。

我们看见沙滩上有一块区域，插着很多白色和红色的小十字架，不禁感到好奇，向周围人打听缘由。原来，一个叫作“老兵和平协会”的机构推出了“西岸阿灵顿”项目（借用美国首都华盛顿附近的阿灵顿公墓的名称），每星期日在圣莫尼卡栈桥北侧的沙滩上举行伊拉克和阿富汗战争死难士兵的悼念活动。据说，每个白色十字架代表一名死难战士，一个红色十字架代表十名。如果过去一周有新的士兵阵亡，老兵们还会在哀乐声中，抬着他们的象征性的棺材，安放到十字架阵的前方。

这一活动历时九年，如今已成为圣莫尼卡海滩每星期日的固定节目，而且十字架的数量也随着死难人数的增加而增加。也许政治观点不同，但来这里的游人也似乎习惯了这道风景。

海滩上还设有野餐区、救生员站、设备租赁点、自行车道和木板铺设的步行小径，以及跑道、篮球场和沙滩排球场等。排球场以南几步还有一个国际象棋公园，有绘制了国际象棋棋盘的桌椅供游人“捉对厮杀”一番，以及拥有双杠、吊环等体操设施的“肌肉公园”。

圣莫尼卡是个海滩城市，它大约 16 平方英里（41 平方公里）的面积除一面临海外，其余三面都被包围在洛杉矶市所辖范围之内。它的居民人口约9万，几乎都是教育程度较高的演员、企业管理人员和艺术家，因此这里是洛杉矶地区富人集居的地方之一。城市地理形状较为方正，其市中心区与海岸线垂直方向的街道大多以美国西部州的名字命名，如蒙大拿大道、爱达荷大道等（现在的圣莫尼卡大道从原来“俄勒冈大道”改名而来），沿着海岸线方向的街道一般以数字命名，如第二街、第三街等。第三街是圣莫尼卡著名的步行商业街，街道两侧排列着很多名品商店和高档餐厅，也有不少街头艺人在街道上表演，“野人花园”乐队歌曲中提到的步行街指的就是这里。

栈桥码头是圣莫尼卡市的象征。在历史上，圣莫尼卡湾海岸线上分布着很多栈桥，即使圣莫尼卡市范围内也至少有五座栈桥，但其他栈桥已逐步拆除，只有圣莫尼卡栈桥保留了下来。值得一提的是，历史上圣莫尼卡曾经建有一座真正靠泊船舶的栈桥码头，被称为“长码头”（Long Wharf），栈桥向海中伸出4700英尺（1400多米），南太平洋铁路公司的铁路从洛杉矶市延伸到这里，火车可以一路开上栈桥。这个码头当时就叫作“洛杉矶港”。1897年美国国会决定选择圣佩德罗湾建造洛杉矶港，使得圣莫尼卡争夺洛杉矶港命名权的努力无疾而终。长码头的货运功能持续到1903年结束，铁路线被出售给太平洋电气铁路，改为客运用途，直至1933年废弃。

圣莫尼卡海滩

塞翁失马，焉知非福。圣莫尼卡没能成为嘈杂繁忙的洛杉矶港，却成就了海滩城市度假胜地的名声。

三

占尽天时、地利、人和，圣莫尼卡与音乐结下了缘分。

所谓天时，圣莫尼卡四季如春的海洋性气候使得街头音乐家几乎可以全天候地在露天一展技艺和歌喉，众多的游客和度假者也为音乐会和各种演出活动提供了丰富的客源和有较高欣赏水平的受众群体。每年仲夏时节，圣莫尼卡栈桥码头上会举办夜光音乐舞会，市政厅门前的大草坪上会举办草坪爵士乐联欢会，很多洛杉矶当地及外来的热门乐团前来参与义务演出，受到了年轻观众的热烈欢迎。无论当地居民还是外来游客，都随着震天的音乐，尽情摇摆，热情燃烧。

论地利，它距离电影之都好莱坞仅咫尺之遥，而默片时代结束之后电影与音乐成了“勾肩搭背”的伙伴；比起地势起伏不平、街道相对狭窄拥挤的好莱坞来说，圣莫尼卡面向广阔的太平洋，旖旎的风光可以为音乐人士带来无尽的创作灵感，海潮和波涛成为音乐人最好的背景和伴奏。圣莫尼卡市民大礼堂建于1958年，由洛杉矶地区著名建筑师威尔顿·贝克特设计，可容纳3000名听众，在此经常举办高水平的文艺表演，也是圣莫尼卡交响乐团的主场。

论人和，全球最大的唱片集团之一、拥有诸多知名音乐厂牌和大牌歌星的环球音乐集团总部就位于圣莫尼卡；美国国家录音艺术和科学研究院也位于圣莫尼卡；许多为好莱坞电影配套的音乐人才纷纷在圣莫尼卡置业居住，比如创作过电影《摇滚校园》主题曲和插曲、在《金刚》中饰演角色、在《功夫熊猫》中配过音的杰克·布莱克，被誉为“赋予了摇滚乐以灵魂”的音乐家鲍勃·迪伦，流行歌曲组合“美味女孩”成员妮可儿·科多瓦和蒂芬妮·安德森等，都是圣莫尼卡的明星居民；韩国“超级少年”乐队（Super Junior）成员金起范也曾在圣莫尼卡高级中学就读；更为重要的，来自世界各地的艺人们“漂流”到这里来，在圣莫尼卡栈桥和第三街等地进行露天献唱，或在科罗拉多大道的酒吧、夜总会里驻唱。不少人进而登堂入室，功成名就，比如“野人花园”，比如“白狮”乐队。从某种意义上说，正是这些街头音乐家的表演，才使圣莫尼卡的空气中弥漫了音乐的味道。

其实，除了“野人花园”外，还有其他歌手或乐队创作和演唱过以《圣莫尼卡》为题目的歌曲。加拿大摇滚乐队“死人学说”演唱的同名歌曲以第一人称，讲述了主人公的前任女友毅然离开了他，独自前往圣莫尼卡开创新的生活，留下他一人孤独地品味女孩说过的种种借口，歌词中多次回唱“你去了圣莫尼卡”，但并没有说去那里干什么、那里的生活如何，让人感到这个地名成了一切无忧无虑快乐生活的象征性符号。另外一家来自加拿大的摇滚和灵魂乐乐队 Bedouin Soundclash 唱的同名歌曲，歌词听上去很奇怪：“圣莫尼卡，举起手来！我们包围了你们的应许之地。英国军队在等待命令，圣莫尼卡你毫无获胜的机会。”据考证，这首歌唱的是橄榄球运动，圣莫尼卡的英式橄榄球俱乐部很有名气，英国陆军橄榄球队经常造访圣莫尼卡进行切磋，当然其中也不乏借机会到加州旅游胜地度假的意图。

1992 年在美国波特兰市成立的摇滚乐队“超清晰合唱团”也有一首名为《圣莫尼卡》的歌曲，歌词唱的是男主人公悼念死去的女友，孤独地怀念在西海岸的时光，期待着再去看那里的棕榈树，住在海边，下海游过岸边巨浪，将海滩上的篝火甩在后面，再回首远望大地随后沉沉地死去。据说，这首歌依据的是一个凄惨的爱情故事，“超清晰”乐队成员之一阿列克萨基斯青春期时与一个女孩相恋，女友后来因为某种原因自杀了，他痛不欲生，来到南加州，从圣莫尼卡栈桥上跳下海去，幸亏被人所救。

圣莫尼卡栈桥码头的顶端设计得如同一艘豪华游轮的船尾，两侧有着船舷式的栏杆，平台是用宽宽的木板铺成，犹如游轮的甲板，平台形成高低错层，在顶端踩着台阶走下去，感觉离大海更接近了一步。凭栏远眺，望夕阳在余晖中逐渐落向海面，听栈桥上歌手仍在低沉地吟唱，游人浑若忘记今夕何夕了。

“水都”长滩

长滩是一座海滨城市，位于洛杉矶县东南角。以它46万的人口，可能还比不上中国的许多县城大，但它在洛杉矶县是仅次于洛杉矶市的第二大城市，在加州排名第七，在全美国也能排在第三十六位。它同时也是一个重要的海港，同相邻的洛杉矶港并列美国最大的两个集装箱港口，也是世界著名的港口之一。

我所工作的公司办公室位于长滩市中心，所在大楼位于西海洋大道上，在松树街和太平洋街之间。海洋大道是沿着海岸线建成的一条东西向主要道路，它的两侧分布着高档写字楼、高级酒店、银行大厦和海景公寓，形成了长滩市的中心商务区，也构成了长滩市中心的天际线。松树街则是长滩市中心主要的餐饮街，沿街鳞次栉比地分布着各种风味的餐厅，在周围方圆几英里工作的人都来这里享用午餐，所以一般中午是松树街最为热闹的时候。

处在这么中心的位置，可见我们租用的也算是甲级写字楼了。这座大楼建于1994年，据说这已经是长滩市相同级别写字楼中最新的一幢了。我的那间办公室位于大楼的东北一侧，从玻璃窗向北望去，居高临下，几乎可以俯瞰整座城市。长滩市的范围向北一直延伸到 91 号高速公路以北，东西向的街道层层叠叠，从第一街可一直排列到第七十街。在东北方向有一个隆起的山坡，那就是信号山（Signal Hill），曾经是长滩的一部分，后来那里开发了油田，居民钱一多腰杆就硬，闹起独立来，硬生生从长滩市的版图中间挖出一块叫作信号山市的地方。

从窗户向东望去，看见一幢幢银行的大楼，以及万丽酒店、威斯汀酒店等，尽管最高也就 20 多层，与纽约曼哈顿的摩天大楼相去甚远，但俨然也有金融街的架势。东南方即是长滩的港湾，一道长长的防浪堤挡住了太平洋的风浪，港湾如同湖泊一样风平浪静。防浪堤两侧是长滩港的锚地，有三五条散货船和油轮在锚泊。据说防浪堤是为当时驻扎在长滩港内的美国太平洋舰队的军舰而建的，长滩的居民认为这条堤坝阻止了海水的自由流动，是港湾和附近沙滩的海水日益肮脏的根源。1990 年代中期军港迁走后，很多人建议拆除防浪堤，让这里的海岸恢复天然的活力。长滩市政府已经聘请咨询公司展开防浪堤对海洋环境的影响和拆除防浪堤的可行性的专题研究。

在防浪堤的西端，可以看见长滩港集装箱码头区的一角，以及高高竖起的码头桥吊的横梁。那是被称为“码头岛”的岛屿。岛的东北侧就是著名的玛丽女皇号邮轮，邮轮上仍然树起着三个红色的大烟囱，当然不再冒烟了，她如今

长滩市容

固定停泊在码头上，改建成了五星级的酒店。邮轮外侧大帐篷似的圆顶建筑，是长滩的国际游轮码头，那里经常停靠着现代风格的豪华游轮，提供前往墨西哥等地的海上旅游，与玛丽女皇号所代表的时代正好形成了对照。邮轮旁边，还停着一艘俘获的前苏联潜艇，可供游人上去参观。

海洋大道的南侧，那屋顶上覆盖太阳能电池板的宽大建筑，是长滩市会议中心，每年 3 月上旬这里都要举行航运界有名的跨太平洋海运会议，会议注册代表 3000 多人，再加上相关的外围人员和会议，长滩市中心可谓是酒店一房难求、餐厅一桌难订，因此很多活动场地都要提前一年预订。与会议中心配套的凯悦丽晶酒店，以及旁边的长滩表演艺术中心和圆形的长滩竞技场，同会议中心一起构成了长滩市的中心地标。长滩竞技场里可举办曲棍球、棒球等体育比赛，也经常上演音乐会，1984 年洛杉矶奥运会期间这里曾是排球项目的比赛场地。

凯悦酒店和竞技场的外侧，是双向六车道的岸线公路。尽管它不属于高速公路，但由于它一侧是现代化的城市背景，一侧是优美的海景，许多好莱坞电影都以这条路作为高速公路镜头的拍摄地。同时，这条公路也是每年 4 月中旬举办的长滩印地汽车赛的主要赛场。赛车期间，除了公路两侧的草地上搭起观众看台，附近的写字楼和酒店也会在其楼顶平台上举办观赛派对，免费或有偿地邀请其租客和住店客人参加，犹如嘉年华般热闹。

岸线公路经过的地区，是长滩市滨海休闲娱乐设施集中的区域。如果以松树街为起点，沿着这条公路方向步行，向西有建筑面积达 40 万平方英尺的餐饮和购物中心，多达几十家各国风味的餐厅掩映在棕榈树等热带植物之间，还有一个拥有摩天轮和过山车的游乐园。尽管设施一流，但即使在夏季，这里仍显得人气不足，购物商店也没有能吸引顾客的高档品牌驻扎。海岸的外侧，是被称为“彩虹湾”的港池，停泊着各种较大型的商用船艇，有的提供海上钓鱼服务，有的为逝者提供海葬服务，有的提供 45 分钟的港湾游览和历时 2 个多小时的出海观鲸活动。据说，加州的太平洋海岸是鲸鱼从阿拉斯加向墨西哥迁徙的必经之路，一年中的大部分时间，运气好的话都可以在海上看到鲸鱼喷出的水柱。乘船在长滩港湾内游览，也可看见海鸥紧跟着游船“超低空飞行”，它们就在游人的头顶盘旋，那张开的翅膀被海风托举着，似乎不用扇动就可以让它们停留在空中。海里的灯浮上，趴着几条海狮在懒懒地晒太阳，船长兼导游会在喇叭里告诉你海狮的名字和性别。

继续向西，可以看见一座现代化的建筑，长滩的太平洋水族馆。据说这个水族馆是洛杉矶地区排在迪士尼乐园之后排名第二的适合家庭亲子活动的旅游景点。码头岛与陆地之间被洛杉矶河隔开，架在洛杉矶河上的桥梁是从市中心前往玛丽皇后号邮轮的必经之路。洛杉矶河发源于西北面的圣费尔南多山谷，穿过洛杉矶市中心，曾经是洛杉矶地区重要的供水来源，如今主要用于泄洪，原来的泥土河床也被水泥混凝土河道代替了。

如果你以松树街为基点向东走的话，就来到由一幢幢红瓦屋顶房子组成的“岸线村”，这是针对外地游客开发的旅游设施，有很多出售各种旅游商品的店铺，也有街头艺术家在这里表演。这里也有不少餐厅，在这里点上一份牛排，凭窗看着无敌海景小酌一番，应该是令人心旷神怡的惬意之事。当然，经济的不景气，也让这里难免有门可罗雀的感觉。

过了“岸线村”，是一个规模颇大的游艇港池，被称为“岸线港池”。这里停泊的大多是私人拥有的小型游艇，港池内共有 1700 多个泊位，这里满满当当地停满了船，当真给人樯橹如云、千帆待发的感觉。游人在这里花几十美元，就可以租一条快艇或帆船，在长滩的港湾里或快速驰骋，或随风扬帆。

长滩名列美国最适合步行城市的第八名。因此，如果你还不嫌累，那就继续往东走吧，你就来到了长长的沙滩，你就会感觉到“长滩”并非浪得虚名。从这里一直向东，直到海洋大道顶端的阿拉米托斯公园，整整 4 英里长的沙滩，包括中间的一段“露西遛狗海滩”。由于这段沙滩水质下降，人们更多是沿着这段海滩慢跑、散步和遛狗，喜欢下水游泳和冲浪的人宁愿开车去几英里之外的锡尔海滩和亨廷顿海滩。

阿拉米托斯公园和它对岸的堤坝，构成了阿拉米托斯湾的出海口。堤坝的另一侧，则是圣盖博河的河口。阿拉米托斯湾是在原圣盖博河口处人工开挖的小海湾，湾内是在沼泽地上建起的那不勒斯岛，由河道将岛又分为三个部分，彼此间有桥梁连接。那不勒斯岛是继洛杉矶威尼斯海滩附近的“美国威尼斯”之后，又一个模仿意大利水城的房地产开发项目。住宅依运河而建，颇有我国江南水乡“人家尽枕河”的味道，不少住户拥有的游艇就系泊在靠近自家房子的运河边。岛上的街道大多采用“佛罗伦萨”“苏莲托”等意大利地名，一幢幢住宅和岛中心的塔形喷泉都带有明显的欧式风格。河道上还有威尼斯风格的贡多拉船供游人乘坐，船夫在船上引吭高歌。海湾内还有为1932年洛杉矶奥运会划船项目而建的水上运动馆，以及另一个有1900个泊位的游艇港池，被称为“阿拉米托斯湾港池”。这里有很多为游艇配套服务的设施，如船厂、长滩游艇会、游艇销售公司、污水接收设施等。一年一度的圣诞节花船巡游使长滩市和那不勒斯岛名闻遐迩，一如帕萨迪纳市的新年玫瑰花车巡游。这一活动从1946年开始一直坚持到现在，一般在晚上举行，一艘艘装饰一新、各具特色的灯船沿着阿拉米托斯海湾内既定的巡游路线缓缓驶过，引得岸边街上的观赏人群发出一阵一阵的喝彩声。

长滩市的海岸线到这里结束，过了圣盖博河，就是属于奥兰治县的锡尔比奇。圣盖博河发源于东洛杉矶盆地北侧的圣盖博山脉，流过圣盖博河谷区，主要河道长达40多英里，加上支流共长60英里，也就是100公里，蜿蜒来到长滩，在这里汇入太平洋。

这样走一圈，你就基本了解了长滩的海岸线和滨海地区，进而了解了其海岸，你也已在很大程度上理解了长滩。因为长滩享有“美国水都”的声誉。这一名称是由当地居民团体建议、2008年经长滩市议会批准通过的，长滩市民间为此还成立了美国水都基金会，吸引了当地大量水上运动爱好者的参与。基金会的宗旨是在当地、全美和国际三个层面上宣传和推广长滩市的亲水形象，发挥长滩在与海洋相关的商业、教育和体育运动方面的优势，促进当地经济社会发展。

美国东西两岸拥有长长的海岸线，著名的海滨城市也很多，长滩敢于亮出“水都”的牌子，是需要一定的勇气和底气的。这里不仅气候温暖适宜，四季如春，而且它拥有总共长达 11 英里的海岸线、宽阔的海面和长长的沙滩，适于开展帆船、游艇、划船、潜水等各种水上运动；国际游轮码头、通往卡塔琳娜岛的渡轮服务、水上巴士、港湾和出海观光等各种水上交通服务；可以装卸集装箱、散装货、石油和化学品等各种货船的综合性港口设施；水族馆、水上运动馆、三个拥有超大停泊能力的游艇港池等海洋休闲娱乐设施；热爱海洋运动的居民和大量的水上运动人才；完备的陆上配套设施和服务。同时，长滩在其海岸线的一西一东两侧，为洛杉矶地区重要的两条河流——洛杉矶河和圣盖博河，提供了入海口。

但另一方面，长滩需要打出“美国水都”这样的牌子来夺人眼球，也显示出这个城市振兴乏力的无奈现实。这既有宏观经济的原因，也是长滩同时作为“水都”和主要海港的潜在矛盾所决定的。海洋体育和休闲娱乐活动必然对环境质量提出很高的要求，而港口作业必然带来一定程度的海洋和空气环境负担，除了那道长长的防浪堤，两条河流从内陆带来的不洁水源，也是长滩海水质量下降的重要原因。

长滩的无奈，也许是我国许多正在致力于发展海洋经济的海滨和海岛城市所要警惕的。

海边的卡梅尔和曼彻斯特

海边的卡梅尔（Carmel-by-the-sea）和海边的曼彻斯特（Manchester-by-the-sea）是两个海边小镇，前者位于美国西岸的加利福尼亚州，面向卡梅尔湾和太平洋，后者位于美国东岸的马萨诸塞州，面向马萨诸塞湾和大西洋。既然是湾，就必然有陆地突出形成半岛，卡梅尔湾北侧的半岛叫作蒙特雷半岛，南侧的半岛叫作洛波斯角，海边的卡梅尔就位于蒙特雷半岛靠近大陆岸线的地方，犹如半岛南侧的腋下；马萨诸塞湾北侧的半岛叫作安妮角，与南侧的科德角半岛合围出一个海湾来，海边的曼彻斯特位于安妮角接近大陆岸线的地方，其位置也许不到“腋下”，至少可以算半岛南侧的“肘部”。

“海边的卡梅尔”和“海边的曼彻斯特”是小镇的官方名称，前者可以简称为“卡梅尔”，不会引起歧义；后者以前就叫“曼彻斯特”，是为了避免与距此仅一小时车程的新罕布什尔州曼彻斯特混淆，1989 年才将其官方名称改为“海边的曼彻斯特”。为方便行文，以下就把它们简称为卡梅尔和曼彻斯特了。

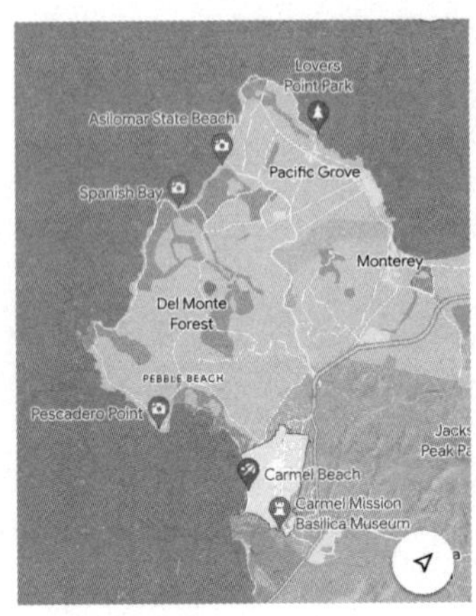

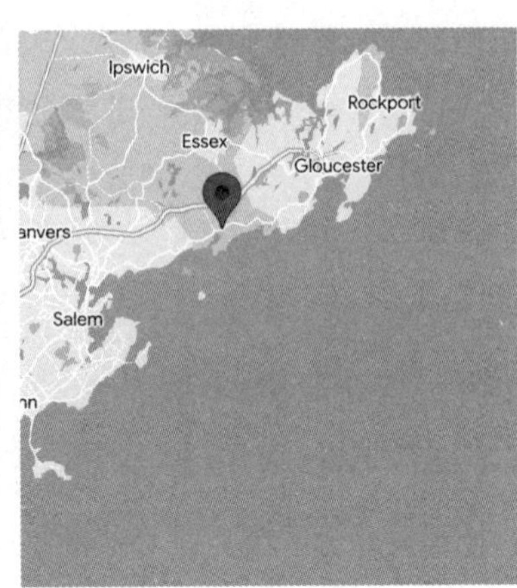

卡梅尔和曼彻斯特位置图

卡梅尔是人们在洛杉矶与旧金山之间的太平洋海岸公路上驾车旅游时必到的景点，电影演员暨导演克林特・伊斯特伍德是这里的知名居民并担任过镇长，与中国渊源颇深的约瑟夫・史迪威将军成年后也举家搬离纽约落户卡梅尔。获得2017年奥斯卡最佳剧本奖和最佳男主角奖的影片《海边的曼彻斯特》也让曼彻斯特小镇声名远播。把这两个有名的海边小镇放在一起进行比较和赏析，成了我一直想做的一件事。

卡梅尔和曼彻斯特都是安静闲适、风光旖旎的海边小镇，且都与大都市相距不远。卡梅尔距旧金山约200公里，也就两小时多一点的车程。曼彻斯特距波士顿更近，才50多公里，车程40来分钟。旧金山的居民和游客驱车到卡梅尔度个周末，住在卡梅尔各具特色的精品酒店，夜晚流连在卡梅尔充满艺术气息的小巷、酒吧、咖啡馆和小剧场，白天逛逛艺术画廊，到卡梅尔沙滩上发呆或在海边的步行道上快走，有兴趣还可以去附近卵石海滩或17英里公路著名的高尔夫球场挥杆。曼彻斯特自身几乎没有一家酒店，来此旅游度假的人，要么住在周边几公里之外的酒店，要么在曼彻斯特海边租一套别墅或木屋，一待就是好几天或几个礼拜。不少波士顿的富人在此购置了价值数百万甚至数千万美元的豪华度假别墅。曼彻斯特周边也不乏高尔夫球场，但度假人士更喜欢来此看海、玩海，租辆自行车沿着海边的公园骑行，泅水到离海岸不远的无人小岛上游玩，或者乘坐小艇到海上兜风、钓鱼、看鲸鱼。

卡梅尔和曼彻斯特各自又都打上了加州和新英格兰的历史印记。来到卡梅尔的游客可以去参观最早建于1797年、后经多次整修的西班牙殖民风格的天主教大教堂，而曼彻斯特的游客也可以去参观建于1809年、属于新教公理会的第一教区教堂，以及附近的哈蒙德城堡博物馆。

卡梅尔的面积仅为2.75平方公里，常住人口3200余人；曼彻斯特的陆地面积有24平方公里，几乎是卡梅尔的9倍，常住人口5400人，相比之下人口密度更小，活动空间更大。卡梅尔的平均海拔高度68米，适于游客站在崖上俯瞰大海，平生居高临下的自豪感；曼彻斯特平均海拔高度仅为9米，人们更容易走下海岸，与海洋亲密接触，与自然融为一体。

卡梅尔虽然海岸线较短，但也拥有卡梅尔海滩和卡梅尔河州属海滩两个沙滩。卡梅尔海滩对宠物狗开放，虽不设救生员，但允许人们下海游泳，同时因海上风浪较大，也有人来此冲浪。曼彻斯特的海岸线较长，有歌吟海滩、白沙海滩等多个沙滩。歌吟海滩是个热闹的公共海滩，设有停车、食品小卖部、冲澡、更衣和卫生等设施，仅在10月至4月淡季向宠物狗开放。海滩有个神奇的地方，就是脚踩在干沙上会发出“吱吱”的声音，犹如沙子在唱歌一般，“歌吟海滩”故而得名。这里的海上风浪较为平静，可以划艇。

不同的海拔高度，似乎成了这两个海边小镇的象征。卡梅尔显得更加“高大上”，它最突出的基因有两个，一是美丽的自然风光，二是丰富的艺术底蕴。卡梅尔于1910年代建镇时，来此盖房居住的人60%以上都毕生从事与艺术创作有关的工作。早期市政厅的官员都由艺术家担任，诗人、演员担任镇长的比比皆是。卡梅尔的艺术种类丰富，有戏剧艺术，建有艺术与工艺俱乐部、金色树干剧院、森林室外剧院等；有文学艺术，诗人乔治·斯特林、罗宾逊·杰佛斯和作家玛丽·奥斯汀在这里安家落户，并邀请了很多名人来此客居，如作家杰克·伦敦、辛克莱尔·路易斯和电影明星卓别林等；有视觉艺术，迁居此地的摄影家阿诺德·根特、爱德华·威斯顿用他们的镜头记录下了卡梅尔及周边地区的美景，约瑟芬·库尔伯森等画家创办的卡梅尔美术协会带动了这里的美术创作，并建成了永久性的绘画作品展示馆来展示推广美术作品；还有音乐艺术，卡梅尔巴赫节从1935年创立，一直延续至今，夕阳文化中心、卡梅尔大教堂等地点经常举行音乐会，蒙特雷交响乐团时常来此驻场演出。

曼彻斯特则显得更为平民化，除了同样拥有优美海景，它的另一个“基因”是捕鱼和海上运输。英国殖民者从 1629 年开始在这里定居，1645 年正式定域设镇。此后长达 200 年时间里，曼彻斯特都是一个热闹的渔村。1845 年诗人理查德·戴纳在这里造屋，开创了波士顿有钱人来此投资建造度假屋的先河。（顺便说一下，理查德·戴纳的儿子小理查德曾作为海员随船从波士顿出发，那时巴拿马运河还未开通，须绕道智利的合恩角，方可抵达尚属于墨西哥领土的南加州，如今南加州的滨海小镇达纳波特因（Dana Point，也可译为戴纳角）就是以小理查德的姓氏命名。）从影片《海边的曼彻斯特》中看到，如今还有不少居民会开船出海捕鱼，但渔业已经不是他们主要的收入来源，更多的居民和游客将打鱼当作娱乐消遣。

卡梅尔“高大上”的第二个体现是它的物价，生活成本指数为 264.6，房价的中位数达 190 万美元。相比之下，曼彻斯特的生活成本指数 183.6，房价中位数 100 万美元，虽远高于马萨诸塞州的平均水平，但仍比卡梅尔低了不少。

卡梅尔“高大上”的第三个体现是它一些特有的管理措施。这里的单位或住家都没有单独的门牌号，邮件和包裹都统一寄到镇邮局，由邮局通知住户来领取，邮局成了鼓励居民在此碰面寒暄社交的地方；行人未经批准不得穿鞋跟超过两英寸的鞋子，以免崴脚受伤后向政府索赔；镇内不能开设连锁餐厅，以保护当地的特色餐厅；街上不设路灯，也没有交通信号灯，以保护夜晚的黑暗和宁静，便于人们仰头数星星。以前这里也不允许销售和食用冰淇淋，避免冰淇淋融化滴到地面上，克林特·伊斯特伍德当了镇长后，设法把这一条给废了。

加州的气候四季宜人，卡梅尔可以说是个全年皆宜的旅游景点；曼彻斯特所在的新英格兰地区冬季漫长寒冷，夏季才是它最热闹的时节。人们来海边小镇既可以看海、也可以玩海，而在卡梅尔，每天有精彩的故事剧情在发生，大海既是艺术家灵感的来源，也更像是剧情上演的巨幅背景板，因而人们更适于来此“看海”；曼彻斯特的街道或许没有如此生动和有趣，那些建在礁石之上的海景豪宅又都门禁森严，它的重心都在港湾、沙滩和海面上，召唤着人们来此“玩海”。

“爱乐之城”洛杉矶

美国歌手兰迪·纽曼演唱的歌曲《我爱洛杉矶》对洛杉矶极尽赞美。歌词大意如下：

讨厌纽约城，它又湿又冷，人们个个穿得像猴子；

芝加哥就留给爱斯基摩人，粗糙又冷峻，不适合你我两个人，坏妞儿。

在帝国公路上驰骋，身边挨个红发女郎，

圣塔安纳吹来温热的北风，正好让我们驾车兜风。

摇下车窗，收起车篷，放响沙滩男孩乐队的唱片，莫让音乐停，且叫车轮继续滚。

从南海湾到山谷区，从西区到东区，人人笑逐颜开，时时阳光闪耀，每日都是艳阳天。

我爱洛杉矶，我爱洛杉矶。

请看那座山！请看那些树！

那儿一个家伙跪在地，街上行走的女人，哪里也比不上她们。

世纪大道（是我最爱！）

胜利大道（是我最爱！）

圣莫尼卡大道（是我最爱！）

第六街（是我最爱！）

我爱洛杉矶！我爱洛杉矶！

1998年在洛杉矶成立的瑞罗基利乐队也唱过一首题为《我爱洛杉矶》的独立摇滚派歌曲，讲述的是一名居住在洛杉矶的青年不屑一顾地离开这个地方，走遍了美国东岸和中西部，也到了欧洲的阿尔卑斯山脉和布达佩斯，想闯荡一番事业，但最终还是思念故乡，在洛杉矶街头高大的棕榈树的感召下，回到了这个地方，尽管他曾对家乡无比冷酷，但洛杉矶还是大度地接纳他回家；在感激涕零之余，他希望像母亲及其亲戚长辈一样，长眠于这个金色之州，如同被他梦见的一千只绿鸟背驮着，飞往一个无所有、又无所不有的万籁俱寂之处。

洛杉矶街头的棕榈树

到过洛杉矶的人，才能体会这里地方之大。我的一些同事居住在奥兰治县的兰乔圣玛格丽塔市（Rancho

Santa Margarita），工作场所在洛杉矶市的圣佩德罗（San Pedro），每天上班单程要驱车近 70 英里，合 100 公里以上，上下班来回就是 200 多公里。早上 6：00 不到就出门上班的人司空见惯。有一次，国内来的朋友临时打电话给我，说他上午乘坐东方航空的班机抵达洛杉矶机场，然后直接前往环球影城观光，晚上还要去好莱坞看星光大道的夜景，明天一早就离开洛杉矶去拉斯维加斯旅游了，问我能否今晚到他们下榻的安大略机场附近的酒店见上一面？听他这么一说，我有点头皮发麻，尽管他说的安大略（Ontario, CA）并非加拿大的安大略省，而是南加州圣贝纳迪诺县的城市，但该城市距洛杉矶市中心 40 多英里，将近 1 小时的车程，他们回到酒店至少是 8、9 点钟的光景了，而我所住的尔湾距安大略市又是 40 多英里的距离。我当时还不习惯开长途夜车，尽管友情珍贵但还是婉拒了盛情，至今还感觉欠了朋友一份人情。

我太太与国内的朋友煲“电话粥”时，偶尔说起昨天是星期天，我们一家去洛杉矶玩了一天，朋友往往吃惊地说，你们不是就住在洛杉矶吗，怎么还要去洛杉矶？这份惊讶，不亚于我刚到上海读大学时，听居住在浦东的人说“去上海”时的样子。

在我看来，“洛杉矶”至少有三个不同层面上的意思。一是指大洛杉矶地区，包括洛杉矶县、奥兰治县、里弗赛德县、圣贝纳迪诺县和文图拉县等 5 个县所覆盖的地区，总人口为 1700 万左右，是美国仅次于大纽约地区的第二大城市集合区。

二是指洛杉矶县。县是美国大多数州下设的行政区划。洛杉矶县是加州、也是全美人口最多的县，2010 年人口普查结果显示为 980 万人，美国有 42 个州的人口都低于这一个县的人口。洛杉矶县总面积约 1.23 万平方公里，尽管在全美所有县份中排名第 74 位，但也超过了罗得岛和特拉华两个州的面积之和。加利福尼亚于 1850 年设州时，洛杉矶县的范围还包括了现在的克恩县、圣贝纳迪诺县、里弗赛德县和奥兰治县的部分区域，后来这些区域逐步被划分出去单独设县了。洛杉矶县共有 88 个市，这些市的大小不一，在华人区比较著名的河谷大道（Valley Boulevard）上驱车，十分钟之内可能就已经穿过了阿尔汉布拉、蒙特雷帕克、圣加布里埃尔、罗斯米德、埃尔蒙特等好几个城市；市的自治程度也各不相同，有 37 个市同县政府签订协议，由县提供全部市政服务。洛杉矶县内还有 65% 的地方没有成立市镇等自治体，大约有 100 万人生活在这个区域，其市政服务也全部由县提供。

三是指洛杉矶市。洛杉矶县所属 88 个城市中，县治所在的洛杉矶市无疑是“大哥大”，人口 380 万，占整个县人口的将近 40%。与之相对照，第二大的长滩市人口也仅 46 万，其余城市人口均在 20 万之下。按人口来算，洛杉矶市也是美国仅次于纽约市的第二大城市。

美国某网站上，有人发帖询问，哪些是洛杉矶的标志性景点？跟帖者列出了迪士尼乐园、贝弗利山庄标志、圣莫尼卡栈桥码头、山坡上的好莱坞标志等，但同时指出，除了好莱坞标志外，其余三个景点都不属于洛杉矶市。因此，严格说来，这四个标志性景点只能算是“大洛杉矶四地标”。

人们经常说，贝弗利山庄是洛杉矶著名的豪宅区之一。事实上，尽管贝弗利山庄处于洛杉矶市的包围之中，其本身却并不属于洛杉矶市，而是一个自主的城市，有其自己的市政厅和警察局等机构。洛杉矶市对这一富庶的地区当然心存兼并之心，但贝弗利山庄的居民们顽强抵抗，保持了独立。

同样，著名的海滩城市圣莫尼卡也是洛杉矶县下属有自主管理权的城市之一。与圣莫尼卡海滩一线相连的威尼斯海滩地区则几经变化，最后臣服在了洛杉矶市的管辖之下。

迪士尼乐园所在的地方则不仅不属洛杉矶市，甚至也不属洛杉矶县，而是位于奥兰治县的阿纳海姆市，距离洛杉矶市中心将近 30 英里。

好莱坞是洛杉矶的骄傲，也是洛杉矶市所属地区之一。但是，在好莱坞以西、贝弗利山庄以东一块面积不到 5 平方公里、形状极不规则的地方，则是另外一个有自主权的城市，名叫西好莱坞市，共有人口 3.4 万人。

洛杉矶地区某企业协会召开年会，为了扩大影响，邀请洛杉矶副市长到会致辞。副市长在讲话中高度赞扬协会各成员企业为洛杉矶市经济做出了巨大的贡献。会后他让秘书根据他与各企业代表交换的名片整理出一份企业清单，看后却胸闷地发现没有一家企业的地址真正属于洛杉矶市的范围。

在我看来，与“大洛杉矶四地标”相对照，可以列出另外四个货真价实位于洛杉矶市所辖范围内的著名景点，即作为湖人篮球队主场的史坦普中心（Staples Center）、洛杉矶音乐中心（Los Angeles Music Center）、盖蒂中心（Getty Center）、格里菲斯天文台（Griffith Observatory），而称之为“洛城四地标”。

回到本文开头谈到的兰迪·纽曼的歌曲《我爱洛杉矶》，看看他所爱的是哪一个“洛杉矶”。他首先提到的帝国公路（Imperial Highway）全长41英里，其中14英里在奥兰治县，27英里在洛杉矶县，始于奥兰治县的阿纳海姆市，终于洛杉矶县的多克维勒州属海滩，穿越17个大小城市。其次提到的圣塔安纳是奥兰治县的县治。南海湾（South Bay）指的是洛杉矶县东南部沿太平洋海岸形似半岛的地区，包括曼哈顿比奇等三个海滩城市以及帕罗斯韦德斯等地区。山谷区（The Valley）应该是指位于洛杉矶市中心西北的圣费尔南多山谷（San Fernando Valley），其中三分之二的地区属于洛杉矶市。（当地人有时把圣盖博河谷区的Valley Boulevard简称为the Valley或Valley，也有人以Valley指圣盖博河谷区。由于河谷区北侧即为圣盖博山脉，也有人把San Gabriel Valley译为圣盖博山谷，把Valley Boulevard译为山谷大道。笔者根据有关资料考证，认为San Gabriel Valley的名称首先来源于 San Gabriel River，因此将其译为圣盖博河谷区。）西区（Westside）有时又被称为“西洛杉矶”，是位于洛杉矶县西部的大约 260 平方公里的地区，包括了洛杉矶市的 28 个分区、贝弗利山庄、圣莫尼卡、西好莱坞等，是富人区的象征。东区（Eastside）又称“东洛杉矶”，一般是指洛杉矶市中心和洛杉矶河以东、圣盖博河谷区以西的地区，墨西哥裔人口较多，是洛杉矶穷人区的象征。

他还提到了几条各具特色的公路或街道。世纪大道（Century Boulevard）位于洛杉矶市南部，通往洛杉矶国际机场，机场附近的大道两侧分布着很多高级酒店。胜利大道（Victory Boulevard）是圣费尔南多山谷区一条东西向的主干道，全长 25 英里。圣莫尼卡大道是从洛杉矶市、贝弗利山庄和西好莱坞通往圣莫尼卡的大街，也是历史上有名的“66 号公路”的组成部分，其中位于西好莱坞的路段长 2.8 英里，因其独具特色在 2011 年被美国规划协会评为“杰出街道”（Great Street），其东侧为俄罗斯裔居民聚住区，西侧则为洛杉矶地区同性恋者的天堂，有大量供同性恋者出没的餐厅、酒吧、书店等，每年六月份和万圣节期间这里会举行同性恋游行活动。第六街是洛杉矶市中心的交通枢纽，拥有一座横跨洛杉矶河的立交桥，101 号和 5 号高速公路、有轨电车和联合太平洋铁路的轨道，以及当地的几条街道都在此交会。该立交桥于 1986 年被列入《全美历史性地点名录》。

所以，从歌词可以看出，兰迪 · 纽曼所爱的“洛杉矶”

是大洛杉矶地区，并非狭义的洛杉矶市。他 1943 年出生在洛杉矶，不久就随父母迁至新奥尔良外婆家里，在 11 岁时回到洛杉矶定居。因受其叔舅辈亲戚的影响，他 7 岁开始学习钢琴，17 岁开始专业从事歌曲创作，并为好莱坞的电影公司创作电影音乐和插曲，也在大学和夜总会进行歌唱演出。他多次获得奥斯卡电影音乐方面奖项的提名，并终于于 2001 年凭其创作的歌曲《假如我未曾拥有你》(*If I Didn't Have You*) 获得奥斯卡奖和格莱美奖。他的这首《我爱洛杉矶》于 1983 年公开发行，当时他 40 岁。

瑞罗基利乐队的女主唱手珍妮·路易 1976 年出生在赌城拉斯维加斯，在拉斯维加斯和洛杉矶圣费尔南多山谷区长大，受其酒吧歌手母亲的影响，自小喜爱音乐，并成为电影童星。她 1998 年与人合作成立瑞罗基利乐队，生活像吉卜赛人一样飘荡无定，直到 2008 年终于在洛杉矶好莱坞购置半山豪宅，从此在颠簸之余有了落脚之所。2007 年 10 月 15 日，珍妮·路易在圣莫尼卡市政中心音乐厅唱响瑞罗基利版的《我爱洛杉矶》，引发观众无数的叫好声。

2016 年美国上映了一部歌舞喜剧影片 La La Land，中文译为《爱乐之城》。洛杉矶的英文缩写为 LA，所以 la-la land 特指洛杉矶，尤其是好莱坞，以及它们所代表的时尚、轻佻、怪异的生活方式。年老的兰迪也好，年轻的珍妮也好，最终都在“爱乐之城”洛杉矶实现了他们的“美国梦”，也都有了爱洛杉矶的理由。

洛杉矶的公共图书馆

一

洛杉矶的一家学术机构 2013 年 5 月发布的一份移民问题研究报告称，在美国总共 1100 万非法移民中，估计有 260 万居住在加州，占全国的四分之一。加州 2012 年统计的总人口为 3800 万，因此 260 万非法移民在加州总人口中占了 7% 左右，即加州每 14 名居民中就有 1 个是非法居留者。在南加州洛杉矶县，非法移民在居民总人数中所占比例达十分之一左右，又高于加州的平均水平。

研究者发现，洛杉矶县非法移民的工资中位数为每年 1.8 万美元，比美国出生居民的 4.7 万美元低很多。在这些非法移民中，只有 33%的人有健康保险，将近一半的人没有高中文凭，60%的人不说英语，只有 12% 的人拥有自己的住房。

非法移民不仅得到的工资报酬低，他们的辛苦钱还可能受到别人的盘剥甚至诈骗。因为没有身份证明，他们无法在银行开立账户。现金随身携带或放在家里，容易成为偷盗者觊觎的对象。而很多雇主是以支票发放工资的，没有银行账户，就意味着他们拿到的支票无法直接兑换成现金，不得不支付手续费通过其他途径来取现。有些街头小店可以提供支票兑现服务，条件是按支票金额的百分比收费，或先收取一个固定费用、再按金额百分比收取，比如兑现 1000 美元的支票，先要付 5 美元固定费用，再按金额 1% 收费，一共要收 15 美元；有的银行出售“预付卡”，没有银行账户的人可以将支票存进预付卡，但银行对预付卡是要收取月费的（大通银行预付卡月费为 4.95 美元）；沃尔玛等超市也可以提供支票兑现业务，收取的手续费较低，比如规定支票金额在 1000 美元以下收费 3 美元、1000~5000 美元收费 5 美元。

非法移民一般只能以干体力活、做临时工谋生，按周发薪，每月至少会得到 4 张支票，如果是在不同场所打零工，还会得到更多张数的支票，每张支票金额却很低，因此要支付的兑现手续费会相当可观。不少非法移民学历低、英语水平差，不懂得怎样去选择收费最低的兑现渠道，往往会上当受骗、任人宰割。

洛杉矶市议会最近批准了部分议员提出的建议，即由相关部门研究借鉴北加州旧金山和奥克兰市的做法，将市公共图书馆出具的借书卡作为身份证明和银行借记卡的可行性。此举一推出，在当地居民中引发了极大的争议，也将图书馆借书卡这一本来不太受关注的物品推到了舆论的风口浪尖。支持者认为，把图书馆借书卡的功能提高到官方身份证和银行借记卡的地位，有利于吸引非法移民利用洛杉矶市公共图书馆的资源进行学习，增加金融知识，同时在不改变其非法移民地位的前提下让他们合法使用银行服务，使之得以融入社会，不再受到别人的盘剥。反对者说，这种做法无异于鼓励非法移民，让非法居留者不承担相应的责任和义务，却享受相同的权利。有人质疑提出这一议案的市议员有不可告人的目的，一方面是想讨好墨西哥裔移民，捞取选票，另一方面在选择承包管理此类身份证和借记卡的第三方机构时，议员们又可以通过暗箱操作，让曾经支持他们获选的"金主"得到合同。

虽然此事仅处于研议阶段，但它引起了我对洛杉矶地区的公共图书馆和借书卡的兴趣。

二

我首先去了解了一下申办图书馆借书卡的程序和条件。洛杉矶公共图书馆网站列出了申请借书卡的途径：首先，本人到洛杉矶市任何一家公共图书馆，索取申请表填写完毕后交给工作人员制卡；其次，在网站下载申请表格，填写后送至任何一家公共图书馆递交；最后，在网站相应页面上进行预注册，然后在30天之内去任何一家公共图书馆取卡。加州居民申请借书卡免费。

我在网站上下载了申请表，表格仅一页，采用英文和西班牙语两种文字。表格开头说明，申请人须出示被认可的身份证明，字迹要清楚，所填信息会得到保密。须填写的内容有姓名、年龄、出生日期、家长或监护人姓名、住址（包括州和城市名字、邮政编码）、电话号码和提供手机服务的电信公司名称、电子邮件地址和母亲名字。表格中有文字解释说，如果你需要以短信方式收到图书馆发送的图书预留通知，须提供手机号码和电信公司名称，按照使用的资费套餐不同，收取短信可能须支付费用；如不需短信通知，则仅提供任一联系号码，不用告知电信公司名称。最后，在签名之前申请人须同意，对记入借书卡账户下的所有材料负责，不论是否事先经本人同意；同意及时支付所有费用；本申请表内所填信息如有变化，将及时通知馆方；理解本人是唯一受权使用此借书卡之人。超过 17 岁的申请人须自己签名，17 岁以下的申请人由父母或监护人代签。

什么是表格中所说的被认可的身份证明呢？网站解释说，身份证明上要写有姓名、当前地址，并贴有本人证件照。可以是加州驾驶执照或加州车辆管理所制发的身份证，如无法提供驾照或身份证，则须提供下列文件中的两件，其中一件须贴有本人证件照，另一件须显示当前地址：护照、学生证、政府部门签发的其他身份证明、工作证、个人支票、信用卡对账单、房租或房产税收据、显示最近日期邮戳的公函信封。

可见，在洛杉矶办理图书卡所需的身份证明很宽泛，即使没有合法身份的移民，要提供有本人照片和显示当前地址的两份文件并不困难。图书卡申领的门槛很低，有利于生活在社会底层的非法移民获得学习知识的机会，也是洛杉矶市议员们选择它作为非法居留者的身份证明、甚至兼有预付借记卡的原因。

现有的洛杉矶市图书卡一面印有“洛杉矶公共图书馆”的字样，一面供卡主签名。一旦图书卡增加了身份证明和借记卡的功能，卡上就应该印有照片、姓名、住址、签发和到期日期、个人签名样式等信息，并增加金融卡所具备的信息特性。

三

众所周知，美国没有全国统一的身份证件。历史上，美国联邦政府曾经发起过多次呼吁，要求实施全国统一的身份证件，因从未在国会获得半数以上的支持而尽数夭折。近几十年来，美国对这个问题也做过很多次民意调查，每次都是反对意见占绝对上风。反对的理由，不外乎担心统一身份证会威胁个人自由和个人隐私。美国拥有大量非法移民，一旦采用全国统一的身份证，这些人就会暴露在阳光之下，他们及其代理人的竭力反对，也是身份证无法统一的主要原因之一。

罗斯福新政期间，为了建立社会保障系统，提出为每一个有工作的人员，建立一个社会安全账号。设想一出，立刻遭到了“隐私派”激烈反对。最后，罗斯福向国会妥协并保证：这个号码仅仅用于社会保险，一定不会用于身份标识的领域，并且会被保密，这个提案才最终在国会通过。严格地说，社会安全号还算不上统一的身份证件，因为它只记录姓名，男女、年龄、住址、相片等基本信息都没有，公民也不需要随身携带，该号码被明确规定为个人隐私。1974 年的《隐私法》甚至还有专门的条文写明：“要控制社会安全号对个人隐私造成的威胁”。

除了就业、领取社会安全金等用途之外，社会安全号还可以作为居民报税用的税号。没有社会安全号的人在报税时，需要申请一个“个人税务身份号”。申领社会安全号须提供的文件包括能证明出生日期的文件（出生证、护照等）和能证明合法身份的文件（如美国护照或州政府签发的驾照和非驾照身份证，非美国公民则须提供在美国合法居留的文件，如绿卡、工作签证等）。毫无疑问，没有美国合法居留身份的非法移民是很难获得社会安全号的。

记得我初抵美国，按规定要入境 10 天以后才可以申请社会安全号，而不久即是圣诞新年假期，所以我是整整一个半月后才拿到社会安全号。而没有这个号码是无法从公司领取工资的，因此这段时间我几乎闹起了饥荒。

美国护照是由联邦政府签发的全美统一的身份证明，但只发给美国公民出国旅行用，与非美国公民无关，非法居留者更搭不上边。

美国人习惯上所称的身份证是由州政府下属的车辆管理局颁发的，一种是同时作为身份证的驾驶证，一种是没有驾驶证功能的身份证。两者尺寸和信息内容相同，唯一的区别在于注明是“驾驶证”还是“身份证”。已经获得驾驶证的人不能同时申请身份证，除非可以证明驾驶证遗失或已过期。向车辆管理局申领驾驶证或身份证须提供社会安全号，除非能够证明你是在美国合法居留、而根据美国相关规定无法领取社会安全号。

由某个州签发的驾驶证或身份证可以在全美范围内作为身份的证明，如旅行者可以在纽约肯尼迪机场凭加州驾照乘飞机。由某个城市公共图书馆签发的借书卡作为身份证明，一般不为联邦和州法律所认可，在该城市范围之外往往不具有效力。比如，旧金山市在颁发市民身份证时说明，该身份证并非驾驶证，不作为可以购买烟酒的年龄证明，也不能被联邦机构接受用于联邦层面的身份证明或其他官方目的。

四

再回到图书馆。我所住的奥兰治县，总人口 300 万左右，在加州名列洛杉矶县和圣迭戈县之后，在全美人口最多的县中排名第六。由县财政出资管理运行的共有 34 家公共图书馆，其中方廷瓦利、科斯塔梅萨和尔湾 3 个城市各拥有

3家，其余25家分别位于22个市和3个未正式注册为市的城镇，其中总馆和图书馆管理局位于县治所在的圣安娜市。奥兰治县共有34个正式注册的城市，阿纳海姆、纽波特比奇、亨廷顿比奇、富勒顿等9个城市因为有了自己的公共图书馆，不再安排县属的图书馆。安纳海姆早在1870年就已设市，当时还是洛杉矶县的一部分，后来归入新设立的奥兰治县，因此是奥兰治县首个正式注册成立的城市。由于历史悠久，阿纳海姆市的公共图书馆自成体系，共有8个图书馆和一辆流动图书车。

我居住的尔湾市是奥兰治县人口超过20万的三个最大城市之一（另外两个是阿纳海姆与圣安娜），是奥兰治县高科技产业和金融业的中心，但由于人口分散，且设市较晚（1971年），没有建立自己的图书馆。这里的三家图书馆均属于奥兰治县公共图书馆系统，其中位于加大尔湾分校附近的大学公园图书馆是我家人经常光顾的一家，尽管规模不大、藏书量偏少，但仍然为周边居民提供了阅览借书、获取知识和精神消遣的便利渠道。

洛杉矶县人口达近千万，所属的公共图书馆自然数量更多、规模更大。洛杉矶市有自己的公共图书馆系统，但洛县图书馆系统在洛市也拥有自己的地盘，共有10所，大多位于市中心之外的地区，其中东洛杉矶图书馆最大，建筑面积达2.63万平方英尺。洛县和洛市的图书馆自成体系，在洛县图书馆借的书不能还到属于洛市的图书馆去。

根据洛杉矶市公共图书馆网站提供的资料，洛杉矶市共有一个中央图书馆和72所分馆，有900名员工，每年预算达1.07亿美元。2011年光顾这些图书馆的读者人数达1300万人次，借阅书籍和音像资料达1500万件次。

我第一次见到洛杉矶市中央图书馆纯属偶然，是缘于我前往位于市中心的加拿大驻洛杉矶总领馆办理加拿大短期商务签证。领馆在南希望街550号写字楼内，这幢大厦的左侧有一幢建筑矗立在希望街的正中，活生生把希望街切断了一段。我注意到这幢建筑面对希望街的大门上方写着“洛杉矶公共图书馆”的字样，但当时只觉得它八、九层高，陷在周围高楼大厦的包围之中，显得并不起眼，因而并没有对它留

洛杉矶图书馆

下过深的印象。

我曾在纽约参观过位于曼哈顿第五大道上的纽约图书馆主馆，那美轮美奂的传统欧式建筑和几乎全部由白色大理石装饰的内部空间，着实让我震惊。由此我想起了洛杉矶图书馆，与纽约图书馆相比，它能配得上洛杉矶这所美国第二大城市的地位吗？

洛杉矶图书馆主馆于 1926 年落成（比 1911 年开馆的纽约图书馆主馆晚了 15 年），是洛杉矶最古老的建筑物之一，也是洛杉矶市中心的地标性建筑，是很多游客心仪的照相景点。图书馆由知名建筑设计师古德休（Bertram Grosvenor Goodhue）设计，因此被称为“古德休大楼”，设计风格深受古埃及和地中海复兴式样的影响，将建筑、雕塑和绘画艺术结合在一起，在当时美国公共建筑中是大胆的突破，特别是金字塔式楼顶上面的火炬象征求知之火，与图书馆的精神相互辉映。大楼石墙上装饰着人物造型和文字的浮雕。西门上的浮雕含义最为深刻，象征着知识和智慧的火炬世代相传，人类文明绵延不绝。中间雕刻的是两个人骑在马上互相传递火炬，犹如接力赛跑一样，与楼顶上的求知之火相对应，两侧两个人像是古希腊神话中的黎明女神和黄昏女神，也分别代表东方和西方，象征知识跨越时空薪火相传。南门上方的浮雕中凸显的是一本翻开的书，象征知识的重要，书的下方用英语镌刻着铭言：“耽于俗务，仅活在当代；埋首书籍，可存于永世”。两侧两个人像分别代表思想者和写作者，或者说象征着思考和表达这两种增进智慧的途径。北门正上方雕刻着洛杉矶市的市徽，两侧又各有一个人物雕像，分别代表理性和感性，或者说哲学家和诗人，象征着人类思维的伟大力量。

图书馆在 1986 年 4 月和 9 月遭遇两次火灾，馆藏书籍资料受损严重。1988 年至 1993 年将近六年时间里，图书馆获得大量捐赠，得以全面整修和扩建，新建了建筑面积达 33 万平方英尺的 8 层翼楼，使图书馆总建筑面积扩大到 55 万平方英尺。该翼楼以当时市长布莱德利的名字命名，地上四层、地下四层，大楼中庭有 8 层高，蔚为壮观。还在街心花园的地下建造了车库。同时，在全市各地建设大量分馆，以减轻中央图书馆的负担，方便居民阅览和借书。目前，波士顿、纽约、芝加哥、底特律和洛杉矶五个城市的公共图书馆系统在美国名列前茅。就书籍和刊物的收藏量而言，洛杉矶中央图书馆是美国第三大图书馆，它的国际语言部馆藏达 17 万册之多，居全美公共图书馆之首。

五

任何公共事业都离不开经费的支持，而预算赤字是目前困扰美国很多政府部门和公共机构的一大难题。洛杉矶的公共图书馆也不例外。2010 年，洛杉矶市政府预算大幅降低了公共图书馆的运行经费，使得图书馆不仅在星期日关门大吉，在星期一也无钱开张。此事引起了市民的极大愤慨，纷纷吐槽怒骂市议会和市政府里的那些政客们。很多家长希望孩子们把放学之后的时光花在图书馆里，那里不仅可以安心做作业、看书，孩子在那里还可以让家长安心，因为相对来说那里比较安全，街上的小混混和帮会分子一般不会去图书馆寻衅滋事。

目前洛杉矶市的图书馆每周开放6天，一般开至晚上8：00关门，周五和周六则提前至下午5：30闭馆。洛杉矶县的部分图书馆在星期日下午也开放。

经费不足也带来了其他一些问题。去过洛杉矶中央图书馆的市民一面惊叹馆内宽敞的空间、巨大的水晶吊灯、美丽的壁画、巨大的藏书量，一面也忍不住抱怨馆内厕所不干净、饮用水龙头经常无法使用、无线网络速度太慢，以及无家可归的流浪汉把图书馆当作栖身之所、并在众目睽睽之下翻看黄色书籍和浏览黄色网页，等等。

也正是因为这个原因，洛杉矶市议会提出将图书馆卡升级为市民身份证和银行借记卡的动议，被部分市民质疑是否想借机敛财，补充图书馆经费的不足。

随着计算机网络技术的发展和应用，人们的阅读习惯也在改变，网上阅读和电子书的阅读量正逐步提高。洛杉矶市图书馆网站也在适应这些变化，提供了很多在线查阅、在线借书预约等服务。尽管如此，书籍仍将在人民生活和社会进步中发挥重要作用。人们经常引用说，哈佛大学图书馆墙上贴着“此刻打盹，你将做梦；此刻学习，你将圆梦”的训言，但已经有人证实这是某些人的杜撰，哈佛整个校园73个图书馆的墙上都找不到这句话。相比之下，洛杉矶市中央图书馆南门上方石墙上镌刻的“耽于俗务，仅活在当代；埋首书籍，可存于永世”的铭言，更能让我们多去泡图书馆：人既需要打盹做梦，也要学习圆梦；既要投入当今的时事，也要从书籍中寻找到生于永世的乐趣。

盖蒂、亨廷顿和格雷菲斯

盖蒂、亨廷顿和格雷菲斯是三个美国富翁的姓氏，熟悉洛杉矶的人看到这三个人名就会联想到他们创始或捐资建立的以其姓氏命名的人文和科学机构，即洛杉矶地区著名的盖蒂博物馆、亨廷顿图书馆和格雷菲斯天文台。

三个姓氏以这样的次序排列，是根据其中文译名的字数，从少到多。若以生卒年份来排名，则正好相反，应是格雷菲斯（1850年1月4日—1919年7月6日）、亨廷顿（1850年2月27日—1927年5月23日）、盖蒂（1892年12月15日—1976年6月6日）。按寿命长短来算，盖蒂享年83岁、亨廷顿77岁、格雷菲斯70岁左右。有趣的是，无论怎么排，亨廷顿都是名列中间。

富翁必然有成为富翁的理由。看看这三人在世时从事的行业，不难理解其何以成为富翁。让·保罗·盖蒂是石油大王，他创立了盖蒂石油公司，1957年被《财富》杂志评为“最富有的活着的美国人”，1966年《吉尼斯世界纪录大全》评出他为世界上最为富有的个人，坐拥12亿美元资产（约等于2012年时的85亿美元），1976年去世时他的财富价值超过 20 亿美元（相当于 2012 年时的 81 亿美元）。

亨利·爱德华兹·亨廷顿是铁路大王，他除了接管叔叔考里斯·亨廷顿（考里斯与后来创办了斯坦福大学的勒兰·斯坦福是美国中央太平洋铁路公司的“四巨头”之二）遗传下来的南方太平洋铁路公司的职位外，还收购了经营洛杉矶市区窄轨距的有轨电车业务的洛杉矶铁路公司（俗称“黄车系统”）、创建了连接洛杉矶市和周边郊区的标准轨距的有轨电车业务“太平洋电气铁路公司”（俗称“红车系统”），并兼营相关的房地产业务，一些偏远郊区的房地产项目因交通条件的改善而迅速升值。奥兰治县的亨廷顿比奇就是因开通铁路而发展起来的远郊城镇之一，并被以亨廷顿的姓氏命名。1940 年代后，随着汽车的普遍使用以及大量公路和高速公路的建设，有轨电车业务逐步失去竞争力，到 1950 年代末基本被拆除。原来太平洋电气铁路的线路上建起了如今的太平洋海岸公路（亦即“加州 1 号公路”）。

格雷菲斯·詹金斯·格雷菲斯从事采矿业。他从担任旧金山一家报纸的采矿专业记者开始，积累了美国太平洋沿岸和内华达州的采矿业的大量知识，从而获得许多矿业联合企业的青睐，被委以重任，赚取了大量财富，并购买了大批土地。

1865 年南北战争结束后，美国加快了推进工业化的进程，于 1884 年成为工业国，1913 年成为世界头号经济强国。格雷菲斯、亨廷顿和盖蒂基本上都处于这一时代，三人从事的行业用我们今天的话来说，是事关国计民生的能源、资源和交通行业。他们可以说是美国工业化经济时代的获益者，正如比尔·盖茨、乔布斯、扎克伯格是当代高科技信息产业的弄潮儿一样，

这三人除了有钱，还各有雅兴。盖蒂热衷于收集欧洲古代的艺术品和文物。他在 1953 年成立了盖蒂基金会，从事艺术品收集、研究和普及工作。1954 年，随着藏品日益丰富，他在位于洛杉矶市属小镇帕洛斯弗迪斯的海边豪宅里辟出房间，作为艺术品展示厅，供公众参观。由于展示厅难以容纳越来越多的藏品，盖蒂在其住宅的山坡下方新建了一座艺术博物馆，因其结构设计模仿古罗马时代的埃尔科拉诺“帕皮里别墅”（该别墅在公元 79 年火山喷发时被湮没）而被称为“盖蒂别墅”。盖蒂别墅在 1974 年建成开放，但盖蒂本人那时已常住英国，直至 1976 年去世都没有亲眼看到过这幢建筑。没过多久，盖蒂别墅也开始不敷使用，盖蒂去世时给博物馆留下了 6.61 亿美元的巨款，因此财大气粗的

盖蒂别墅

博物馆在洛杉矶市西部山坡上置办了 110 英亩土地，高调延聘知名设计师，于 1997 年建成盖蒂中心。由于周围居民的反对，新建的盖蒂中心被迫控制建筑高度和缩小建筑规模，基金会决定继续保留盖蒂别墅，形成了目前盖蒂博物馆分处盖蒂中心和盖蒂别墅的格局。

盖蒂别墅占地 64 英亩，其入口距太平洋仅 30 米的距离。它位置处于洛杉矶市境内，但由于靠近属于文图拉县的马利布市，因此不少人以讹传讹，说它位于马利布。进入盖蒂别墅是免费的，但在其三个停车库内停车须付停车费。由于可以容纳的参观人数有限，它要求参观者事先在网上预约，但我们那天去参观是临时起意，好在门卫热心地送了我们两张参观券，使我们得以进入。盖蒂中心建成开张后，盖蒂别墅一度进行关门整修，到 2006 年 1 月重新开门迎客，主要展出 4.4 万件源自公元前 6500 年直至公元 400 年的希腊、罗马和伊特鲁里亚艺术文物。

盖蒂别墅的博物馆主建筑室内面积近万平方米，其中展示厅面积 4500 平方米左右。主建筑围绕着一个列柱中庭而建，中庭有一个长方形水池，池旁装点着人物雕塑作品。主建筑外，有一个可坐 450 名观众的露天剧院，进入主建筑的西门厅就是剧院的舞台，据说这里经常在晚上表演古希腊戏剧。主建筑后面的山坡上方是盖蒂原来居住的庄园住宅，如今作为博物馆工作人员的办公用房。盖蒂本人的坟墓建在庄园住宅背后的山上，但不对公众开放。

盖蒂中心位于洛杉矶市西部的布伦特伍德区，距加州大学洛杉矶分校不远，与盖蒂别墅有10英里的距离。到达位于山脚下的盖蒂中心停车场后，游客还须乘坐5分钟的有轨电车才能抵达山顶上的主建筑群。盖蒂中心由美国建筑师理查德·迈尔中标设计，外墙采用淡褐色、粗面的石灰茸石材，刻意以粗糙的质感来呼应周边的山景。为避免建筑物体量过于庞大破坏景观，建筑物在地面之上仅两层楼高。借鉴盖蒂别墅的设计理念，新博物馆也建设了美丽的庭园，让参观者借着在各个展览室之间移走的时机，不时地接触到大自然，并从山上俯视洛杉矶市全景。它的中心花园占地面积1.24万平方米，由艺术家罗伯特·欧文设计，目标是要成为“以花园为形式的雕塑作品”，本身也要成为一件艺术品。

新博物馆展示厅的特色之一是用柔和的自然光烘托出艺术品。照明是艺术馆设计的重头戏。建筑师迈尔以自然光为光源，为了避免紫外线对艺术品造成伤害，将来自建筑上方的光线进行多次反射和漫射才引入室内。迈尔又细心地将室内空调的出风、回风口隐藏在护墙板和挂画板的接缝处，如没有了解情况的人指出，一般游客基本不会察觉。盖蒂中心最初的造价预算是6亿美元，由于设计不断完善、施工精益求精，到完工时实际花费超过了10亿美元。

目前盖蒂中心每年的参观者达130万人次，成为美国参观人数最多的博物馆之一。这里主要展出20世纪之前的欧洲绘画、雕塑和装饰艺术作品，以及19世纪和20世纪欧洲和美国的历史照片。这里目前还有一个厅专门展示洛杉矶市建设和发展的历史过程，也值得参观。除了博物馆外，盖蒂中心还为盖蒂艺术保护研究院、盖蒂基金会等机构提供了办公场所。

退休后的亨廷顿在洛杉矶附近的圣马力诺市购置了面积超过 500 英亩的庄园，在这里安顿下来。他曾经的婶子、后来成为他妻子的亨廷顿夫人热爱书籍和艺术品，当年亲自主持，派人到欧洲收集采买古书和名画，然后从纽约装满几个车皮运来南加州。耳濡目染之下，亨廷顿也接受了夫人的爱好。他在 1927 年去世之前，藏品的总价值达到 5000 万美元，所收集到的 18 世纪英国肖像油画是所有私人收藏家中数量最多的。他们的庄园里没有农田马场，却建了一个集藏书、画廊和园艺于一体的图书馆。根据他的遗愿，这座图书馆以及他的藏品于 1928 年对公众开放。

亨廷顿图书馆的全称是“亨廷顿图书馆、艺术馆及植物园”。图书馆拥有 700 万册藏书，其中包括 40 万册珍本藏书和手稿以及 100 多万张照片，主要是从 11 世纪至今的英美文学与历史以及科学史著作，有些有着五六百年的历史，甚至拥有不少 16 世纪的中国地图。收藏品中最有名的包括 1 本印在羊皮纸上的《古腾堡圣经》（据说全球仅有 11 本这样的圣经存世）、源自 1410 年的“英国诗歌之父”乔叟作品《坎特伯雷故事集》的 Ellesmere 版手抄本，以及华盛顿、杰斐逊、富兰克林和林肯等美国总统的书信和手稿。

亨廷顿图书馆

亨廷顿图书馆已发展成为重要的人文艺术教育和研究机构。目前图书馆可接待1800名学者在此研究，并有固定会员读者2.3万名，每年接待50万名参观者。图书馆对获准到此研究的学者有严格的资格审查，一般须拥有博士学位或至少是正在攻读博士，并需至少两名知名学者的推荐信。图书馆每年向历史、文学、艺术和科学史领域的学者提供大约150项研究资助，并经常主办学术演讲和研讨会。它还与南加州大学合作，成立了南加大-亨廷顿早期现代研究所、亨廷顿-南加大加利福尼亚和西方研究所。

亨廷顿的植物园占地120英亩，种植了源自世界各地的植物。该园分成了十几个不同的主题，包括澳洲园、山茶花园、儿童园、沙漠植物园、草药园、日本园、荷花池、棕榈园、玫瑰园、莎士比亚园、亚热带和丛林园，以及中国园林“流芳园”。亨廷顿本人对古老的东方文化十分向往，他一直希望他的庄园能与中国文化有某种联系。1999年，图书馆的一位董事潘纳克先生辞世，他在遗嘱中留给图书馆1000万美元，并指名用于造中国园，后来图书馆又得到纽约安泰保险公司的50万美元捐款。这样，建造中国园的设想正式提上议事日程。自2000年开始，园林的建设成了跨文化合作的典范。来自中国苏州园林建筑设计院的设计师与加州本土的施工企业共同努力，在美国的土地上创作了符合亨廷顿先生将植物园与文学艺术紧密结合的理念的中国传统风景。流芳园的设计既符合中国园林的传统，又尽量尊重地块本身的周边环境，保留了原有的加州橡树等树木，在建设中式的亭台楼阁时考虑了加州的抗地震要求和轮椅车出入通道。不少华人和中国企业通过捐赠和提供免费服务等方式，为流芳园的建设作出了贡献。如今的流芳园，亭台水榭，雕梁画栋，修竹摇曳，蜡梅绽放，中秋可以赏月，元宵可以观灯，成了中美文化交流的良好平台。

格雷菲斯出生于英国威尔士南部，15岁时移民到美国，先定居在宾夕法尼亚州，1873年移居旧金山，到1882年时携巨额财富迁居洛杉矶，购买了位于圣莫尼卡山脉东端的西班牙定居点“费力斯牧场”4000英亩土地。1896年年底，格雷菲斯夫妇将其中的3015英亩作为“圣诞礼物”赠送给洛杉矶市政府，用于建造一个向普通民众开放的公园。市政府为了表示对捐献者的谢意，决定将公园命名为“格雷菲斯公园”。当时的洛杉矶市区还很小，这块土地距市区 7 英里多的距离，是标准的远郊荒野，乘马车也要近一个小时才能抵达。随着市区日益扩展，如今的格雷菲斯公园已成为繁华都市中难得的“绿肺”，如同纽约的中央公园，但面积要大大超过中央公园，而且没有中央公园那么多人工雕琢的痕迹，更多保持了原始的地形地貌。

作为矿产投资商，格雷菲斯习惯于向地下看，但他后来逐步爱上了天文学，视线转而移向了浩渺的天空。1904 年他参观了洛杉矶县东部威尔森山上的天文台后，决定在格雷菲斯公园的好莱坞山东坡上也建造一座天文台，目的是推广和普及天文学，让普通百姓也能接触到天文知识，打开他们的眼界。1912 年，他向市政府提出，由他捐献 10 万美元，建造天文台；次年，他又提出捐款 5 万美元，同时在公园建造一座希腊剧院。由于格雷菲斯曾因枪击妻子入狱而声名狼藉，他的建议并没有马上得到响应，但他不屈不挠，捐资设立了基金会，筹募建设资金。直到 1935 年 5 月 14 日，格雷菲斯天文台才建成向公众开放，同时其所有

格雷菲斯天文台

权也从基金会转移至市政府，而此时距格雷菲斯去世已有近16 年的时光。

格雷菲斯天文台如今成了洛杉矶最受欢迎的参观景点之一，据说每年的参观人数达 5000 万。它坐落在好莱坞山东侧的一个小山顶上（好莱坞山原来叫作“格雷菲斯山”，因为格雷菲斯名声不佳而改为现名），站在广场向西北望去，就是好莱坞山主峰和山坡上那著名的白色好莱坞文字标志，所以这里成了游人们以那九个字母为背景拍照的绝佳位置；从东南侧望下山去，整个洛杉矶城区以及远处市中心的摩天高楼一览无余；向西南方向望去，则是一幅好莱坞和贝弗利山的城市鸟瞰图，天气晴朗的话还可以看到圣莫尼卡市的高楼，以及那若隐若现的海岸。在通向天文台主建筑的广场草坪上竖着一根混凝土柱，柱子的各个侧面雕刻着六位各国不同时期伟大的天文学家的雕像，包括哥白尼、伽利略、开普勒、牛顿等。广场上还摆放着一个日晷，供孩子们用这个古老的计时器来估算时间。

天文台以白色为基调，建筑上方有三个黑色的圆顶。馆内陈列着许多天文物理知识的文字和图片介绍，并且用实物或模型来直观地表现宇宙的变化，让人们了解地球自转、地心引力对季节的影响等宇宙运作的原理。如果想更加形象地了解太阳系的变化，还可以购票进入太空剧场，那里有一个巨大的行星仪和巨型投影设备，用 三维立体的图面，伴随着讲解员的解说和背景音乐，描述整个银河系的变化历史，给人身临其境的感觉。天文台里共配备了四个固定的望远镜，其中最大的一个是 12 英寸巨型天文望远镜，位于建筑上方的三个圆顶之一，可供游客进入参观。为了便于访客在晚上观测天象，天文台一般开放到晚上 9：45 才闭馆。

回顾盖蒂博物馆、亨廷顿图书馆和格雷菲斯天文台的发展历史，我们或许可以得出这样几个结论：

一、它们在其创始人在世时播下种子，但都在创始人去世后开花结果。盖蒂生前没能亲眼见过他提议建设的盖蒂别墅，更没能设想后来还会有那样规模庞大的盖蒂中心。亨廷顿图书馆的藏品也是在亨廷顿本人去世一年后才对公众开放。格雷菲斯天文台建成于格雷菲斯去世 16 年之后。

二、创始人在世的时候就已作好安排，建立了基金会或决定捐献给政府所有，将公益事业的性质从私人拥有转化成了社会机构或政府所有，打好了公益事业为公众共同享用并得到公众的支持而发扬光大的基础。

三、创始人的美名在其身后传扬下去，尽管他们在世时都算不上是道德楷模。盖蒂曾是出了名的“守财奴”，他为了防止家里雇佣的工人私用电话“揩油”，在英国家里安装了投币电话；他一生离过四次婚，是个不折不扣的花花公子，是他父亲眼里的“败家子”，他父亲在 1930 年去世时在 1000 万美元遗产中只给他 50 万；他收藏的古希腊和古罗马艺术品中，有不少被认为是偷盗或走私的文物。亨廷顿的形象稍好，但他在商言商的强悍作风也一度让人侧目；他在

60岁退休之后娶婶子为妻，难免有觊觎叔父所有家产的嫌疑。格雷菲斯于1903年枪击其妻子，致使妻子脸部变形并失去右眼，他本人为此蹲了两年监狱。然而，“浪子回头金不换”，他们以各自的方式为社会作出了贡献，也获得了社会的认可。

四、盖蒂博物馆只收取15美元的停车费，不另出售门票；亨廷顿图书馆向成人参观者收取20美元左右的门票费，儿童和学生可以打折，另外每月的第一个星期四是免费日；格雷菲斯天文台停车和参观均免费，只有进入剧院才需付费。与迪士尼乐园、环球影城等动辄上百美元的门票费相比，这些机构的参观费用低廉，便于普通百姓进入参观学习，获得知识和艺术熏陶。当然，为了弥补经费的不足，这些机构也鼓励人们捐款，或采取会员制的方式，但总体来说体现了其非营利的公益性，在那里看不到急功近利的短期行为。

听说我们中国也有了不少民间或私人的博物馆，如比较有名的南京溧水“周园”，但民间博物馆的管理和发展也碰到一些问题。本文所述的洛杉矶地区这三家公益机构或许能为我们提供一些启迪。

南加州的“洗晒指数”

不知什么时候开始，上海气象台在播报天气预报时，还会发布一个“洗晒指数”，而且因为天气多变，一天还会发布上午和下午两个洗晒指数，以提醒市民根据预报合理安排洗晒时间。划分标准是：80~100 是最适宜洗晒指数，一般为云少、风力适中和光照充足的好天气；50~70 是适宜洗晒，气象条件稍逊于前一种；30~40 是不太适宜洗晒，这种天气可能是多云，也可能要下雨；0~20 是不适宜洗晒，这种天气湿度大，或下雨可能性极大。

洗晒指数，重点在“晒”，因为“洗”不用看时间和天气的脸色。我在北京生活过一年，那里空气干燥，再加冬天屋里有暖气，前一天晚上洗澡后把衣服洗掉，挂在屋里，第二天早上就可以爽爽地穿上身了，干衣的过程同时也给房间增加了湿度，一举两得。难怪初到上海居住的北京人时常抱怨，衣服再怎么晒也是潮乎乎的，冬天早晨贴身穿上刚洗过的衬衫是钻心地凉！北京住宅中塔楼很多，不像上海那么讲究房间要朝南、晒得到太阳。所以，我估计北京的气象台是不需要发布洗晒指数的。

在我曾居住过的美国南加州，那里也是不需要发布洗晒指数的，因为几乎天天是阳光、蓝天、少云（或根本无云），即使发布的话，估计一年有300天指数接近100。还有一个原因，那就是很少有人在露天晒衣服，没人会去关心那个洗晒指数。

我在南加州生活的三年，保持了中国人的良好习惯，充分利用阳光这种免费的可再生能源来干衣。虽然买了烘干机，但用得很少。当然，我们不会像上海住宅家家户户窗外挂满“万国旗”一样，还是要顾忌到邻居的观感的。具体办法就是在自家院子里晒，用从超市买来的衣架和不锈钢晒衣杆，不超出院子围墙的高度；或者在木头围墙上钉上铁钉，拉起晒衣绳。幸好我们租住的房子院子在侧面，邻居房子的侧墙上没有窗户，邻居是两个母女，个子也不高，进进出出如果不是踮脚的话，估计不会看到我们院子里晒衣服。如此这般，三年里没有收到过邻居对我们在室外晒衣的投诉。

初到美国租下住房，就张罗着买洗衣机和烘衣机，因为这里租住的房子大多是不配家具和电器的。房子没有专用的洗衣间，房东在车库安好了电源插座和水龙头，我买的电动洗衣机和烘干机安装比较顺利。后来才知道，这里的烘衣机分为用电的和用煤气的两种。不少人家烘衣机是连接煤气的，洗衣房可能只有煤气接头，没有大功率的电源线路和专用插座，就无法安装电动烘干机。正好我的房东原来就是用电动烘衣机的，也算是幸运。

缺水是加州面临的一大危机。州政府采取了一些限水措施，如限制给草坪和植物浇水、限制私人泳池的使用、禁止用水冲洗街沿，甚至规定淋浴也不能超过 5 分钟，超时则处以 500 美元的罚款。我倒是担心，洗澡涉及个人隐私，政府如何来监管是否超时呢？洗衣也是费水的活计，幸好政府还没规定一周只能洗几次衣服。其实，美国人习惯使用的洗碗机更是耗水大户。我们也是保持了中国人手洗碗碟、手工擦干的好习惯，三年不知节省了多少洗碗水。

南加州洗晒指数几乎天天爆表，但家家户户将洗过的衣服放在烘干机里烘干，取出来时暖乎乎的特别高兴，白白辜负了屋外充裕的阳光，在中国人看来简直是暴殄天物。美国人不愿过晾晒衣服的低碳生活，也有他们认为的理由。首先是室外晾晒衣服犹如挂着“万国旗”，有碍观瞻，让人以为住户穷得连烘衣机也买不起，从而影响房地产价值。

有人担心衣服晾晒在外面，会沾上空气中的灰尘或各种难闻的气味，比如汽车尾气的味道，或者邻居家在院子里烧烤，那黑烟和气味飘过来，会祸害了衣服。有人担心衣服会被风刮走（尽管用了木头或塑料夹子夹住）或被小偷偷走。实际上，人们在网上购买的物品，快递员送来时一般不须签收，直接放在门廊了事。如果有人偷窃，买家可以向网店投诉，店家一般会同意补寄。这也说明失窃率不高，所以偷窃人家洗晒的已经穿过的日常衣服，这种人若非变态，也是寥寥无几。

还有一个理由倒是站得住脚，院子里一般都种着高大的树木，树叶掉下来，汁液会粘在衣服上；或是鸟儿飞过，鸟粪也可能掉落到在衣服上。由于人们环保意识强，这里的鸟儿数量多，胆子也大，往往轰都轰不走。空气中的花粉会粘到衣服上，所以对花粉过敏的人不喜欢在室外晒衣服。

当然，这些问题并非无法克服，美国也有明白人在推广晾晒衣服，有个名为“洗衣清单项目”的非营利组织总结出了用自然阳光干衣的十大好处：

1. 省钱。既可省下买烘衣机的钱，也可以节省烘衣机使用的电费或煤气费。美国能源部估计，烘衣机在家电中是耗电大户，在家庭全年用电量中几乎占到 6%。如果每月电费为 100 元，把湿衣服晒干可省下 6 元，全年省 72 元。

2. 环保。节省能源意味着保护环境。美国家电制造商协会提供的数据说，全美烘衣机的保有量是 9000 多万台，晾晒衣服可以将家庭年平均碳足迹大幅减少 2400 磅，所有家庭晾晒一年的衣服，就会让全国的居家二氧化碳生成量减少 3.3%。

3. 让衣服散发清新气息，吹散不良味道。使用烘干机往往要添加纤维软化剂等化学物品，晒干的衣服不需要，因此闻起来让人舒服。

4. 衣服在烘干机里甩滚，再加上使用高温，会对布料纤维造成损伤，甚至是造成布料缩水等不可挽回的伤害。丝绸布料尤其不适合烘干。

5. 晒衣可以减肥，增加运动量。据说往晾衣绳上挂衣服，十五分钟可以消耗 68 卡路里的热量，足以让爱美的主妇可以放心地多吃 20 颗橄榄或 3 块巧克力糖!

6. 阳光紫外线能使白衬衣、床单、毛巾等变得更白，并有助于消毒。当然也会让深色衣服褪色，所以深颜色的衣服要尽量挂在阴凉的地方。

7. 冬季在室内晾衣可以增加房间湿度。

8. 烘干机使用不当会引起火灾，据统计，美国每年因使用烘干机而造成的室内着火达 1.56 万次，造成 15 人死亡和 400 人受伤，经济损失达 9900 万美元。相反，在室内晾晒湿衣还有利于防火灭火。

9. 晾晒衣服的过程有助于减压、保持心境平和。试想，在春暖花开、阳光明媚的午后，洁白的床单随着和煦的春风轻盈曼舞，女主人踌躇满志地穿走在晾晒的衣物间，这是多么浪漫的电影镜头。

10. 最后一个好处是，晾晒衣服要花时间、花力气、看天气，因此可能促使你将待洗的衣服归并一下，减少洗衣的次数，也减少洗涤剂的使用，对保护环境又做一次贡献……

尽管有这么多好处，美国不少社区和房屋业主协会还是禁止居民在室外晾晒衣服。在我看来，这就像咱们中国人原来用自行车代步，现在不少人用上了私家车，但又有人开始怀念自行车的好处，或使用共享单车，或骑车健身；鱼肉美食取代粗茶淡饭，吃腻以后又喜欢粗粮和农家菜；有些人厌倦了城市生活，计划归隐山水、返璞归真。也许，美国人享受够了以烘衣机为代表的现代科技和舒适生活后，也会让室外晒衣重新流行起来。

只是，由俭入奢易，由奢入俭难。

加州南部不下雨

加州的山火、野火年年不绝，给当地百姓带来灾难，使当地经济受到重创，往往投入大量的人力物力也无法战胜火灾，最后还得靠老天爷良心发现，施恩下一场雨才能灭火。据有关资料，洛杉矶、旧金山、圣迭戈三个城市为半干旱区，平均年降水量仅为 250~330 毫米（10~13 英寸）。可作为对照的是，我国上海市属于湿润区，年平均降水量 1200 毫米（约 50 英寸），是南加州的 4 倍以上。

世界 80% 的杏仁、美国 98% 的开心果和 90% 的牛油果都产自加州，干旱缺水对农业生产造成了巨大威胁。2017 年发行的影片《求雨》真切描绘了加州农民们对天降甘霖的渴望。

2018 年 11 月，“坎普”大火（Camp Fire）肆虐加州北部天堂镇的时候，也许是盼雨心切，我想起了由歌手阿尔伯特·哈蒙德演唱的歌曲《加州南部不下雨》。歌中唱道：“加州南部不下雨，一下就是倾盆大雨。”

哈蒙德于 1944 年出生于英国伦敦，随父母在直布罗陀长大。1960 年辍学后开始了他的音乐生涯，先在英国组建乐队、录制唱片，获得了相当大的成功。1970 年代初，哈蒙德和搭档迈克·哈泽尔伍德决定移民美国南加州开创事业，但一开始并不顺利。1972 年，他获得美国 CBS 电视台旗下音乐公司青睐，录制了单曲《加州南部不下雨》，一炮走红，刚发行就进入美国音乐榜前五名，第二年初出版同名专辑。以后哈蒙德的音乐事业就顺风顺水，保持着多产的步伐，往往一手操办词曲创作和吉他演奏，最终以词曲创作力闻名。2010 年，哈蒙德 66 岁高龄时，仍以录制的专辑《传奇》重回最流行音乐榜单。

《加州南部不下雨》这首悠扬的乡村音乐风格的歌曲，一定程度上是哈蒙德本人初抵美国时处境的写照。他在英国已小有成就，踌躇满志来到新大陆，想成就更大事业，颇有“莫愁前路无知己，天下谁人不识君”的气势，怎奈“西出阳关无故人”，美国人不相信名气，只相信实力。碰了壁的哈蒙德觉得无颜见江东父老，甚至打退堂鼓产生了返回英国的想法。也许是歌词传达的无奈之情让很多有同样经历的美国人产生了共鸣，也许毕竟是“天生丽质难自弃”，是金子就会发光，一首《加州南部不下雨》让哈蒙德实现了“美国梦”。

其实歌词说“加州南部不下雨”，是为了引出后面的“一下就是倾盆大雨”。英语本来就有 It never rains but it pours 的成语，与中文的“屋漏偏逢连夜雨”意思相近。这可能也是借用了美国“奇迹乐队”1962 年演唱的歌曲《你真的吸引了我》的表现手法，这首歌曲先唱 I don’t like you，然后大转折 but I love you，比简单地说 I love you 给人的印象更深刻。

我们知道，伦敦多雨，不少人出门伞不离手。对刚从英国移民美国的哈蒙德来说，南加州不下雨也许并非坏事，而是一种解脱。然而，南加州的天气确实是要么不下雨、要下就下暴雨，很多人不习惯在雨天路滑的天气开车，一下雨就会增加很多道路事故。人人传说南加州是遍地机会的“淘金之地”，初来乍到四处碰壁，难免让哈蒙德觉得失望：说好的不下雨，怎么下暴雨呢？

南加州下雪啦！

一首名为《白色圣诞节》的英文歌曲唱道：我梦见了一个白色圣诞节，正如在过去时常看到的那样，树顶上闪闪发光，孩子们倾听雪地里响起雪橇的铃铛。

圣诞节期间如果大雪纷飞、白雪皑皑，一切显得如此圣洁，着实是令人向往的。对大多数加州人来说，由于极少下雪，想过个白色的圣诞节，无疑是奢望。当然像金·卡戴珊这样的网红达人除外，夫妇俩2018年圣诞前夜在洛杉矶举办家庭派对招待宾客，花费130万美元购买冰雪把私家花园装扮得银装素裹，令满座高朋惊叫不已，可见金钱能使南加州变身多伦多，梦想成真过上人造的“白色圣诞节”。

美国当红女歌手爱莉安娜·格兰代唱的一首歌名为《加州下雪》，她向圣诞老人祈求加州在圣诞期间下雪，倒不是为了欣赏白色圣诞，而是祈祷人不留客天留客，想让航班因雨雪天气而延误或取消，挡住恋人离去的步伐，让他多一点时间来陪伴自己。

歌词直截了当地说出了小女生的心思：亲爱的圣诞老人，我是爱莉安娜，好久没向您请安，但今年实在要请您帮忙了，因为我太爱他了。确实有点棘手，他就回家过个假期，明天就要乘飞机离去，离我远去。我不需要别的礼物，只有一个愿望，今年您能让老天爷给加州下场雪吗？哪怕只能下雨也行。不想让他明天一大早就匆匆出门，让我有个理由留他下来。在壁炉前伏在他怀里，那将是给我的最完美礼物。下雪吧，下雪吧，让加州下雪吧。圣诞老爷爷，我们谈好的计划怎么变了？新闻里说明天又是大晴天，求求您别再是晴天了，我真的想让他再多待几天。能否让明天五点钟的航班延误？您肯定有什么办法的。我不需要别的礼物，只有一个愿望，今年您能让老天爷给加州下场雪吗？哪怕只能下雨也行……

爱莉安娜的这首歌录制于2013年。将近六年时间以后，她的祈祷应验了，不仅是北加州的旧金山湾区，连南加州也下起了大雪。2019年2月21日，受从加拿大南下的寒流影响，南加州地区连日阴雨，导致气温越来越低，雪线也随之大幅降低，从处于山脚地区的帕萨迪纳，到位于海滨的圣莫尼卡山区，雪花如鹅毛般撒落。在华人聚居的钻石吧、库卡蒙加牧场等地，多年未见的下雪场景让很多华人倍感惊喜，纷纷掏出手机拍照留念。在人迹罕至的山坳里，雪越积越厚，一般都在1~2米，高海拔处甚至可达3米以上。

一位居住在加州奥兰治县山上的华人女孩在网上发帖："早上起来一出房间，觉得外面怎么白蒙蒙的，跑下楼站在门口才发现，原来是下雪了。昨天天还是阴沉沉的，下了点小雨，天气预报也只是说从傍晚会一直下雨到今天早上，却没说会下雪。现在下雪啦，真的让我很意外，兴奋之情难以言表！所以赶紧发帖和大家分享一下我此刻的心情。我竟然能在加州遇见这么大的雪，现在外面还在继续下着。想起来，昨日傍晚去商店买东西，店主还跟我聊起来，这几天她朋友说有可能下雪，南加州九年没有下过雪了，希望能在新年这一天下雪，结果真的如她所愿了。虽然下雪，但一点也不冷。”

白雪覆盖的好莱坞山

这位女孩看到下雪喜出望外，但还算淡定。不少年轻人平生没见过下雪，毕竟洛杉矶市中心上次下雪还是 1962 年的事了，他们简直不敢相信自己的眼睛：这是雪吗？说好的南加州平地上不会下雪，怎么可能？二话没说给气象局打电话，问是不是真的在下雪。气象局不仅立即确认了，还郑重其事地给出了定义：落在硬面会反弹的，那叫冻雨或雹；雪片半融后形成的白球，叫作霰或软雹；下降物是一片一片的，那就是雪了。

南加州有雪，并不算稀奇。距离洛杉矶市仅 150 公里的大熊湖山区一直是滑雪者的度假胜地，但那里的海拔是在

2500 米以上。如今雪线降到仅海拔 300 米左右，有人担心好莱坞山坡上那著名的“HOLLYWOOD”标志（海拔 480 米）会不会也被积雪盖住?

洛杉矶市长埃里克·加塞蒂在推特上说，他的好友、波士顿市长马迪·沃尔希给他打来电话，问需不需要他从波士顿发运一批雪犁过来，帮助洛杉矶铲雪？确实，波士顿是和积雪打交道的老手了。

加塞蒂市长是把这个事当成笑话说的，杀鸡哪里用得了牛刀？然而，下雪对交通还是造成了一定影响的。2 月 21 日那一天，在洛杉矶附近的伯班克市，有一棵大树被吹倒，导致 405 号高速公路通行受阻，有人员受伤、车辆受损。洛杉矶以北的 5 号高速公路因为要清除积雪，关闭了一段时间。从洛杉矶开往赌城拉斯维加斯的 15 号高速公路车辆行驶速度也明显慢了许多。

名叫 The Stills 的美国摇滚乐队也唱过一首《加州下雪》的同名歌曲，歌曲一开始是这样唱的：*如同加州下雪一样，来自上天的迹象，让万物重现生机；世界在变，玛雅日历到了尽头；世界在变，快呼朋唤友*。歌手们给加州的雪增添了神秘的色彩，仿佛上天的显灵，给万物赐予了生命。

科学家说，是由于极地涡流的位移，给南加州带来了暴雪的极端天气。但在歌手看来，下雪是上天给人间发来的讯息，给人们带来一丝希冀和神往。

“烟”中漫步

2017年10月份的加州野火最早是10月8日晚上从加州著名酒乡纳帕县燃起的，火借风势，几个小时之内就烧到了索诺玛县和邻近8个县，所到之处，寸草不留。截至10月18日，大火已导致42人死亡，其中23人来自索诺马县、7人来自纳帕县。

纳帕谷是与美国加州葡萄酒紧密联系在一起的。纳帕谷有迷人的阳光，清凉的海风，优质的美酒，每年吸引着500多万游人前来观光和品尝美酒。我国著名的篮球运动员姚明也曾在纳帕谷建立自己的葡萄酒公司。在这场大火中，纳帕谷著名的天堂山脊酒庄(Paradise Ridge Winery)被烧毁，在它东面的辛格罗酒庄(Signorello Estate Winery)和鹿跃酒庄(Stags’ Leap Winery)也被大火吞噬。

索诺马县也是加州葡萄酒主要产地之一。它位于纳帕谷与太平洋之间，所产的葡萄酒几乎是整个纳帕谷葡萄酒的两倍。此次大火造成的人员死亡，超过一半是索诺玛县的，可见这场大火对这一地区造成了多大的危害和损失。

在纳帕和索诺马地区，尽管今年大部分的葡萄已经采摘完成，但是剩下的 20% 是最珍贵的品种赤霞珠。如果这部分葡萄不能采摘，将会对整个酒乡的经济会产生严重影响，加州葡萄酒的市场售价也可能因葡萄减产而上升。此外，大火引起的浓烟飘散到没有遭受火灾的葡萄园，浓烟中的易变化合物会被葡萄吸收，今后酿出的葡萄酒会产生令人不快的烟熏味，这种烟熏味不同于橡木桶经烘烤后给酒体带来的口感，造成葡萄酒质量下降。

由此我也联想到了前些年看的电影《云中漫步》。这部浪漫的爱情电影主要在纳帕谷的葡萄园取景拍摄。女主角维

酒乡山火

多利亚的家族经营着一个叫作“云乡”的葡萄园，男主角保罗随同来到“云乡”，参与了在葡萄园的劳动，快乐地光脚踩踏葡萄，并在葡萄园里点燃篝火，用浓热的烟雾来驱赶寒气，以免葡萄被冻坏。保罗为葡萄园美丽的景色所吸引，与维多利亚之间也产生了爱情。在处理完与另有所爱的妻子的离婚事务之后，保罗马不停蹄地从旧金山赶回葡萄园，回到维多利亚的身边。此时，维多利亚的父亲因为在乡亲面前丢脸而正在气头上，在和保罗的推搡中不慎把葡萄园点燃，火势蔓延把整个葡萄园烧了。保罗马上投入救火，用真诚感动了固执的老头。虽然整片葡萄园被大火烧毁，但是作为繁衍象征的葡萄树根还在，一切还可以从头再来。

电影里，美丽的庄园，亲密的家庭，温暖的亲情，一次次冲荡着男主角孤独的心灵；北加州和煦的阳光透过葡萄树，洒在男女主角年轻美丽的脸上。电影里的葡萄园大火如今在现实中真的发生了，纳帕谷遭野火肆虐，满目疮痍，烟雾弥漫，“云中漫步”要改成“烟中漫步”了。人们在唏嘘之余不禁要问：那希望之“根”，还在吗？

那些受加州野火威胁的学校们啊

洛杉矶史克博尔文化中心 (Skirball Cultural Center) 是一家以研究和传承犹太文化遗产和传统为主的教育机构。它的博物馆里陈列着有关文学艺术、电影、戏剧、音乐等种类丰富的文物。与邻近的盖蒂中心相比，史克博尔文化中心原来并不出名，但因为 2017 年在洛杉矶爆发的一场野火被命名为“史克博尔大火”，这个名字占据了媒体的很多版面，

正如亚洲国家给台风取名为“苏拉”“海葵”等，大西洋飓风被命名为“卡特琳娜”“艾丽斯”等一样，加州在发生山林野火时，为了便于区分，往往以起火地或附近的地名给它安个名字，一般是由最早发现火灾的人士或当地警察局、消防队命名的。最近加州发生的几场火灾分别被冠以“托马斯大火”“克里克大火”等名字。“史克博尔大火”因发生在史克博尔文化中心附近而得名，但其实史克博尔文化中心位于 405 高速公路西侧，大火发生在 405 高速公路东侧，文化中心本身没有着火。

史克博尔大火波及的面积相对较小，为 422 英亩左右，名气却很大，因为大火席卷了洛杉矶高档居住区贝瑞尔（Bel

Air），而贝瑞尔的南侧就是加州大学洛杉矶分校的校园，以及著名的富豪小城贝弗利山庄。居住在贝瑞尔的不少好莱坞明星只能开着豪华跑车卷铺盖撤离，邓文迪前夫鲁伯特·默多克拥有的一幢价值3000万美元的住宅及酒庄也被迫疏散。涉及明星的新闻自然博人眼球。如果大火真的烧到贝弗利山庄有名的罗迪欧大道，那损失的金钱和引起的轰动效应更要爆棚了。

儿子当时正在加州大学洛杉矶分校读书，距离学期结束只剩两周不到的时间，正好经历了这场史克博尔大火。火场最近离校园仅一英里左右的距离，幸运的是校园免遭灾难，且没有被要求疏散。住在校外的老师和学生无法到校，住学校宿舍的学生也被告知尽量待在室内，学校周三、周四两天停课。周三中午学校停电，食堂无法提供午餐，学生是下午才吃上饭的。原定周三晚上举行的洛杉矶分校与蒙大拿大学的篮球比赛取消。校园空气变得焦煳，学校开始给学生发口罩，网上流传着校园内的棕熊铜像也被戴上口罩的图片。

周三下午，因风势略有减小，火情得到一定控制。但当天晚上刮起了妖风，火借风势，进一步扩大了它的疆域。消防队员在地上和空中立体作战，疲于应付，其负责人几乎绝望地哀鸣："在这样的大风下，消防简直是无能为力了。"到了周四下午，火势逐步得到控制。周五，洛杉矶分校恢复了上课。

看到网络和电视台报道的浓烟滚滚、火光冲天的场景，学生家长们心里着急但又“远水救不了近火”，如同自己生活在火炉中一样。孩子那里却不急不火，被催问紧了也只是偶尔发条讯息，说不用担心，已经复课，并在紧张地准备期末考试。

同样让我们关心的，是受到“托马斯大火”影响的位于圣巴巴拉附近文图拉县的三所寄宿制私立高中：欧海谷中学(Ojai Valley School)、撒切尔中学 (The Thacher School) 和凯特中学（Cate School）。2013 年年底，为了给孩子寻找合适的私立寄宿制高中，一家三口转战东西海岸，遍访各大名校，其中就到访了加州中部山区的这三所学校。撒切尔和凯特不肯低下高贵的头颅，拒绝了我们递交的申请，只有高居在偏僻山顶之上的欧海谷中学抛来了橄榄枝。我们最终没去欧海谷，而是选择了奥兰治县的一所走读制私立高中，让孩子借住在当地居民家里。

托马斯大火席卷了 23 万英亩土地，规模远远大于史克博尔大火，是美国历史上按燃烧面积排名第五的大火。撒切尔中学和凯特中学经过消防队抢救，校园保存完好，但学生都被疏散，提前放寒假，准备 1 月初再开学。欧海谷中学则惨遭山火光顾，女生宿舍楼和科技楼被夷为平地，经消防队抢救，男生宿舍楼保住了一部分。120 名寄宿生在周一晚上 8：30 乘着两辆大客车，被紧急疏散到位于山下的初中部安顿。令我们感同身受的是，其中一定有不少来自中国的小留学生，瞪大眼睛惊恐地望着车窗外黑漆漆的山路，无奈地接受命运的安排。

据报道，大火过后，欧海谷中学校长弗洛伊德先生来到校园，巡视着周围的满目疮痍。平日里，从山顶望下去，整个欧海山谷一览无余，如今弥漫的烟雾却挡住了他的视线。他顽强地说：“学校运动场没受影响，我们将在那里设立学生临时宿舍区，确保明年一月份能正常开学，尽量减少对学生学业的影响”。

欧海谷中学复学

唐朝诗人白居易有诗曰：离离原上草，一岁一枯荣。野火烧不尽，春风吹又生。美国加州的野火几乎每年都会发生，尤以九、十月为多，一烧起来就漫山遍野，超出人力控制，成了真正的“野火烧不尽”。春风吹生的是生命力强劲的青草，加州“秋风吹又生”的却是更多的野火。原野上的青草虽被烧为灰烬，但来年的春风拂来，又会萌芽生长；只惋惜被加州大火烧毁的房屋和夺去生命的人们，却无法起死回生了。

徜徉南湖畔

刚过新年的周末下午，南加州的冬日晒得人暖洋洋的。我独自一人走出家门，来到两个街区以外的南湖畔散步。我住的地方是尔湾市的木桥社区（Woodbridge），这个社区开发于 1980 年代初，距离加大尔湾分校不到二英里距离，因而可以说是尔湾市开发较早的“成熟社区”。负责开发的尔湾公司对这里的规划设计颇下了一番功夫，整个社区以“耶鲁环路”（Yale Loop）为核心，环路内建了两个基本南北对称的人工湖，分别称为南湖和北湖。两个湖都拦腰建设了一座木桥，供行人和自行车通过。

尽管元旦已过，但空气中仍飘荡着节日的气息。湖畔的住家门口还放着圣诞节的装饰品，有在夜里会发光的圣诞老人，有雪人玩偶。屋檐下还拉着灯串，在夜空下这些灯串会将房子的轮廓清晰地勾勒出来。屋前粗粗的树身上，还系着紫红天鹅绒做成的蝴蝶结。

沿着湖畔的小径漫步，第一个印象是草地上枯黄的落叶很多，表明冬季确实也光临了南加州。周围湖岸上，常青树仍然郁郁葱葱，但高大的落叶树顶已经染上了深黄的颜色，为南湖的景致增添了色彩和层次。夏季时迁往北方的候鸟都飞回来了，海鸥们在空中翩翩飞舞，掠出一道道流畅的曲线。落下时，湖面上布满了海鸥，它们洁白的羽毛在阳光下熠熠闪光。

南湖木桥

靠近岸边的湖面上，悠闲地漂浮着大批黑身白冠的大鹬（英文名为coot，又译为“美洲黑鸭”）。其中一只一个猛子扎下水去，迟迟地不冒出来，正在你等得焦急、有点为它担心的时候，它悠悠地从水里探出长长的嘴巴和白秃的脑袋，然后整个乌黑的身子也升出了水面。

草地上，一群鸭子和大白鹅在欢快地觅食。它们偶尔也会大摇大摆地走到马路上，来往的汽车会自觉地停下来，排着队，静静地等待他们穿过马路。还有几只天鹅从水里笨拙地爬上岸来，加入鸭子的队伍。

偶尔也可以看见松鼠和野兔从湖边的树丛中钻出来，在草地上旁若无人地寻食。当行人想凑近给它们照个特写，它们又迅捷地哧溜钻进树丛。

一位白发老人带着他的孙子，用遥控器操控着漂浮在湖面上的电动帆船。暑假的时候，我儿子曾经参加木桥社区组织的帆船学习班，独自操纵单人帆船，手里拉着绳子随风向调节风帆，帆船在南湖里划出一道道细细的涟漪。如今，那些帆船正底儿朝天地安放在湖边码头的木架上，儿子呢，则在圣诞节前回国度假了，此时也许正在激动地向他儿时的伙伴描述他学习帆船操控的经历。

木桥下方小岛上的石凳空着，而几个月前，我曾和儿子一起坐在这里，没有说话，只看着清清的湖水、湖岸周围树丛中掩映的住宅，以及远处隐隐约约山脉的轮廓和满天的彩云。木桥另一侧的湖岸边，有个小男孩在给水鸟喂食，将大批鸭子和大鹬吸引到了身边。告示牌上写着，不得给水鸟喂食，因为那样会让水鸟自行觅食的能力退化，而且水鸟吃多了会到处大便。平常遵纪守法的行人们此时例外地包含了小男孩稚气的行为，不少人还像我一样，纷纷用手机拍下群鸟欢腾争食的场景。

湖畔的告示牌还写明，在湖里钓鱼须获得社区协会仅向当地居民颁发的许可证，钓到的鱼（除了蓝腮鱼和红耳鳞腮太阳鱼之外）必须马上放回湖里，如果鱼钩钩住了鱼唇以外的部位，则不允许将鱼钩取出，须将鱼线剪断，鱼自己会将体内的鱼钩吸收掉。草鱼是管理部门向州政府专门申请后才放养在湖里的，因为草鱼以水草为生，是清除水草的好帮手，钓到草鱼不放生者将被罚款 5000 美元以上、甚至被判处入狱。每条草鱼都携带编号牌，钓鱼人必须将钓到草鱼的时间、草鱼的编号等信息登记在社区协会发的钓鱼日志上备查。

在湖畔，不时会遇到牵着狗或推着童车的男男女女。这里的居民很友好，遇着了都会展开真诚的笑容，热情地打个招呼。这本是很单纯的一件事，却曾经让我很是纠结：远远看见有人迎面走来，如果我主动打招呼，他是否会避开视线、装作没看见我，令我很是尴尬呢？往往我还没来得及开口，人家和我已经擦身而过。

据当地报纸说，现在居住在尔湾市的华人日益增多，有赶超亚裔中人口排名第一的韩国人的趋势（这里几任市长都为韩裔人士）。在南湖岸边，不时会听到有人在用中文交谈。当我鼓足勇气与他们搭话时，大多会热情地回应，但也有人表现出一丝戒备和提防。

栅栏围着的南湖沙滩俱乐部里升起了细细的炊烟，原来是人们在人工沙滩边举办烧烤晚餐会。我这才意识到，夕阳已开始西斜，冬季短短的白昼即将让位给黑夜。我也该回家了，临走再回头看一眼南湖，看在往烧烤架里装木炭的人们，也许生活就应该像他们那样，在一片静谧中找到简单的快乐。

逛尔湾“农贸市场”

加利福尼亚大学系统有伯克利、戴维斯、尔湾、洛杉矶等十个分校。距离我家不到二英里的尔湾分校按面积来算，在加大系统中排名第五。目前尔湾分校在校学生将近2.8万人，专职教师和学校职员1万多人。整个尔湾市的人口为22万左右，所以大学在尔湾社区所占的地位是很重要的。事实上，当时在奥兰治县拥有大批农场土地的尔湾公司在1960年同意以1美元的象征性价格向加大出售1000英亩土地供其建造校区，学校于1964年建成，当时的美国总统林登·约翰森专程来出席了尔湾分校的启用仪式。尔湾市则正式建立于1971年底，当时全市人口仅1万人。在国内有这样一句话“先有潭柘寺，后有北京城”；在尔湾，完全可以说“先有大学校区，后有尔湾设市”。

在尔湾分校的外面，隔着一条校园路，是被称为“大学中心”的商业购物广场，有口碑很好的In-N-Out汉堡店、电影院、副食品超市、咖啡店、茶馆（名为cha FOR TEA）、邮局、干洗店等商家在此开业。大型停车场是商业广场必不可少的配套设施，大学中心这片宽阔的露天停车场一到星期六，就成了农产品集贸市场的所在地。

美国的 Farmers’ Market 与中文的“农贸市场”恰好是对应的。奇怪的是，我们国内不少人并不知道现成的 Farmers’ Market 的说法，往往把“农贸市场”翻译为 free market of agricultural products，或者 agricultural trade market。

在人们印象中，农贸市场都是在周末才举办，其实不然。奥兰治县农业局主办或认证的农贸市场中，从周二到周日举办的都有，而且特别注明是“风雨无阻”（rain or shine），但一般来说每个地点一周举办一次。所以，如果你星期三在富勒顿市的农贸市场上认识了一位摊主，星期六在尔湾农贸市场上又碰见了他，这是很正常的。但是，Yelp 网站上，网民们纷纷称赞尔湾校区这里的农贸市场在奥兰治县是最好的。

2012 年农历新年期间，一位长年住在尔湾的台湾朋友听说我也在这里租房居住，就热情地邀请我去农贸市场与他一起买“年菜”，所以让我很早就知道了这个市场。据说，很多人在尔湾居住了十来年，也不知道这里在周六上午有农贸市场。

尔湾农贸市场一角

露天停车场部分用于摆设摊位，部分供顾客免费停车。这里上午 8 : 00 开市，来得稍晚的人就没有空车位等他了，但好在顾客进进出出很频繁，只要眼光好，认准了一个提着沉甸甸购物袋向车子走去的顾客，在离其不远的地方耐心猫着，还是可以停到车的，好在这里的人大多友好，看到是你先等着的，别的驾车人就不会来抢你的车位。

台湾朋友问我："你知道与大型副食品超市相比，这里农贸市场最大的特点是什么吗？"我脱口而出："是价格便宜吧？露天摊位收费肯定比超市便宜，也不需要通风、开灯。"他说，错了，最大的特点是东西新鲜，很多农产品都是附近的农家自己种植或加工的，价格倒并不一定便宜，甚至会稍贵一点。我按自己以往的经验，不解地问："那为什么顾客放着超市很好的购物环境不去，要来这里露天的市场呢？而且还得在周六起个早，没法睡懒觉了。"朋友笑笑，说："你以后常来，就会找到答案了。"

我后来确实也摸索出了几个原因。首先，这里出售的物品品种齐全，也体现了美国移民国家和多元文化的特色。就种类来说，有水果、蔬菜、烘烤食品、肉类、蜂蜜、调味品、鲜花植物、鞋帽服饰、手工艺品、小商品等。水果有富士苹果、梨、各类桃子、李子、鳄梨、牛油果、木莓、罗马甜瓜等，不一而足，而最引人注目的当然是加州的脐橙、草莓、蓝莓，价格也合理，花上 5 美元就可以买一网兜脐橙，或满满一盒草莓或蓝莓。蔬菜有华人菜农在这里种植的油菜、小白菜、空心菜、豇豆、四季豆、丝瓜，也有罗马花椰菜、紫甜薯、紫胡萝卜、俄罗斯甘蓝、黑木耳、日本大根萝卜芽、荨麻、胡南瓜、柠檬草等，源自夏威夷毛伊岛的甜洋葱有像人头那样大小，还有源自瑞士的唐莴苣。不同口音不同肤色的居民都能在此找到适应自己传统口味的新鲜菜，同时也可以勇敢地去尝试和了解不同国家的人们所喜爱的蔬菜。

以甘蓝菜（kale）为例，它与高丽菜（collard greens）接近，特点是维生素C和钙含量高，而且纤维粗硬，有利于肠蠕动和清洁肠道。甘蓝菜的烹饪方法之一是切成细条后水煮。切菜时，如果叶秆有铅笔那么粗，可以把叶秆和叶子分开来，把叶秆切成一、二英寸长的段，然后把叶子像卷雪茄烟一样卷起来，沿着卷的横切面切下去，形成细细的条状。先把叶秆煮5分钟，再把叶子放进锅，一起煮15分钟左右，直到叶秆变得很嫩很烂。沥干水后淋上橄榄油、黄油或红酒醋，就成为一道美味的菜肴。

在调味品方面，圣迭戈巴巴食品店在这里出售的三层蘸酱（由意大利巴马干酪、干晒土豆泥、奶酪和橄榄油调成）大受欢迎。牛油果和鹰嘴豆泥合成的蘸酱则是美国中老年妇女的最爱。鹰嘴豆泥蘸酱里面加入了芝麻酱增添香气，又因加了柠檬汁而带有一点酸味，更能增添食欲。传统上阿拉伯人将鹰嘴豆泥蘸酱配合名叫Pita的圆面饼来吃，作为正餐前的一道小吃；不过这种蘸酱也可以拿来搭配蔬菜色拉、涂三明治、或配合鱼或肉做成主菜。这里的大蒜酱和起源于法国南部的橄榄凤尾鱼酱对顾客也很有吸引力。

第二个原因是物品的质量过硬，让人放心。蔬菜新鲜水灵，当季的水果一口咬下去能让人甜到心窝。很多蔬菜和水果都标明是有机食品，牛肉则注明是食草牛。有个摊位出售“新鲜鱼”，你可不要以为它出售的是活鱼，美国华人把活鱼称为“游水鱼”，英文叫“live fish”，所谓新鲜鱼是“新鲜的冰冻鱼”，整条或切块的鱼存放在冰块中。出售的面包尽管价钱略高于超市，但都是现烤的新鲜面包。虽然是农贸市场，但食品卫生部门有严格的监管。即使不少人对狗的感情达到了“人畜不分”的地步，牵着狗进入正规餐厅的也比比皆是，但这里的农贸市场还是严格规定不准狗进入。

有位女顾客向我说了这样一件轶事：“在卖爆玉米花的摊位旁，原来有个卖有机咖啡的摊主，他卖的冰咖是我有生以来喝过的最好的冰咖。只要能喝到他的用巧克力浆调成的新鲜有机冰咖，就足以让我心甘情愿地在礼拜六起个大早，赶来这里。今天，无法想象的事情发生了，我到了爆玉米花摊旁，竟然没看到我的咖啡男！老公安慰我，说可能摊主今天身体不适，所以没来吧。我当然没那么好哄，径直走去问爆米花的摊主。摊主告诉我，咖啡男搬家了，他不再到这里摆摊了。我当着众人的面大声说‘不——’，然后悻悻地走开了。礼拜六大清早的，就听到这种坏消息，谁受得了！”

第三个原因可能就是人们友好、大方。只要向摊主问一声“这是什么菜？”他马上会不厌其烦地向你介绍菜的来历，怎么做最好吃，有什么营养价值，会让提问的人感到不好意思，因为占用了他不少时间，而后面已经有顾客在耐心地排队等着付钱了。可见很多摊主对他们种植的农产品很有感情。有位女顾客向我介绍说，来这里能体会到其乐融融的社区氛围，顾客也会因为在市场花钱买了东西，而觉得对社区和乡亲做了贡献。她今天就亲眼看到两件好人好事：她看中了一个摊位出售的金橘（英文为 kumquat，来自‘金橘’的粤语发音），正要掏钱付款时，女摊主称完分量，把零头给去掉了，令她很感动；她把皮夹放回包里时，看到刚才在这里买过水果的一对年轻夫妇又折回来了，气喘吁吁地对女摊主说："我们算了一下，刚才少给了你两元钱，对不起啊。"然后递上了两张折叠的纸币。

当然，我也看见有位顾客在一边抽烟，一边挑选水果。旁边有位顾客马上拍拍他的肩膀，告诉他，香烟味会把这里的蔬菜和水果都给糟蹋了。抽烟的那位自知理亏，不声不响地走开了，但他手里还夹着那支香烟。这边的顾客立即追了上去，坚持要他把香烟掐灭。我想，正是因为有人"好管闲事"，才使农贸市场保持了良好的秩序。

逛农贸市场的一大乐趣是可以品尝免费的样品。水果摊旁的过道上，专门放了一辆平板车，车上是各种水果的试吃品，切成一片一片，还提供牙签挑着吃。在摊位里，每种水果的陈列筐前还放着切片的水果供试吃。有不少顾客就是试吃各种样品，来充当早餐的，也没有摊主会盯着试吃品的盘子，防着谁多吃了。事实上，哪个摊位前试吃的人多，说明那里的东西俏、生意好。

第四个原因是农贸市场还会提供一些娱乐项目，为市场增添了乐趣。音乐表演往往是农贸市场的标配，歌手在同伴音乐伴奏下纵情献唱，而另一侧有两位小提琴手为正在选购的顾客演奏小夜曲。旁边还有一个卖气球的摊位，那个摊主简直是位艺术大师，是小孩子的最爱，向他要一把剑，他就能用气球“扭”出一柄剑来。

每月第一个周六的上午 11 点，市场里还会举行抽奖活动，奖品都是摊主们捐献的，数量很多，参加这项活动的顾客几乎每人都会获奖，或是一块奶酪、面包，或是一袋水果、蔬菜，或是一条好看的项链，让每个人都高兴地满载而归。

在农贸市场，“早来有好货，晚来有好价”的谚语还是屡试不爽的。所以，万一你上班辛苦了一个礼拜，在周六睡过了头，还是可以在下午一点之前赶到农贸市场，用较低的价格“扫尾货”，顺便将早餐和午餐同时解决了。

几个月后，我向那位台湾朋友列举了我的发现，他笑得更欢了：他又培养出了一位尔湾农贸市场的忠实“粉丝”。

神游篇

《绿皮书》里的路线图

影片《绿皮书》是2019年第91届奥斯卡金像奖最佳影片。故事依据1960年代初期发生的真人真事而改编。居住在纽约的知名黑人钢琴家唐·谢利为了支持当时风起云涌的民权运动，决定前往美国南部各州进行为期八周的巡回演出，用自己正直的人格尊严和高超的钢琴艺术，改变当时社会上存在的对黑人的严重歧视。为确保人身安全，唐雇用了意大利裔的托尼·瓦勒隆加担任司机兼保镖。由于迥异的文化背景和性格，唐和托尼一路上产生了不少矛盾，同时唐在南方所遭受的种种不公平的对待，也让托尼对种族歧视感到深恶痛绝，在此过程中两人增进了理解，结下了友谊。当时种族隔离的做法盛行，白人的旅馆、餐厅等禁止接待黑人顾客，因此有人专门编写了各地允许黑人进入的商业设施的指南，即所谓的《绿皮书》，这本册子成了托尼一路携带、随时查阅的必备工具。

影片按照时间次序，记述了两个月里唐·谢利巡演过的十一个城市，以及在路上和城市中发生的事件。托尼驾车从纽约卡内基音乐厅出发，从华盛顿大桥通过哈得孙河，经新泽西前往第一站宾夕法尼亚州的匹兹堡。这段路，按今天沿着 78 号州际公路一路向西，六至七个小时可到达，而在 1962 年时，他们上午出发，当中在路上找家餐厅吃了午饭，晚餐时分才抵达匹兹堡。在他们午餐的餐厅，周围有不少白人顾客在同时用餐，可见当时在美国东北部，白人、黑人基本是平等相处的。

匹兹堡位于宾夕法尼亚州的西南部，是该州仅次于费城的人口第二大城市。它历史上曾是美国有名的工业城市，以炼钢、造船等重工业为主。随着 20 世纪七八十年代的去工业化浪潮，匹兹堡市的人口从最盛期 1950 年的 67 万人，下降至 1990 年的 37 万人。经历了经济转型后，医疗健康、教育和科技产业成了匹兹堡新的经济支柱。著名的卡内基·梅隆大学和匹兹堡大学就位于匹兹堡市。

在结束沙龙式的演出后，唐·谢利找到正蹲在院子里与一群闲人赌钱的托尼，因为托尼的不争气行为把他批评了一通。第二天两人再次出发，在俄亥俄州住了一宿，然后前往第二站印第安纳州的汉诺威市，路上又因为托尼随手顺走小店出售的彩色石头而发生争执。

汉诺威的演出安排在一个气派的剧院，可惜主办方轻视谢利，没有准备合同中规定的“史坦威”牌钢琴，还让托尼自己捡走钢琴里的垃圾。工作人员挨了托尼重重的一拳后，钢琴终于到位，演出也顺利进行。

接着，两人一路向西，远赴 800 公里之外的艾奥瓦州的锡达拉皮兹市，在豪华的夜总会演出。然后，又向东折返，来到了肯塔基州。托尼因在肯塔基州看到一家肯德基炸鸡餐厅而激动不已，打包买了家庭装的大桶鸡块，自己大快朵颐的同时，也成功地迫使唐勉强同意用手捧着鸡腿啃起来。

第四站是肯塔基州的路易斯维尔市。这里靠近与印第安纳州的边界，如果唐·谢利结束汉诺威站的演出后直接前往路易斯维尔市的话，驱车不到70公里。但也许是演出需要吧，两人先去艾奥瓦兜了一大圈。也幸好艾奥瓦拥有大片壮美的平原风光，让托尼开了眼界。

值得一提的是，路易斯维尔市正是肯德基炸鸡连锁餐厅的母公司百胜餐饮集团（Yum! Brands Inc.）总部的所在地。而肯德基创始人山德士上校创办第一家餐厅并发明家乡鸡独家秘方的城镇叫科尔宾，与路易斯维尔相距200多公里。第一家真正以“肯德基家乡鸡”命名的加盟店则并不在肯塔基州内，而是位于犹他州的盐湖城。

印第安纳、俄亥俄、艾奥瓦、肯塔基等州传统上属于美国的中西部。唐·谢利一行离开肯塔基州后，前往北卡罗来纳州的州府罗利市，算是真正进入了传统所说的美国南部。这第五站的演出安排在一个典型的南方种植园，富裕的主人为所邀请的宾客准备了丰盛的草坪酒会。在演出间歇，唐想要使用主人家的卫生间，却遭到拒绝，主人委婉地指向了远处室外的角落里佣人使用的茅房。唐无奈，只能乘车二十多分钟，回到自己下榻的汽车旅馆如厕，然后再返回庄园，完成他的钢琴演奏。

第六站是佐治亚州的梅肯市。唐信步走进一家高档西服店，在托尼的建议下拿起一套西服准备进试衣间，却被店主告知他必须先付钱确认购买才能试衣，而店里也会尽量把衣服调整到他的尺寸。因不满这种明显的歧视行为，唐放下西服，转身走出了店门。

对不少中国人来说，梅肯市之所以有名，是因为这里有所威斯利安女子学院，中国近代史上的宋庆龄三姐妹都曾在这所学院学习过。

接下去的几站分别是田纳西州的孟菲斯、阿肯色州的小石城、路易斯安那州的巴顿鲁日、密西西比州的杰克逊，这些几乎都是所谓的“深南”城市，是曾经根深蒂固的黑人歧视大本营。1957 年 9 月份，首批 9 位非洲裔中学生来到小石城中心高中入学，阿肯色州长调用了国民警卫队，名义上是请他们维护学校秩序，实际上是阻挠学生进校。总统艾森豪威尔进行了干预，将国民警卫队收归联邦政府，并命令士

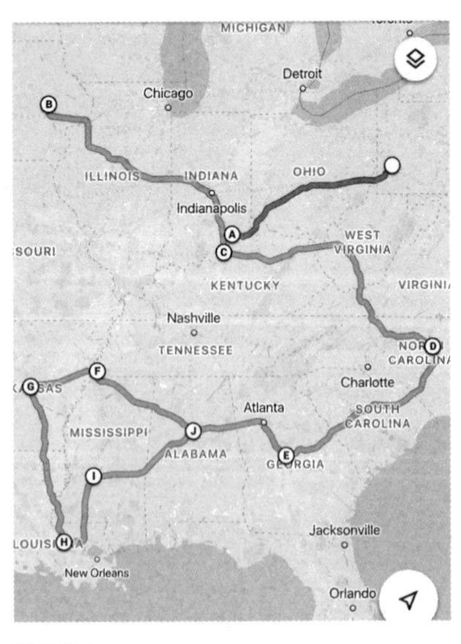

路线图

兵保护学生，终于使小石城中心高中从只收白人学生转变为不同肤色学生可以平等接受教育。这就是美国历史上有名的“小石城危机”。

在从杰克逊前往最后一站亚拉巴马州伯明翰市的途中，因为天黑雨密，托尼迷了路，无意中驶入了所谓的“日落城镇”。按照当时的地方法律，这些城镇在太阳落山后是禁止有色人种进入的。在与警察理论时，托尼控制不住自己，殴打了警察，托尼和唐都被关进了警察局的牢房。为了第二天能准时在伯明翰演出，唐在迫不得已之下给当时的司法部长罗伯特·肯尼迪打了电话，算是走后门让警察放了人。

伯明翰的演出安排在一家酒店举行。托尼和受邀观看演出的来宾们一样，在酒店的餐厅享用晚餐，唐·谢利走进来加入他们时，却被酒店经理挡在了外面。托尼与之交涉，经理表示爱莫能助，如果他放唐进餐厅，餐厅里的白人顾客们都会投诉他，甚至从此不再光顾。托尼决然地拉上唐，离开了酒店，来到一家名为“橙鸟”的当地黑人聚集的餐厅。在服务员小姐的鼓励下，唐坐到了钢琴前，与驻场乐队一起，尽情地为底层百姓演奏。黑人顾客们随着音乐载歌载舞，此时的唐与他的同族人们完全融合在了一起，他终于有了强烈的归属感，不再高高在上，不再孤独。他没有完成计划中最后一站的演出，却又是完成了此行最完美的一场演出。

此时已是 12 月 23 日的晚上，托尼和唐连夜出发，往纽约驶去。按照如今的路线和车速，从伯明翰到纽约有 1600

公里的路程，连续行驶也需要 15 个小时。艾森豪威尔总统 1956 年签署了建设州际高速公路系统的法案，到 1962 年时高速公路网尚未完全形成，再加上越接近北方，道路积雪等情况越严重，影响了车速，所以要像托尼曾向妻子承诺的那样，在 24 日晚上到家共度圣诞平安夜，几乎成了无法完成的任务。托尼长途驾车后，累得上下眼皮打架，正想放弃的时候，谢利让他坐到后座上去睡觉，由他来担任司机，硬是准时把托尼送回了位于纽约布朗克斯的家。

唐·谢利以不顾个人安危、深入南方巡演的勇敢举动，发出了希望各色人种平等相待的呐喊。我按照电影《绿皮书》中主人公旅行的轨迹，借助谷歌地图，画出了大致的路线图。当时高速公路网尚未完全成形，他们所行驶的具体线路可能有所不同，但这张路线图有助于我们加深对电影故事和主题的理解。

此次巡演后的第二年，马丁·路德·金发起了“向华盛顿进军”的行动，在林肯纪念堂前发表了著名的“我有一个梦”演讲。1968 年，他在田纳西州孟菲斯支持非洲裔环卫工人罢工时被谋杀。黑人民权运动走过的道路并非一帆风顺。

66 号公路串连起的创业故事

美国 66 号公路全长近 4000 公里，几乎在美国大陆上划出了一条对角线。美国学者迈克尔·华利斯曾说过：“66 号公路之于美利坚民族，好比一面明镜；它象征着美国人民一路走来的艰辛历程。”也有不少美国人把 66 号公路唤作“母亲之路”。

我到访过加州洛杉矶海边的圣莫尼卡，也去过伊利诺伊州的芝加哥，自然也都与 66 号公路东西两头的纪念标志合过影。我也曾驱车行驶在亚利桑那州沙漠里几近废弃的 66 号公路上，感受一份历史的沉重感。从 1926 年 11 月通车，直至 1985 年正式退役，66 号公路见证了无数人的淘金冒险梦。

最近观看了美国电影《大创业家》，影片讲述在 1950 年代，奶昔搅拌机推销员雷·克罗克遇到了经营汉堡快餐的麦当劳兄弟后嗅到商机，最终将麦当劳打造成全球性快餐王国的故事。这个故事为 66 号公路所发挥的重要历史作用提供了一个鲜活的例证。

雷·克罗克和妻子伊瑟尔居住在芝加哥郊区的阿灵顿海

茨。作为王子城堡公司的奶昔搅拌机的销售代理，他开着一辆蓝色的克莱斯勒轿车，在中西部的圣路易斯等地，凭着三寸不烂之舌，向餐厅老板们推销，收获的往往是闭门羹和白眼。一张来自西部遥远的加利福尼亚州的大额订单（8 台奶昔搅拌机！），让他展开地图，去寻找那个距洛杉矶不远，叫作圣贝纳迪诺的地方。

他二话不说，开车就上了 66 号公路，一路向西，用车轮滚出那 3000 多公里的路程。时间是 1954 年，象征美国西部开发的圣路易斯大拱门尽管在七年前已完成设计，但开建还是九年以后的事，要十三年以后才向公众开放。

那家一口气订购 8 台奶昔搅拌机的“牛店”，是麦当劳兄弟经营的汉堡店，位于加州圣贝纳迪诺市，距离洛杉矶市中心 90 公里左右。通过采用减少食品种类、专注核心产品、采用工厂装配线原理进行标准化食品生产、快餐式服务等方式，这家汉堡店出售的汉堡包价格降至每个 15 美分，餐厅经营获得了极大成功。

麦当劳兄弟热情迎接雷·克罗克的参观，将成功秘技和盘托出，同时告诉他，麦当劳第一家采用金拱门标识设计的加盟店已经开设在亚利桑那州的菲尼克斯。雷·克罗克又是二话不说，沿着 66 号公路向东驶向菲尼克斯，去实地体验那家麦当劳加盟店。他抵达菲尼克斯时已是深夜，麦当劳店虽然关门打烊了，但店身采用全玻璃透明设计，店里灯火通明，他驻足店前，如同伊隆·马斯克在欣赏着一辆特斯拉概念车一样，眼睛里闪着野心勃勃的火花。

心里带着这团火，雷·克罗克又驱车3000多公里，回到芝加哥附近的家里，谋划如何使麦当劳的金拱门就像政府大楼上的国旗和教堂顶上的十字架一样，成为美国的另一个象征。1955年4月15日，他用抵押自家房子获得的银行贷款，在芝加哥城外开出第一家麦当劳加盟店，把66号公路西头的成功故事，复制到了66号公路的东头。

接下来的故事不说也可以想象，那就是麦当劳的金拱门标识像火焰一样，在美国乃至世界地图上漫卷的过程。雷·克罗克仍然在到处旅行，当然慢慢地，66号公路上独自一人的长途跋涉逐步被飞机的经济舱、公务舱和头等舱所取代。

值得一说的是，《大创业家》这部影片几乎全部是在佐治亚州和新墨西哥州等不相干的地方拍摄的，麦当劳兄弟经营的八边形汉堡餐厅被等比例复制在了亚特兰大附近的一个政府大楼停车场上。电影中出现的圣路易斯、阿灵顿海茨、圣贝纳迪诺等等地名，以及66号公路的标识，只不过是摄制组在当地公路上插了一块牌子而已。

拍电影可以为了节省成本，把各种场景集中在一起，而历史上发生的那些创业故事，却是真真切切地沿着66号公路，在美国各地轰轰烈烈地展开了。

跨大陆“传染”的失眠

电影《西雅图夜未眠》1993年6月在美国上映，次年获得了奥斯卡最佳原创剧本奖和最佳音乐奖的提名。虽然并未获奖，但这部电影以它讲述的温馨浪漫的爱情故事，成为美国经典爱情电影之一。20年之后，中国导演薛晓路拍摄了一部《北京遇上西雅图》，算是向《西雅图夜未眠》致敬。

影片《西雅图夜未眠》讲述了一个丧妻的男子山姆久久沉浸在痛苦之中，为忘却过去，他从芝加哥搬迁到西雅图生活，在年少的儿子乔纳的帮助下，通过全国性广播电台的谈心节目，在茫茫人海中重新找到了自己的真爱。重温这部电影，我忍不住想，为什么是西雅图呢？仅看电影名字，观众也许会以为西雅图是个动感十足的城市，让人激动得整夜无法入眠。假如真是这样，叫作“拉斯维加斯夜未眠”不是更合适吗？

影片台词提及，西雅图一年十二个月中有九个月都在下雨。因此有人评论说，西雅图细雨蒙蒙，可以创造出独一无二的忧郁气质，符合男主角山姆悲伤、孤独的心境。可是，别忘了，剧情的时间跨度是从圣诞节到次年2月14日情人节，这个时间段无论是对山姆原来生活的城市芝加哥、还是对女主角安妮所在的巴尔的摩市来说，唯一不缺的就是阴冷的天气和灰暗的天空。山姆想要逃避对前妻的记忆、调整自己的心情，最好的选择是南方阳光灿烂的迈阿密，或是纸醉金迷的赌城拉斯维加斯。

况且，影片有一半以上的故事场景，并非发生在西雅图。

我以为，更站得住脚的理由是西雅图的地理位置。它偏居美国西海岸的最北角，与伤心地芝加哥有两个小时的时差。要逃避，当然是逃得越远越好。同时，男女主角最后相会的纽约帝国大厦楼顶瞭望台是事先设定的，那是来自于影片多次提到的另一部老电影——加里·格兰特主演的《金玉盟》中的桥段。女主角从东海岸的巴尔的摩飞到西海岸的西雅图看望男主角，男主角从西海岸的西雅图飞到东海岸的纽约与女主角相会，浪漫的爱情故事就这么飞了出来。

这并非我的武断。乔纳打进电话到电台深夜节目时，主持人特意问孩子："这么晚了，还没睡觉吗？"孩子回答："我在西雅图，这里还不太晚。"影片还用在一张美国地理图上划出飞行线的方式，多次强调了城市之间相互的地理位置。尤其是当儿子乔纳催促山姆对安妮加以考虑的时候，山姆特地把卷着的地图拉下来，指给儿子看巴尔的摩的位置，以显示儿子的想法是多么不靠谱。

仿佛这么直白的表现还不够清楚，影片还加入了这样一个情节：山姆的故事被儿子捅上全国性电台 Network America 直播节目后，来自各地的求爱信蜂拥而至，其中一封寄自俄克拉何马州的塔尔萨市，父子之间有这么一段对话：

山姆：你知道俄克拉荷马在哪里吗？

乔纳：中部的什么地方吧。

山姆：真不知道学校是怎么教你们的。好吧，就算是中部的什么地方吧。我告诉你，不住在我们附近的人，都要排除掉……

乔纳应该真的不知道俄克拉荷马的具体位置，随口应付了一句。不过，还真不能算他错，因为俄克拉荷马确实是在美国中部，尽管是偏南的位置。

影片开头，镜头从山姆妻子的墓地开始，缓缓推远，呈现出芝加哥市中心摩天高楼的天际线。在西雅图，山姆住在海边的房子里，他的失眠症随着电台的电波，穿越北美大陆的草原、沙漠、峡谷和山峦，传染到了东海岸马里兰州巴尔的摩市，让已经是别人准新娘的安妮也一夜无眠。影片结尾，镜头围绕纽约帝国大厦的尖顶，又缓缓推远，余音不绝。

有缘千里来相会，无缘对面不相逢。《西雅图夜未眠》的导演利用地理空间关系，充分诠释了中国古话隐含的智慧。

华盛顿州的圣胡安群岛

电影会把你带到你也许一辈子都不可能知道的地方。比如，我在网络上偶然点开一部贺曼电影频道浪漫爱情影片《远离家乡》，影片开头那中国泼墨山水画般的景色，吸引我一口气把整个影片看完，也让我首次接触到叫圣胡安群岛的地方。

故事的开头有点老套，主人公尼克·博伊德与养育他的固执的舅舅产生矛盾，一气之下用石块砸碎了舅舅经营的《灯塔晨报》报社的玻璃窗户，决然地离开几乎与世隔绝的玛洛小岛，随后十五年间再也没有与舅舅联系。后来尼克成为了作家，在一所大学给学生讲授文学课程。接到舅舅去世的电话后，他终于乘坐渡轮，回到了属于华盛顿州圣胡安群岛的玛洛岛。他从律师丽比那里得知，舅舅在遗嘱中把报社作为遗产留给了他，但事实上报社欠下了沉重债务。从打算拒绝继承遗产一走了之，到逐步了解舅舅对保护小岛不被过度商业性开发所做出的巨大努力，尼克最终同意留在小岛上继续出版那份赚不了钱的《灯塔晨报》，用良心守护小岛居民的精神家园，同时也接受了律师丽比献上的芳心。

我 1995 年作为翻译员参加在西雅图召开的世界港口大会，迄今 25 年的时间里，也多次到别称为“常青之州”的华盛顿州出差或旅游。在我的记忆中，曾经在俄勒冈州的哥伦比亚河口，开车经过高高的阿斯托利亚 - 梅格勒大桥，到达华盛顿州一侧的艾利斯角；乘坐普吉特峡湾的游轮，从西雅图一路抵达塔科马，而如今西雅图和塔科马两个互相竞争的港口也终于合并成了统一管理的组合港；从西雅图开车两个小时，去游览瑞尼尔山国家公园，近观那终年白雪皑皑的雪山山顶；也曾经在西雅图的 69 号码头登上快艇，前往加拿大不列颠哥伦比亚省的首府维多利亚。更不用说，我多次在西雅图的派克市场流连，寻找全球首家星巴克咖啡店；登上“太空针”电视塔远眺；到默瑟岛探访高高的围篱遮掩起

圣胡安群岛

来的富豪住宅，坐在默瑟岛水边的长椅上，欣赏华盛顿湖中竞相起伏的海鸥和水上飞机。

影片《远离家乡》中水墨画般的山水景色，让我知道了华盛顿州圣胡安群岛，而一般来说，这些岛屿是不大会出现在我这样的过路客的雷达上的。圣胡安群岛其实并不偏远，就散落在西雅图西北面的海峡里，最西端的圣胡安岛与加拿大的维多利亚隔海相望，它们之间的哈罗海峡就成了天然的美加分界线。当人们乘坐渡轮从西雅图到维多利亚时，也许船头略微偏一点就会行驶到圣胡安岛。

圣胡安群岛共有大小 400 多个岛礁，其中有名有姓的岛屿 170 余个，但《远离家乡》中的玛洛岛则是杜撰的名字。华盛顿州政府设立的渡轮公司对群岛中最大的四个岛屿，即圣胡安岛、奥卡斯岛、洛佩兹岛，以及被这三个岛屿包围在中间的肖岛，提供与大陆以及岛屿相互之间的渡轮服务。此外，旅客也可以从西雅图机场乘飞机上岛，或者租用“水上的士”、快艇和水上飞机作为上岛的交通工具。

圣胡安岛的面积为 143 平方公里，在四个岛屿中排名第二，但常住人口最多，约有 6800 多人。星期五港是登上圣胡安岛的门户，它是岛屿的人口中心，同时也是群岛所属的圣胡安县的县治。镇虽然不大，但博物馆、书店、餐厅应有尽有。岛上出版有几份周报，并有两个在线新闻网站。岛上分布着好几个农场，经济以旅游业为主。星期五港和罗歇港各有一个游艇港池，经常可以看到停泊着高桅帆船和大型游艇。星期五港的游艇港池同时还是游客的集散中心，可以在这里参加各种岛上游览项目，比如随团观赏羊驼，穿越放养着奶牛和绵羊的山谷，近距离参观农场的运作，在薰衣草田间野餐，在葡萄架之间逡巡，品尝当地人酿造的葡萄酒。也可以沿着岛屿西侧的嶙峋石崖漫步，观赏在海面上喷射水柱的鲸鱼或成群躺在礁石上晒太阳浴的海狮。

奥卡斯岛面积 148 平方公里，是群岛中面积最大的岛屿，常住人口不到 6000 人，少于圣胡安岛。有人说从地图上看奥卡斯岛状如马蹄铁，也有人说像挂在马鞍上的两个包袋，在北端有一条狭窄的峡湾将岛屿分成两半，称为东峡。在这里形成的东峡镇是奥卡斯岛的人口中心，也是整个群岛仅次于星期五港的第二大集镇。奥卡斯岛被称为“圣胡安群岛的宝石”，既有独特的艺术和文化，也有茂盛的森林、如镜的湖泊，以及无边的乡村风光和起伏的丘陵。岛上拥有占地 5252 英亩的莫冉州立公园，公园里有几个湖泊和 38 英里长的登山步道，适合游客来此进行远足、自行车骑行、游泳和骑马等户外运动。2003 年发行的美国浪漫喜剧影片《幸运第七》有部分剧情在奥卡斯岛发生，可以作为了解奥卡斯岛的一个窗口。影片中，西雅图女律师艾米应面包店老板皮特的邀请，假扮情侣前往奥卡斯岛度假酒店参加朋友婚礼，她在海岛美景和闲适氛围的感召下，发现了真正的自我，与皮特弄假成真成为完美的一对。

洛佩兹岛在四个岛中面积和人口都排名第三，2500 名当地常住居民以热情好客著称，在路上碰见外来的游客都会挥手表示欢迎，即使是正在开车的司机，也会停下车来挥手，不免让初次上岛的游客受宠若惊。岛上旅游设施较为完备，如拥有无敌海景的“农家乐”旅馆和出租屋，还有一个葡萄园、一家度假酒店、两个公共船艇港池，以及餐厅、咖啡馆、小型书店等。每到夏季，来岛上度假的人口大增、热闹非凡，洛佩兹村开放周六集市，摊位上摆满了工艺品、土特产，并组织各种社区活动。洛佩兹岛地势平缓，道路尤其适合自行车骑行，路上的汽车限速低，司机也都会礼让自行车手。这里没有出租汽车，没有公共交通，没有助动车，路口不设交通信号灯，甚至没有电影院和购物中心。洛佩兹岛就是让游客忘却城市纷繁的琐事，尽情享受岛上宁静的慢生活。

最小的肖岛陆地面积约 20 平方公里，仅有 240 名常住居民。为了保持肖岛的农业和乡村社区的特色，政府不允许在这里经营旅游和娱乐业务。岛上有一个县立公园，一家仅营业半年的杂货店，渡轮码头旁边有个邮政所，还有一个会员制的图书室和小型的岛屿历史陈列室。岛上有三家天主教研究所和教堂，修女是肖岛主要的常住居民。

如果要根据以上的介绍，来猜测影片《远离家乡》中的玛洛岛的原型，那么首先要排除的是肖岛，其次似乎也可以排除洛佩兹岛。尼克回到玛洛岛后，暂住在农家旅馆里，骑着旅馆提供的助动车去镇上办事，在路上差点被一辆卡车撞倒，因为卡车司机看见骑助动车的就以为是不受欢迎的外来游客，因而跟他搞恶作剧。这与洛佩兹岛居民的好客正好形成反差，而且洛佩兹岛是不允许助动车通行的。在其余的两个岛中，圣胡安岛似乎过于繁华热闹，出版好几份报纸，而在影片中的玛洛岛，尼克做了什么事、与谁见了面，不用一分钟时间消息就可以传遍小镇，两者区别较大；圣胡安岛上的星期五港之所以如此得名，显然是很多业主在岛上拥有房产，平时在陆上城市上班，星期五就回到岛上度周末，而影片中的尼克和舅舅千方百计阻止开发商和银行经理联手侵犯当地居民利益、开发度假性房地产供富人购买，正是为了避免让玛洛岛变成“星期五港”。

因此，尽管玛洛岛是电影作者虚构的地名，我愿意相信它的原型是奥卡斯岛。影片里的渡轮码头、小书店、银行、报社、农家旅馆，以及那水墨画般的山水景色、平静的湖泊、幽静的林荫小道，有机会到访奥卡斯岛的幸运游客们应该可以见到。对尼克来说，圣胡安群岛是他的家乡，他在这里守护着《灯塔晨报》和安妮，再也不会远离家乡。

感觉明尼苏达

电影《爱上明尼苏达》放映于1996年，是卡梅隆·迪亚茨和基努·里维斯等明星主演的犯罪喜剧片。故事讲述迪亚茨扮演的脱衣舞女郎芙瑞迪因为还不起欠老板的债务，被迫嫁给老板的手下山姆，山姆的弟弟杰克（里维斯扮演）回来参加哥哥的婚礼，与芙瑞迪一见钟情，商议私奔，却又身无分文，只能回来偷窃山姆的钱财。山姆和杰克自小互不相让，此时为了争夺女人和金钱，自然是往死里互掐，最后却让“死而复活”的芙瑞迪渔翁得利，侵吞了山姆从老板那里偷来的巨款，实现了她向往的去赌城拉斯维加斯跳舞的梦想。杰克理解了芙瑞迪的想法，两人终于在赌城相会。

迪亚茨、里维斯等明星的表演很给力，为电影增加了可看性，但故事里的角色各怀鬼胎，几乎说不上谁是好人。影片大部分取景和拍摄于位于美国中西部的明尼苏达州，景色与角色一样平淡无奇。看完整部电影后，我认为将片名Feeling Minnesota译为《爱上明尼苏达》是过头了，不如说是《感觉明尼苏达》。

Feeling Minnesota源自美国摇滚乐队“声音花园”1991

年录制的歌曲《黯淡无光》中的歌词：I'm looking California and feeling Minnesota。为了理解这句话的意思，我们来看一下第一段歌词：

I got up feeling so down,
I got off being sold out,
I've kept the movie rolling,
But the story's getting old now, oh yeah,
I just looked in the mirror,
And things aren't looking so good,
I'm looking California and feeling Minnesota, oh yeah.

试译如下：

早晨起床心情很糟，
觉得遭到背叛出卖，
电影胶片仍在转动，
故事情节已显老旧俗套，
站在镜子前面看看，
事情看来并不美妙，
我外表加利福尼亚，内心明尼苏达。

显然，词作者把“加利福尼亚”和“明尼苏达”作为互不相同的两个东西来加以对比。加州绰号“金色之州”，常年阳光明媚，是“温暖”的化身；明尼苏达别名“北星之州”，美国大陆的极北点就在该州，冬天最冷的地方可以达到 −50℃左右，可以算是“寒冷”的代表。所以，心里如果有“明尼苏达”的感觉，无论如何都不是舒服、快乐的。想起台湾歌手赵传在 1988 年发行的歌曲《我很丑但是我很温柔》中唱到“外表冷漠，内心狂热”，简直与“外表加利福尼亚，内心明尼苏达”异曲同工。顺便提一下，《爱上明尼苏达》女主演卡梅隆・迪亚茨出生于加州最南部的圣迭戈市，是名副其实的“外表加利福尼亚”。

明尼苏达州面积为 21.9 万平方公里，在美国 50 个州内列第 12 位，其中水域面积占了相当大的部分，密西西比河从州内流过。该州还被称为“万湖之州”，拥有将近 1.2 万个湖泊、6500 多条河流和溪流、9 万多英里长的岸线，其中包括北美五大湖中最大的苏必利尔湖的部分岸线。如此多的湖泊和河流，遇上明尼苏达有名的寒冬，那就是一片“千里冰封”的场景，形成了明尼苏达独特的休闲旅游项目“冰钓”，开发出了不少提供住宿、冰钓一条龙服务的度假胜地。

我初次欣赏到的明尼苏达冰钓，是在电影《斗气老顽童》里。这部 1993 年浪漫喜剧电影以明尼苏达州人口仅 2500 的小镇瓦巴夏为故事发生地，讲述了小镇上约翰和麦克斯两个固执的单身老头争风吃醋、恶搞互掐的故事，让人忍俊不禁。冰钓是他们的共同爱好，在密西西比河厚厚的冰面上钻出个洞，把鱼钩从冰洞里放入冰层下面的河水里，饥肠

冰钓

辘辘的鱼儿看见鱼饵就会踊跃上钩，看来冰钓的成功率还是很高的。可以拿个小凳子坐着钓鱼，如果嫌冷还可以把小房子拖到冰面上，舒舒服服地坐在温暖的小房子里钓鱼。两个老头的不少恶作剧也是围绕冰钓的，如把死鱼扔在对方的汽车里、拗断对方珍贵的钓鱼竿、把对方的钓鱼屋拖到稀薄冰面让它沉入水中，等等。当然，故事结局是两个老头冰释前嫌，约翰如愿与他喜欢的女教师艾丽儿结婚，约翰的女儿也和麦克斯的儿子谈起了恋爱。

因为《斗气老顽童》取得的成功，制作方两年后又拍摄了姐妹篇《斗气老顽童 2》，讲述的是冬去春来河流融化，约翰和麦克斯驾着小船在密西西比河里钓鱼，力图抓住那条被称为“鲶鱼王”的大鲶鱼。演员演技仍然炉火纯青，导演还让年届六旬的索菲亚・罗兰性感出镜，但因为没有了冰钓的场景，这部续集的吸引力大打折扣，至少在我看来是这样。好在因为电影的成功，瓦巴夏小镇也出了名，在每年 2 月底推出了“斗气老顽童节”系列活动，其中一项保留节目是“老顽童”冰钓大赛，大人小孩只要支付 5 美元报名费即可参加比赛，分花鲫、太阳鱼、鲈鱼、白斑狗鱼四个鱼种，每个鱼种钓到重量前三名的都可以获奖。

瓦巴夏小镇距离明尼苏达州最大城市明尼阿波利斯不到两个小时的车程，足以吸引大城市的居民在周末驱车到瓦巴夏钓鱼消闲。冰面上人头攒动、熙熙攘攘，仿佛加利福尼亚夏天的海滩一样热闹。因为一部成功的电影，瓦巴夏的“冷”成就了它的“热”。

蒙大拿之河

最初引发我对蒙大拿州的兴趣的，是美国歌手小汉克·威廉姆斯演唱的那首西部乡村歌曲《蒙大拿餐厅》。歌曲以抒情舒缓的曲调，赞美了蒙大拿餐厅的热情好客及其轻松怀旧的氛围。这是小汉克根据自己一段起死回生的经历而创作的。1975 年 8 月，小汉克在向导的陪同下，攀登上蒙大拿与爱达荷两州交界处海拔 2700 多米的阿贾克斯山峰，在寻猎两头山羊的时候不慎跌落，摔到下面 150 米处的石头上，脸部从额头到下巴当即划出长长的裂缝，就像被斧子劈过一样。6 个小时之后，他终于被人用直升飞机运到蒙大拿州米苏拉小镇的社区医院抢救。他花了两年时间做了 9 次脸部和头部修复手术，又用了足足两年时间进行生理和心理康复，并成功复出继续其全职演唱生涯。康复期间，他经常流连于地处偏僻的蒙大拿小餐厅，在此度过愉快的时光，反省自己的昨是今非，汲取继续前行的力量。

1986 年，小汉克推出了他的乡村歌曲《蒙大拿餐厅》，并得到广泛传唱。近年来，有一些到蒙大拿旅行的人不惜绕路，慕名找到位于达尔比市的蒙大拿餐厅，想一睹小汉克歌中所唱的贴在餐厅墙上的西奥多·罗斯福总统和海明威的签名照片，听一听餐厅角落里那台投币点唱机传出的老歌，品尝一下这里的牛排、煎饼和咖啡，尤其是感受这里能让小汉克平复心态、脱胎换骨的店主的微笑、轻松的氛围，并且唤回一些昨天的感觉。然而，他们在这里虽然也吃到了价廉物美的食物，享受了店员小哥礼貌的服务，但餐厅内仅有简单的桌椅，传说中的那些摆设和气氛都荡然无存，未免让人有些失望。店主丹尼尔·穆雷先生只得在猫头鹰旅游网（Tripadvisor）上解释说，他们这里并非小汉克歌曲中唱到的原本那家蒙大拿餐厅，那家餐厅原址在此地往北 20 英里的汉密尔顿，小汉克登山跌落受伤后曾在那里疗伤，但就在他推出《蒙大拿餐厅》歌曲的前一年，那家餐厅就停业了。丹尼尔悻悻地说："我们也并非想搭便车，沾光小汉克歌曲的名气，我们家族 6 年前盘下现在这家小餐厅时，它就叫蒙大拿餐厅了。"

那么，西奥多·罗斯福总统和作家欧内斯特·海明威与蒙大拿有过什么渊源，他们的照片为何曾挂在蒙大拿餐厅墙上并得到小汉克的注意呢？出生富家的西奥多·罗斯福 20 岁刚出头，就接连经历丧母和丧妻之痛，他暂时放弃了纽约的都市生活，来到西部的北达科他草原，以打猎和养牛为生。艰苦的环境和辛勤的劳动，锻炼了他羸弱的身躯，也锤炼了他的意志。他在这里撰写了三本描述打猎、放牧和西部生活的书籍，成为倡导西部开发的先驱。尽管当时西奥多不大可能抵达更为偏远和荒凉的蒙大拿，但他的签名照片出现在蒙大拿餐厅墙上应该是合理的事情。海明威于1928年来到怀俄明州，寻找一处安静的所在，完成他的《永别了，武器》。1930年，他再次来到西部，并且越过怀俄明，落脚于蒙大拿库克市郊外的牧场。1936年、1938年、1939年，他又三次来到库克市牧场，这里尚处于原始荒野的大自然给了他无穷的灵感，他生平创作的最后一篇小说《一条好汉》就是以库克市为背景的。虽然同在蒙大拿州，但汉密尔顿位于库克市西北，相距近600公里的距离，估计海明威也没有到过蒙大拿餐厅。总统罗斯福和作家海明威都曾退隐西部山野，从这里复出后则一鸣惊人，对当时挣扎于伤痛落寞之中的小汉克来说，这两个人可能确实是他精神的安慰和自强的榜样。

蒙大拿州很大，面积38万平方公里，比日本的国土面积还要大一些，是美国第四大州，仅排在阿拉斯加、得克萨斯和加利福尼亚之后。蒙大拿州又很小，人口仅约100万，在美国50个州中排名倒数第七。尽管别名叫“财富之州”，但是蒙大拿的人均年收入只有3.3万美元，在全美各州排名倒数第11位。在蒙大拿的100万人口中，我通过他们的自传体小说以及根据小说改编的电影，认识了其中的两个蒙大拿人，并进而增加了对蒙大拿的理解。

这互不相干的两个人在蒙大拿长大，然后都跳出龙门，迁到了大城市芝加哥工作。第一个蒙大拿人叫姬姆·巴克尔，曾任职《芝加哥论坛报》，2002年被首次派往阿富汗现场报道，2004—2009年担任该报驻中东地区记者站主任，根据自己在战争频仍的阿富汗和巴基斯坦的采访经历，撰写了《塔利班洗牌》一书，该书于2016年被改编为电影《威士忌、探戈、狐步舞》。为了说明自己并非天生勇敢，姬姆在书中对自己在家乡蒙大拿的成长经历有一段简要的描述。她写道，蒙大拿大多数孩子只读到高中毕业，从不离家谋生，吃上一顿公牛睾丸餐就是了不起的打牙祭。姬姆的家庭也是如此，挣钱不多，很少出门旅行，她去过最远的地方是隔壁犹他州的大盐湖。有一年，她家终于可以像样地过个圣诞节，因为爷爷去世给他们留下了750美金遗产，而他们还从街对面的小巷里偷回来了学校扔掉的圣诞树，庆幸的是树上居然还留着金属装饰片。她的父亲以设计建筑为生，却是个愤世嫉俗的嬉皮士，嗜吸大麻，家里种着大麻，还要女儿负责看管；开车超速被警察开了罚单，他不是寄张支票缴罚款了事，而是花上50美元邮费给警察局寄去一箱硬币；一不高兴就炒老板鱿鱼，因此不得不时常搬家，并且越搬越偏僻，甚至搬到了那些人烟稀少的地方。姬姆读高三的时候，她家已搬到俄勒冈州波特兰的郊区，她终于熬到高中毕业，远走高飞，到芝加哥城郊的西北大学读新闻专业去了。

姬姆眼里的蒙大拿贫穷、闭塞、沉闷，主要产业是养牛和种植小麦、甜菜。她提到的公牛睾丸倒确实是蒙大拿的特色“佳肴”，只不过当地人不会说得这么直白，而是委婉地称之为“落基山牡蛎”（也有人叫它“牛仔鱼子酱”，加拿大人则称之为“草原牡蛎”）。蒙大拿人经常对青壮年的公牛实施阉割，以此来控制繁殖、刺激公牛肌肉生长，并可以使公牛脾性温和、易于驯养。这种“牡蛎”在烹调方法上，可炒、可炖、可烤、可煨，更常见的做法是去皮压扁后涂上面粉和椒盐，放在油锅里炸得金黄，蘸番茄酱吃。

我认识的第二个蒙大拿人是诺曼·麦克林，他创作的自传体小说 *A River Runs Through It* 于 1992 年被改编成同名电影。诺曼的家乡正是小汉克受伤后最先被送去的蒙大拿西部的米苏拉镇，但诺曼的故事发生在二十世纪初，比小汉克早了六七十年。电影描述了诺曼与其父母和弟弟保罗（由当时尚年轻青涩的布拉德·皮特扮演）在米苏拉镇的生活，其中拍得最美、也最开心的场景就是父子三人在大黑脚河上用假蝇作饵钓鱼，也让我们知道蒙大拿能提供的食物不仅有牛肉、落基山牡蛎，还有鲜美的虹鳟鱼。

假蝇钓鱼

我直接沿用了 *A River Runs Through It* 这部小说和电影的英文名字，而没用网络上使用的译名《大河恋》，是因为我不喜欢、也不赞成这个译名。大黑脚河发源于落基山上的冰川和泉水，绵延 100 多公里，时而水平如镜，时而沟壑幽深，时而流水潺潺，时而河水从嶙峋山石间状如瀑布湍急而下，但你很难把这条河与“大”字联系起来。毕竟在美国，“大河”(Big River) 特指的是密西西比河。也许是译者不忍放弃“X 河恋”这样讨巧的电影片名，直接译为“大黑脚河恋”又委实不雅，汉语喜欢用双声名词，就随手译成了“大河恋”。如果真要为大黑脚河寻找一个单声形容词，也许说“长河”也要比“大河”争议少一些。我姑且另辟蹊径，将小说和电影的题目译为《蒙大拿之河》吧。

诺曼拿到芝加哥大学聘请他为英语文学教师的通知函后，找到恋人杰茜，希望她跟随他一起迁往芝加哥居住。杰茜说，她平生去过最远的地方是蒙大拿州府所在地的海伦娜。看到这里，联想到记者姬姆·巴克尔描写的蒙大拿的闭塞，我不仅会心地笑了。

芝加哥，芝加哥

芝加哥是美国仅次于纽约和洛杉矶的第三大城市，它雄踞美国中西部之要冲，是东西两岸高速公路和铁路的交会枢纽。出生在新泽西的老牌歌星法兰克·辛纳特拉虽然不是芝加哥人，但他至少唱红了两首以芝加哥城市为主题的歌曲，一是1922年发行的《芝加哥——那个蹒跚学步的城市》，二是1964年面世的《芝加哥——我的类型的城市》。歌词中唱道：芝加哥，芝加哥，那个蹒跚学步的城市，芝加哥，芝加哥，我来带你好好逛逛；每当我在外流浪，芝加哥在召唤我回家，每当我想要离开，芝加哥都会拽住我的衣袖。

芝加哥成了我一直想去看看的地方，但没想到我第一次踏上芝加哥的土地完全是因为偶然的原因。2012年美国感恩节前夕，我和家人预订了美国航空公司从洛杉矶直达迈阿密的机票，但出发前一天晚上才发现那个航班已被取消。由于在迈阿密的旅游行程都已安排好，我赶紧与销售机票的代理商联系，几经周折，终于拿到了同一家航空公司经芝加哥转机到迈阿密的座位。

第二天，在洛杉矶机场通过安检时，负责检查的黑人小姐听说我们前往芝加哥是为了转机去迈阿密，似乎还有些疑惑："真的吗？那几乎是先从西向东横穿美国，再从北向南纵穿美国呀，伙计！"我只得苦笑："我懂的，把这三个城市用直线连起来正好是一个直角三角形。"

坐在飞机上，我不禁遐想：这次航班取消造成的"被旅行"，除了让我增加一些累积里程和经济舱免费托运行李的待遇之外，还会带来什么意外的惊喜？我所到过的距离芝加哥最近的地方是密苏里州的圣路易斯市。从圣路易市经过密西西比河上的大桥，就进入了属于伊利诺伊州的东圣路易斯市。而芝加哥，正是伊利诺伊州最大的城市，也是美国中西部地区的中心。圣路易市与芝加哥之间还相隔 300 多英里。

巧合的是，芝加哥奥黑尔国际机场是以美国二战中的英雄飞行员爱德华·奥黑尔的名字命名的，而奥黑尔正好出生在圣路易斯市。

我们预定在奥黑尔机场有两个多小时的转机时间，这段时间将会如何度过？根据我了解的交通物流知识，奥黑尔国际机场是芝加哥市拥有的三个机场之一，是美国第四大国际航空枢纽，同时也是全球最繁忙的机场，因为这里平均每天要起降两千七百次航班，每年有 7200 多万名乘客经该机场来往穿梭于世界各地。今天与我们有关系的两个航班，只在其中占不到千分之一的比例，而我们一家三口，几乎只占当天旅客流量的十万分之一。也许有一天，我会专程来芝加哥仔细探索一番，但今天，我们只是这座城市或者说这座机场的匆匆过客。

百无聊赖之中，我从前排座椅后背口袋里随手拿起一本美国航空公司出版的机舱杂志 American Way，信手翻来，在它“街景”（Street Scene）栏目中介绍的正好是芝加哥市的克拉克街。这条街长达近 10 英里，沿途分布着安德森维尔历史商业区、格雷斯兰公墓、麦德龙音乐厅、芝加哥小熊棒球队的主场瑞格利球场、林肯公园、芝加哥历史博物馆等叫得出名来的景点。文章还列出一些餐厅、购物、娱乐商家和设施的地址及联系方式，既是广告，也是旅游介绍，加深了我对这条大街的认识。我不禁想起，芝加哥是美国时任总统奥巴马的家乡，他 2008 年就是模仿林肯总统的做法，从芝加哥乘火车前往华盛顿赴任的。作为芝加哥最大公园的林肯公园，占地面积达 4.9 平方公里，毗邻密歇根湖，公园内不仅建有大量健身设施，还有一个动物园。

该期杂志内还有一篇有关芝加哥的文章，题目叫“他的类型的城市”，显然是模仿辛纳特拉歌曲《我的类型的城市》的标题。文章主要介绍新闻记者尼尔·斯滕贝格撰写的新书《你根本没来过芝加哥》。斯滕贝格早年离开俄亥俄州家乡来到芝加哥的西北大学求学，在这座城市一待就是三十多年。他在书中以回忆录、历史和游记混搭的写作手法，描写了自己如何从一个年轻的外乡人，逐渐登堂入室，步入芝加哥新闻界的核心圈子和上层社会。他将自己的成长史与这座城市的发展史编织在一起，保持了一个外乡人独特的视野，去观察这座城市的方方面面，而他写出的许多感受，是不少老牌的芝加哥本地人所体会不到的，他们吃惊之余又无法不承认斯滕贝格观察的仔细和理解的深刻。

杂志中的这篇文章着重介绍了斯滕贝格对芝加哥流行的“关系网”和“裙带风”的观察。斯滕贝格记忆中认为自己最像一个正宗芝加哥人的时刻，并不是他被录用为《芝加哥太阳时报》的专栏作者并在该报社连续工作的二十五年；也不是他的小儿子肯特在瑞格利棒球场扔出平生第一个投掷球；而是他学着芝加哥人喜欢“开后门”的做法，利用自己做记者的关系，请到了芝加哥市最有名的法官亚伯拉罕·林肯·马洛维兹，来当他弟弟的证婚人！

斯滕贝格说:“走这个后门时，我感到我在玩真的了，真正芝加哥人的游戏。”

在我翻看杂志的时候，飞机在缓缓降落到奥黑尔机场。从舷窗中可以看见高耸入云的威利斯大厦，以及那美丽的密歇根湖。我还没有踏上芝加哥的土地，但似乎已经与这座城市有了“神交”。

两年后，我们终于专程到访了芝加哥，在陪同儿子参观芝加哥大学和西北大学两所名校的校园之余，也尽情游览了芝加哥的主要景点。在欣赏这座现代化城市亮丽外表的同时，我也想起了斯滕贝格对芝加哥这个城市台面下弥漫的“拉关系”“走后门”风气的描写，想起了叙述爵士时代歌舞团女郎洛克茜杀人入狱却被判无罪的荒唐故事的无声电影《芝加哥》及1975年上演以来至今不衰的同名百老汇音乐剧，想起了禁酒时期黑手党犯罪猖獗、“芝加哥大衣”（Chicago overcoat）成了棺材或黑帮将活人绑上石块沉入芝加哥河的代名词，想起了直至今天芝加哥仍然大量发生枪击暴力犯罪事件的事实。

芝加哥早已不是那个蹒跚学步的城市，但如果不能同时看到城市截然不同的两个侧面，也许真的是“根本没来过芝加哥”。

《码头风云》与纽约大雪

2012 年 11 月 7 日，经历了几次航班取消带来的周折后，我终于乘上上午 10 : 31 从洛杉矶国际机场起飞的美联航班机，前往位于新泽西州的纽瓦克机场。这一天，距离超级风暴“桑迪”肆虐美国东部才不过一个星期的时间，又正好赶上纽约、新泽西地区下大雪，据说纽约的肯尼迪机场、拉瓜迪亚机场都已经关闭，我还能赶上这个航班前往，去参加 11 月 8 日的业务会议，应算很幸运了。

洛杉矶与纽约之间飞行时间长达五个半小时，再加有三个小时时差，上午起飞的飞机，抵达纽瓦克机场要晚上 7 : 00 多了。美国刚在 11 月 4 日结束今年的“夏时制”（美国称为日光节省时间），现在的 7 : 00 就是三天之前的 8 : 00。所以，在飞近纽约地区的时候，天色已完全黑暗。我坐在靠窗位置往外看，借助飞机机身的灯光，看到雪珠串成一根根雪箭，从茫茫夜空刷刷地向大地射去。这是我平生第一次在 7000 多米的高空看雪景，那壮观的场面确实令人震撼。

在此之前的一个多小时，我则沉浸在了美国经典电影《码头风云》之中。我是不经意间在机上娱乐系统中找到这部电影的。它拍摄于 1953 年，1955 年在第 27 届奥斯卡金像奖评选中获得 14 项提名，并获得最佳影片、最佳导演、最佳男演员等 9 个大奖，同时在当年的金球奖、威尼斯电影节、英国电影学院奖等评选中均获得殊荣。影片的大致剧情如下：以约翰尼为首的黑社会势力控制了纽约港码头工会，无情地压迫码头工人。曾经是拳击手的特里（由影星马龙·白兰度饰演）来到码头为约翰尼工作。他的朋友乔伊因为向当局揭发约翰尼等人的罪行，被其手下、也是特里的哥哥查理从楼顶上推下摔死。乔伊的妹妹伊迪（由爱娃·玛丽·森特饰演）发誓要为哥哥复仇，与教区牧师巴里神父一起展开调查。知情人都不敢出面告发。特里目睹了乔伊被害的经过，虽然同情伊迪的遭遇，想要帮她逃离黑社会的迫害，但他没有告发哥哥的罪行。在与伊迪的接触中，两人渐渐产生感情。之后查理也为了救特里而被约翰尼杀害。无数罪恶的事件终于让特里下定决心，去揭发约翰尼的罪行。在码头上，他被约翰尼及其手下打成重伤，但仍然坚定地站了起来。一直沉默的码头工人们受他的感召，也觉醒了，勇敢地站在他的一边，团结一致地为正义而抗争。

以今天的眼光来看，电影故事略显老套，但马龙·白兰度和爱娃·玛丽·森特的表演还是可圈可点、无愧其经典称号的。我曾在国内港口企业工作，如今又在美国从事集装箱码头管理，这些经历让我在观赏这部影片时自然多了一份别人所没有的感受。电影让我看到了历史上美国码头工人所处的生活和工作环境，可以让我更深刻地去理解今天的美国码头工人和码头工会。

故事发生在位于哈得孙河新泽西州一侧的霍博肯码头。对岸纽约曼哈顿的摩天大楼已已然成形，但码头工人居住的公寓楼房灰暗、杂乱。热爱生活的工人们在竖满电视天线的屋顶上建起了养鸽房。码头停靠着一艘艘装载进口香蕉或爱尔兰威士忌酒的杂货船。工人们肩上挎着装卸货物用的手钩，每天早上来到码头，等待着工会调度员的发落。与调度关系好的工人，得到了既省力又有外快的美差，被刁难的工人只能啃着硬面包片空手而归，明天再来试运气。仓库墙上挂的黑板上写着："8 点发工牌，5 个工班，100 名装卸工。"船舱内，工人们将成筐成筐的威士忌酒装进吊货网兜（工人的行话叫"思令"，即英文 Sling），其中一位得罪过黑恶势力的工人自作聪明地在衣服口袋里藏了一瓶，谁知舱顶上心怀叵测的工头故意把网兜一散，酒筐落下舱内把他砸成了"下酒"的肉饼。

当然，1950 年代的码头与如今美国港口现代化的设施已不可同日而语，集装箱化和机械化取代了大量人力劳动，工人操作着现代化的桥吊、轮胎吊、集卡等机械，劳动安全程度大大提高，工资待遇也大幅提高。工班都有序地提前计划安排，工人不用毫无把握地到码头来听候发落。但码头工会与工人、港航企业之间仍存在许多不和谐之处。据有关资料统计，美国港口劳工成本是世界上最高的。这种状况在某种程度上不利于美国港口提高竞争力，同时也迫使港航企业研究使用自动化技术，从而将减少码头行业工作岗位数量，进而影响码头工人本身的利益。这些问题，恰好是明天我们会谈的议题。

从纽瓦克机场大楼走出来，一股寒风裹挟着雪珠扑面而来，我不禁打了个冷颤。坐上出租车，我借着高速公路路灯微弱的光线，透过不断下落的雪片，寻找着飓风“桑迪”曾经横扫这片土地的痕迹。路边几棵大树歪斜的身子尚未被扶正。部分住宅的窗户黑乎乎的，莫非还没有恢复供电？加油站外面，汽车还排着长长的队伍，而挂出的油价，并不比素以汽油昂贵著称的加州来得便宜。

我预订的酒店在新泽西州的泽西市，也与纽约曼哈顿隔河相望，距霍博肯仅有两、三英里距离。尽管天色已晚，又下着雪，我还是要求出租车司机绕道穿过霍博肯。街道上积起了厚雪，两旁排列着五、六层高的欧式建筑，俨然一座静谧的欧洲小城。《码头风云》电影中表现的街上那些漂浮的尘土、嘈杂的吵闹声，码头上那些船舶烟囱吐出的黑烟、那些叮叮当当的装卸作业声，如今还能去哪里追寻？

我出了神，司机已把车停在酒店门口我也浑然没有察觉。

新“睡谷”传说

韦斯特切斯特县位于纽约州南部，与“大苹果”纽约市接壤。在2020年3月纽约新冠病毒传播初期，韦斯特切斯特县暴发较大规模的群体传染事件，经过媒体大量报道，“知名度”大幅上升。3月2日，纽约州确诊了第二例新冠病毒测试呈阳性的病例，患者是一位名叫劳伦斯·加布兹的中年律师，他在纽约市曼哈顿中城执业，家住位于韦斯特切斯特县东南角的新罗谢尔市（New Rochelle）。新罗谢尔邻近纽约市的布朗克斯区，距曼哈顿20多英里，不少在市区工作的人士选择在这里安家。

在此后一周左右时间里，韦斯特切斯特县的感染人数急剧增加，其中有90多例被确认与加布兹律师有关，包括他的妻子和一对儿女、开车送他去医院的邻居，他所在医院的医生、护士、工人和其他病人，以及这些人又接触传染的人员。2020年3月11日，纽约州州长宣布派遣国民警卫队前往新罗谢尔，将该市方圆一英里的区域划定为“控制区域”，限制人员进出，以控制疫情扩散。

截至2020年5月2日，美国确诊人数近120万，约占全球确诊人数的30%，死亡人数近7万，而纽约州的确诊人数32万，也接近美国总数的30%，死亡2.4万人。韦斯特切斯特县确诊2.9万人，死亡1000多人，其中该县人口最密集的三个城市扬克斯（Yonkers）、新罗谢尔和怀特普莱恩斯（White Plains）合计确诊约9000人。值得庆幸的是，加布兹律师经过治疗，在3月底病愈出院。

我曾从纽约曼哈顿中城乘坐北哈得孙铁路线的火车，一路沿着哈得孙河东岸向北，经过扬克斯等城镇，不到一个小时的车程，来到同属韦斯特切斯特县的欧文顿（Irvington）、斯利皮霍洛（Sleepy Hollow）等小镇游览。这两个小镇，都与19世纪美国最著名的作家、号称美国文学之父的华盛顿·欧文（1783—1859年）有关。欧文顿所在的地方原来是两个小村庄，1854年合并成一个集镇，居民们投票决定将集镇命名为“欧文顿”，以表示对这位当地名人的敬仰。当时欧文居住在镇上的桑尼赛德庄园，如今这幢宅子由“哈得孙河谷历史保护协会”负责保护，作为华盛顿·欧文故居博物馆对游客开放。

欧文创作了《瑞普·范·温克尔》和《睡谷的传说》等脍炙人口的短篇小说。瑞普·范·温克尔是个热心、老实的美国农民，住在哈得孙河畔卡兹吉尔山下的小村庄里，以种地为生。有一天，他为了躲避唠叨凶悍的妻子，独自到卡兹吉尔山里去打猎，在那里遇见了当年发现这条河流并以其名字命名的亨利·哈得孙船长及其伙伴。温克尔喝了他们的仙

瑞普·范·温克尔雕像

酒后，不知不觉睡着了，醒来后下山回家，才发现时间已过去整整二十年，沧海桑田，一切都已十分陌生，老婆已经去世，儿女都已成年，小酒馆墙上悬挂的画像人物也由华盛顿将军代替了原来的英王乔治。

《睡谷的传说》则讲述了一位名叫伊卡包德·克莱恩的穷教师的故事。他应聘从康涅狄格州来到偏僻幽静的睡谷，担任仅有他一名教师的小学的校长。他尽力讨好小学生们的家长，并追求当地有钱乡绅的女儿卡特琳娜，梦想着钱色双收，无奈天不遂人愿。睡谷曾是美国独立战争血腥的战场，流传着无数冤死鬼的故事，尤以无头骑士的故事流传最广。据说无头骑士本是一名来自德国黑森的雇佣兵，在 1776 年怀特布莱恩斯战役中被美国大陆军的炮弹片削去了脑袋，同伴们匆忙中拖走了他的尸体，但把他的头颅留在了战场上。这名骑士被埋葬在睡谷的老荷兰教堂公墓里，化身为一名厉鬼，骑马到处寻找他的脑袋，手里还捧着一个南瓜灯来代替脑袋，有时也把南瓜灯用作武器。在一个漆黑的夜晚，克莱恩参加完卡特琳娜家的聚会后骑马回家，在鬼影憧憧的林子里，遭到无头骑士的追赶和袭击。他东躲西藏，但始终无法逃脱，最后不知所终，有人说他跌下悬崖掉入哈得孙河淹死了，也有传说他逃到外地，后来发了大财。

睡谷是欧文虚构的地名，但他所描写的是住家附近一个真实的小村庄，他本人去世后也埋葬在这里的睡谷公墓。这个村庄以前叫北塔瑞敦（North Tarrytown），美国通用汽车公司在那里曾建有一家工厂。1996 年，汽车厂经营不善迁往他地，北塔瑞敦一下失去了 4000 个工作岗位和主要税收来源。无奈之下，居民们把集镇改名为“睡谷”，发展旅游经济，公共汽车、警车、消防车的车身上都印上了无头骑士追赶克莱恩的图画，当地的高中就叫睡谷中学，学校的运动队以“骑士”命名，睡谷公墓也出现了骑在马上的“无头人”，吓唬和捉弄前来参观的游客。无头骑士砸向克莱恩的南瓜灯早就成为万圣节前夜的经典装饰，自然也是睡谷主打的旅游纪念品。

美国石油大亨约翰 · D · 洛克菲勒家族的庄园“基耶卡

特”（Kykuit）是附近的一大景点，也由“哈得孙河谷历史保护协会”负责经营游客参观服务，游客中心就设在睡谷镇上，游客须到这里乘电动巴士，前往高居在波尔坎迪科山丘之上的庄园。庄园周围有近 250 英亩的山林和绿地，作为保留地禁止商业开发，附近还有洛克菲勒家族捐献的 1700 多英亩土地建成的洛克菲勒州立公园保护区。游客们从山丘上远眺哈得孙河谷美丽的自然风光，山丘下茂密的树林里掩映着欧文时代的古墓，几乎无法相信这个世外桃源般的地方与熙熙攘攘的曼哈顿仅有 20 多英里的距离。

据史料记载，独立战争中，美国大陆军和英军各有大约 2.5 万人死亡，包括沙场上战死的和被俘获后病死的士兵，另有近 8000 名德国雇佣士兵死亡，合计不到 6 万人。而截至 2020 年 5 月 2 日，美国因新冠肺炎疫情死亡的人数已经超过了 6 万人，并且还在继续增加。与韦斯特彻斯特县其他地方一样，人口密度并不高的欧文顿和睡谷也无法幸免，出现了几百例病毒感染者。

随着纽约新冠肺炎死亡人数急剧增加，各大公墓“尸”满为患，政府被迫在布朗克斯区的哈特岛上挖掘万人坑，临时埋葬病逝者。不妨说，整个纽约都成了睡谷，数万个屈死的冤魂飘荡在空中。又有多少人被隔离在家里，眼望着窗外冬去春来、草长莺飞，真想像瑞普 · 范 · 温克尔一样，喝一口哈得孙船长的仙酒，期待一觉醒来时不知今夕何夕，窃喜疫情已经过去。

秋天与瀑布

把秋天与瀑布放在一起思考，是因为在美国英语中，秋天叫作 fall，而瀑布叫作 falls，同样的词，只不过一个是单数、一个是复数。fall 本意为“落下”，秋天树叶枯黄而落下，河水从高处向低处急落形成瀑布，这个“落下”的动作让我把本不相干的秋天和瀑布放在一起联想了。

无独有偶，我国唐朝诗人杜甫在《登高》一诗中写道：“无边落木萧萧下，不尽长江滚滚来”，可谓也是将落叶和落水联系起来，触景而生悲秋之情。长江虽非瀑布，杜甫在夔州（今重庆奉节）登高，望见“三峡”之一的瞿塘峡江水奔腾咆哮、白浪滔天，气势当不亚于黄果树瀑布。

俗话说，一叶知秋。美国东北部以层林尽染的秋叶景色而闻名。十月底或十一月初的下午，走在新泽西小镇的街头，偶一抬头会望见一棵红枫或槭树，树身如同着了火一般，在夕阳的照耀下红得让人不敢直视。如果要看成片的秋色，那自然得去新英格兰地区，去佛蒙特的山顶登高，观赏面前层层叠叠一望无际色彩斑斓的山林。此时的你或许不会想到，也许就在下个星期，一阵肃杀的秋风秋雨袭来，绚烂的秋叶会纷纷无助地落下，给地面铺上厚厚的叶毯，凋零的树梢上也许只有孤独的鸟巢在随风摇曳。

2021 年深秋的季节，恰是朋友圈中流传陈冲冒着疫情回上海为母亲张安中奔丧的消息之际，我偶然找到了陈冲导演的好莱坞电影《纽约的秋天》，看后颇有伤秋之感。影片题目没用 Fall in New York，而是用了更加正式的 autumn 一词。影片开头用俯拍的角度，展现了纽约中央公园树林的秋景，色彩是绚丽、明快的，内行人或许能看出担任影片摄影指导的顾长卫的影子。剧情是好莱坞式的，影星理查・基尔饰演风流多情的“钻石王老五”威尔，与青春靓丽的“绝命女”夏洛蒂（由女星薇诺娜・瑞德饰演）上演了浪漫而凄美的忘年之恋。威尔当年曾与夏洛蒂已过世的母亲有暧昧关系，现今他用一件精美的晚礼服勾引患有先天心脏病绝症的夏洛蒂，同时又花心不改，与另一位老情人在楼顶露台幽会。从中国人的道德观念来说，这样的恋情或许是不伦的。但影片创作者让威尔幡然醒悟、浪子回头，从俄亥俄州请来最好的外科医生为夏洛蒂动手术，很遗憾仍未能挽回年轻的生命。威尔在大雪纷飞的冬夜，伴着他与夏洛蒂一起装饰的圣诞树，回忆秋天他与夏洛蒂挽手漫步在中央公园铺满金黄色落叶的草地上漫步，不禁痛彻心扉。

《纽约的秋天》片名采自 1950 年代流行的同名爵士乐歌曲，路易・阿姆斯特朗、比莉・霍利代和法兰克・辛纳特拉等老牌歌星都曾经演唱过。那时的美国刚从二战中脱颖而出，国家实力如日中天，纽约更是得风气之先，成为各路冒险家的乐园。《纽约的秋天》歌词唱道：“纽约的秋天为何如此吸引人？纽约的秋天无数戏剧在此首演。行人比肩接踵，彩云映着祥光，钢筋水泥形成的峡谷，我倍感心安如归。”当然，乐观中也透露着尚未得志的伤感：“纽约的秋天会带来新爱，纽约的秋天也混合着苦痛。双手空空的做梦人，可能在为陌生的异乡而叹息。这是纽约的秋天，庆幸来此而得以重生。”

影片《纽约的秋天》摄于2000年，“911事件”要到次年才发生；1998年的金融危机主要重创了亚洲国家，2000年的纽约仍然可以歌舞升平、纸醉金迷。然而，秋天过后不是春天，而是冬天，夏洛蒂年轻的生命如一片秋叶，在短暂的绚烂之后枯萎，从威尔所住的曼哈顿豪华公寓楼上缓缓飘落。

说起瀑布，在美国最有名的莫过于尼亚加拉瀑布了（按美国人的发音，其实应译为“奈亚加拉瀑布”）。它位于纽约州北部与加拿大安大略省交界的地方。尼亚加拉瀑布由美国瀑布、婚纱瀑布以及加拿大侧的马蹄瀑布组成。其中马蹄瀑布最为壮观，宽幅为790米，最大落差达57米；美国瀑布宽320米，最大落差30米。婚纱瀑布与美国瀑布之间有月亮岛相隔，与马蹄瀑布之间隔着公羊岛。婚纱瀑布顶部宽幅仅为17米，看上去比较细长，河水先是咆哮着冲向24米之下的塌砾巨石，然后再降落至31米之下的深潭，合计落差为 55 米。游客可以穿上雨衣，沿着梯道走到瀑布下面的“风洞”（Cave of the Winds）。这个山洞高 40 米、宽 30 米、深 9 米，藏在瀑布的后面，犹如孙悟空花果山的水帘洞。深潭也有一个好听的名字，叫 Maid of the Mist，因为瀑布的落水冲下水潭后水汽飞溅，形成蒸腾的薄雾，恰似李白在描写庐山瀑布时所用的“紫烟”一词。一般人将 Maid of the Mist 译为“雾中少女”，但从英语语法分析，我将之译为“薄雾仙女”或“雾女”，深潭可以叫作“雾女潭”。游客还可以乘上“雾女”号游览船，靠近瀑布的底部，溅一身清凉的潭水。

所以尽管婚纱瀑布是尼亚加拉三处瀑布中最小的，却是游客花费游览时间最长的瀑布，因为其他两个只可“远观”，婚纱瀑布却可以“近玩”。

一般的游客可能不会知道，距离尼亚加拉瀑布 30 多公里一个叫作洛克波特的小镇，是美国女作家乔伊丝·欧茨出生的地方。我最近观看了根据欧茨的中篇小说《强奸：一个爱情故事》改编的电影《仇恨：一个爱情故事》，惊恐地发现影片中警察德罗摩尔为女主人公蒂娜复仇，将强奸犯皮克斯兄弟骗到郊外，将之杀死后把尸体扔进了汹涌的尼亚加拉河中，任其被冲下瀑布摔个粉碎，并制造假象让人以为这对兄弟为逃避法律制裁逃遁到了对岸的加拿大。欧茨的长篇小说《大瀑布》开头也描写了女主人公阿莉雅的新婚丈夫吉尔伯特穿过公羊岛上的悬索桥，一头扎入马蹄瀑布自杀的故事。

湍急的尼亚加拉河面下，真的埋藏着这么可怕的故事吗？女作家欧茨如今居住在新泽西州普林斯顿，她是从尼亚加拉峡谷边走出去的“老土地”，所创作的小说故事应该不会毫无依据吧？经查询，壮观的尼亚加拉瀑布确实是“自杀天堂”，1850—2011年在瀑布底部共发现大约5000具尸体，平均每年有二三十人从顶上纵身一跃，其中以在马蹄瀑布死亡的人数最多。死亡原因最多的是自杀，当然也有如电影中描述的他杀或杀人后抛尸灭迹的情况，还有不少竟然是胆大之徒不满足于“远观”，也想到瀑布的脚下去“近玩”，试图证明自己有本事跳下瀑布而不死。事实上也确实曾经有一位妇女躲在木桶中滚下瀑布而奇迹般地生还，但大部分人没有这份幸运。

美国东北部的秋色和瀑布是众多游客向往的美景，但以我现在的心境，美景犹如一本书光鲜的封面，掀开封面，看到扉页上写的满是“飘落”“坠落”“跌落”等词语。

从特朗普前妻的墓地说起

美国前总统特朗普的前妻伊万娜于 2022 年 7 月底去世，特朗普携现任妻子梅拉尼娅专程从居住地佛罗里达海湖庄园回到家乡纽约出席葬礼，并与他三场婚姻所生的所有五个子女同框出镜，引起了新闻媒体和吃瓜群众的轰动。半个月以后，网友又扒出新料，特朗普将前妻遗体埋在了新泽西州的特朗普高尔夫俱乐部球场内，坟墓位于球场第一洞的发球台后方，在球手视线之外，距离俱乐部会所不远。坟墓所在地地势较高，俯瞰高尔夫球场广阔的绿地，周围长有郁郁葱葱的树木和各种灌木，照片显示墓穴上覆盖的泥土尚新，上面摆放两束白花，坟头平放着黑色花岗岩制成的墓碑，上面仅镌刻了伊万娜的名字及她的生卒日期。

此事在社交媒体上又引起了不小的争议，有人夸赞特朗普念旧情，虽然已无法律义务，仍管着前妻的身后事，特别是把她葬在自己喜欢的高尔夫球场，犹如古时中国官宦人家允许被休的糟糠之妻入奉宗祠；有人骂特朗普混蛋，把伊万娜葬在球场，就如同在自家后院草草下葬了事，而且墓地搞得如此寒酸，简直是给予穷汉的待遇，甚至连宠物的墓地都不如，而伊万娜生下的三个孩子，包括长女伊万卡，竟然也不帮老妈说话，任由特朗普胡来；有人责疑特朗普是借机逃税生财，因为按新泽西州的税法，用于墓地的土地是可以免除房地产税、地税、评估税或个人财产税，以及营业税、销售税、所得税和遗产税，等等。

我无意评判这些争论的是非，只想说一句，伊万娜的坟墓虽然布置简单，但墓地周围的空地面积达 1.5 英亩，这绝对不是穷汉所能获得的待遇。此外，许多人在讨论伊万娜的身后哀荣，却鲜少有人提及她的死因，富则富矣，这个 73 岁的老太是在家里从楼梯上摔下、脑袋撞到钝物而死的，任由老人独居并如此凄惨地死去，她的三个儿女确是逃不了干系的。

根据我的观察，将坟墓建在高尔夫球场的做法并不罕见，坟上长出草皮后与周围浑然一体，不易引人注目。有人认为特朗普将前妻埋在自家球场就好比埋在自家后院的说法，倒让我联想起最近看过的电影《黛西·温特斯》。11 岁的女孩黛西由母亲桑迪（波姬小丝扮演）独自抚养，姨妈玛格丽特为人严厉、保守，黛西与她格格不入。母亲桑迪身患绝症，根据美国法律，黛西尚未成年，不能独自

新泽西某公共高尔夫球场上的旧坟

生活，如果母亲去世，则必须由姨妈担任法定监护人照顾黛西。母亲终于在家里安静地辞世，为了避免被迫与姨妈同住，黛西独自一人悄悄地将母亲的尸体埋在自家院子里，对外声称母亲仍然在世，并想出各种方法骗过姨妈和邻居。黛西在母亲坟墓旁种上鲜花，放学回来后经常坐在坟旁草地上向母亲诉说心事，就像母亲在世时一样，有时夜里就在草地上铺上垫子睡觉。当然纸是包不住火的，好在最后黛西找到了自己的生父，同父亲生活在了一起。

那么，人去世后是否可以安葬在自家院子（称为“家葬”）？美国各州法律有什么规定呢？据查询，只有印第安纳、加利福尼亚、华盛顿三个州的法律不允许在自家宅基地埋葬尸体，其他各州都没有法律禁止，只不过针对家葬有些公共卫生方面的限制性规定，如规定坟墓须与邻居的地块保持多远的距离、墓穴必须挖得多深、坟墓须离开溪流河湖等水源地多远，等等。纽约、路易斯安那等 10 个州的法律还规定，家葬必须聘用专业的殡葬师，来负责办理死亡申报、遗体处理和葬礼安排等事宜。此外，住宅所在的城市或村镇可能也会从区块规划的角度对私墓管理做出各自的具体规定。

我感兴趣的是，如果房东想要出售房产，但房子后院埋有家人遗体，该怎么处理呢？某位房产中介讲过这样一个故事：她撮合了一处房产的买卖，双方都很满意，但买家入住房子不久就急急忙忙地给她打电话，说他和妻子在整理院子时发现草丛下有一块墓碑，担心墓碑下埋着死人，他妻子害怕得不得了，请中介务必赶紧联系卖家了解情况。卖家已搬到外州居住，她接到中介电话后解释说，院子里并没有坟墓，那块石碑是她丈夫去世时一位朋友送给她的，她当时随手放在院子里以作纪念，卖房时也忘了这茬事儿，她请买家把石碑扔掉即可，买家这才放下了心。该中介从这个事件中得到教训，认为卖房者最好要事先书面写明地面下是否有墓葬，如果有的话自然是将墓葬移除处理后再挂牌售房比较好。

初到美国生活的中国人往往会有一个明显的感受，这里的社区是由活人与死人共享的，阴阳两界相距很近。这与我们国内火化场和公墓往往距离居民区很远的情况形成了鲜明的对比。1991 年发行的美国影片《我的女孩》讲述的故事发生在宾夕法尼亚州的麦迪逊市，同样是 11 岁的女孩娃达母亲早逝，父亲哈里是一名殡葬师，殡仪馆就设在他们家里，所以娃达从小是在与尸体和丧事近距离接触的环境中长大的。她经常带着小伙伴们到家里来，用棺材和她老年痴呆的奶奶来捉弄和吓唬他们，但她自己其实还是非常害怕死人的，有一次不小心把自己反锁在了太平间里，吓得几乎灵魂出窍，幸亏有遗体化妆师雪莉来帮她开了门。成为哈里女朋友的雪莉原来是高级发廊的造型师，失业后按照报纸广告来娃达家里应聘，万万没想到哈里要招聘的化妆师并不是为活人化妆，但急于求职的她也将就接受了这份工作。

我自己也有这方面的经历。2019 年年底初抵新泽西时，我先是在崖边公园镇租住高层公寓，公寓楼建在颇为热闹繁华的安德森大街上，楼下一侧就是食品超市，购物很方便。但我租房前没有意识到的是，大楼另一侧隔着一个停车库就是一家殡仪馆，那幢房子外表就像普通的民宅，经过的路人如果不仔细看门前花坛里插着的标识，也不会意识到这是殡仪馆。殡仪馆对周边居民倒也没有太多干扰，晚上人们照样在街上悠闲地散步。殡仪馆举行葬礼时，车库就停满了车，穿着深色服装的大人孩子从殡仪馆进进出出，大多比较肃穆，没有哭天抢地号啕大哭的悲伤场景。殡仪馆的另一侧开着一家鲜花店，相信也从殡仪馆这里拿到不少生意。

新冠肺炎疫情发生后，考虑到入住独门独院的单户房屋可能更为安全，我搬迁到了名为北阿灵顿的小镇。众所周知，美国首都华盛顿附近有阿灵顿国家公墓，北阿灵顿镇得名的缘起也是这里的“圣十字公墓陵园”。全镇陆地面积 6.43 平方公里，而圣十字公墓陵园就占了其中八分之一的土地（208 英亩）；全镇人口 1.54 万人，而该公墓自 1915 年建立以来总共埋葬了将近 30 万个逝者，在这里安眠的逝者数量几乎是镇上活人人口的 20 倍，也几乎与新泽西州最大城市纽瓦克的人口持平。公墓经过不断扩建，目前共有 75 万个墓穴，按平均每年新增 2600 人在此安葬计算，足够维持到 2090 年。

与圣十字公墓相距不到两公里，还有一个北阿灵顿犹太公墓，建墓时间是更早的 1896 年，如今因年久失修而少人光顾。描写新泽西北部意大利裔黑帮生活的电视连续剧《黑道家族》第一季的片头蒙太奇部分就有这个犹太公墓的镜

圣十字公墓

头。我经常去与北阿灵顿相邻的林赫斯特镇 ShopRite 超市购买食品，超市旁边也是一个公墓，名为圣约瑟夫公墓，距离圣十字公墓也不过三公里。

公墓的建设和管理单位因属于非营利机构，无须向地方缴纳税收，因此并不能对当地创造直接的税收收入。但是由于公墓的存在，周边地区会汇集墓碑定制销售公司、鲜花店、餐厅等行业，间接地带来就业和税源。

殡仪馆、墓地与人们的日常生活场所如此接近，一定程度上反映了美国人坦然面对死亡的看法和态度，与中国丧葬文化还是有很大差异的。当然，美国人的丧葬习惯也在变化之中，据美国殡葬协会提供的数据，2016 年全美遗体火化的逝者人数首次超过了土葬人数，达到 50.2%。这一比例在以后逐年提高，预计 20 年后会达到 80%。出现这种改变的原因主要有两个，一是昂贵的土葬费用，包括墓地和棺木的购置费用、挖掘墓穴的人工费，以及葬礼的费用等，动辄上万美元、甚至几万美元，而遗体火化只需花费两千多美元；二是宗教观念的改变，以前天主教禁止其信徒接受火葬，如今这些规定有所放松，因此更多的教众开始接纳遗体火化。

新泽西的自豪与自卑

我于2019年底第二次外派美国工作，起初居住在新泽西州伯根县的一个镇，叫“克利夫赛德帕克”（Cliffside Park，也可直译为“崖边公园”）。叫它“崖边”，是因为它高居在哈得孙河西岸的断崖之上，断崖两侧地势明显下沉，我租住的又是20多层的公寓楼，颇有玉树临风的感觉，东西两侧纽约和新泽西的无限风光尽收眼底。东侧断崖之下沿着哈得孙河还有一个镇，叫“埃奇沃特镇”（Edgewater），镇上的房子临河更近，大多是看得见哈得孙河和纽约曼哈顿天际线的无敌景观房，因此房价比断崖上面要高出一截。称它“公园”，是因为这里在1898年至1971年的七十多年时间里曾是“断崖游乐园”的所在。该游乐园占地38英亩，部分位于现在的崖边公园镇，部分位于相邻的利堡镇（Fort Lee），在游乐园的鼎盛时期，每年夏季要接待600多万名游客。我向崖边公园公共图书馆申请的借书证上，依然印着当时游乐园里过山车的画面。1998年，一部题为《断崖游乐园的百年记忆》的纪录片在纽约的电视台播放，以纪念断崖游乐园曾经给予游客们的无忧无虑的快乐。相比之下，洛杉矶的迪士尼乐园诞生于 1955 年，比断崖游乐园晚了 57 年。

1971 年，当时已经 73 岁的断崖游乐园老板罗森萨尔决定关掉游乐园，将这 30 多英亩的土地出售给开发商，计划建造 4000 多幢高层公寓大楼。我租住的公寓楼靠近崖边公园与利堡的交界处，建于 1974 年，时间点上与断崖游乐园地块商业开发正好吻合。

克利夫塞德帕克、埃奇沃特镇和利堡都属于伯根县。该县位于新泽西州的西北角，与纽约曼哈顿上城隔河相望，有乔治·华盛顿大桥通往纽约，因此是纽约大都会地区的组成部分之一。伯根县人口大约 95 万，是新泽西州 21 个郡县中人口最多的。2020 年 3 月美国爆发新冠病毒疫情，纽约是重灾区，新泽西忝居第二，伯根县因人口密集、又靠近纽约，因此也是新泽西州感染人数最多的。

断崖游乐园门票

新泽西州面积 2.26 万平方公里，在美国 50 个州中排在倒数第四，仅略大于康涅狄格、特拉华和罗得岛，是它的邻居纽约州的面积的七分之一。从地图上看，新泽西在北部和东北角被纽约州压在头上，西部又被块头同样大出一截的宾夕法尼亚州顶在背上，从北到南被挤压成“S”形身材，几乎像要被挤出大陆、拱进大西洋里去一样。面积虽小，但新泽西人口达到 890 万，是纽约州人口的 45%，在美国各州中排名第 11 位。地少人多、人口密集，是新泽西的特点，也是它的软肋。

在新泽西州纽瓦克生长的畅销小说作家哈尔仁·柯本在其作品《家》中对新泽西有这样一段描述：

“很难对新泽西进行定义，因为它是个大杂烩。它的北部是纽约市的郊区，西南部则是费城的郊区。这两个大城市把新泽西的资源和关注度从它自己的城市中心给吸走了，使得纽瓦克、坎姆顿等新泽西城市了无生机，如同一个退休老人，混在大西洋城的赌场里靠从氧气瓶吸氧苟延残喘。郊区枝繁叶茂、郁郁葱葱，而城市破败衰落、毫无特色。

然而，令人惊奇的是，你如果询问居住在芝加哥、洛杉矶、休斯敦周边 45 分钟车程内的居民他们是哪里人，他们十有八九会说自己是芝加哥人、洛杉矶人、休斯敦人，而如果你在新泽西问同样的问题，即使这个人的家距离纽约市仅 2 英里，他也不会说自己是纽约人，而会说自己是新泽西人。”

值得指出的是，柯本观察到芝加哥、洛杉矶和休斯敦周边地区居民对大城市有很强的身份认同，但毕竟他们的社区与大城市还在同一个州，而新泽西与纽约分属两个州了。

新泽西居民对所在州有很强的认同感，这是出于他们的自豪感，抑或是自卑感？正如在上海浦东开发之前，浦东的居民把乘渡船去浦西叫作“去上海”，显然认为自己算不上“上海人”。

伯根县在州内人口最多，但它没有较大的城市，县治所在的哈肯萨克镇人口密度最大，也仅有4.5万居民。州政府所在城市特雷顿，只有8.5万人口。新泽西最大的城市纽瓦克，人口也仅不到30万。与860万人口的纽约市、160万人口的费城相比，确实很难形成自己的特色和影响力。我国河北省的卧榻之侧躺着北京和天津两个重量级的直辖市，是否也曾经感受到新泽西面临的尴尬?

新泽西别名“花园之州”（Garden State），加深了人们对它是纽约“后花园”的认知感，尽管在历史上，garden也许更多指的是向纽约市供应副食品的“菜园”。确实，很多居民在新泽西生活，每天坐火车、公交车和渡船去曼哈顿上班。在纽约赚钱，到新泽西生活、消费，成就了柯本所说的“枝繁叶茂、郁郁葱葱”的新泽西郊区。位于伯根县的特纳弗莱（Tenafly）人口将近1.5万，是华尔街对冲基金经理人聚居的社区，居民家庭收入中位数超过15万美元，是整个新泽西州家庭收入中位数的一倍以上。

富裕的中产家庭在新泽西生活，必然对学校教育提出很高的要求，所以新泽西盛产名校是自然而然之事。最有名的是普林斯顿大学，它经常与同为常春藤联盟成员的哈佛大学轮流坐上全美大学排名第一的交椅。以劳伦斯维尔学校为代表的知名寄宿制高中，成了州内外“学霸”们打破头也想挤进去的殿堂。它也有不少高质量的公立学校，比如被列入美国最佳公立学校榜单的列文斯顿高级中学，它是获得 2008 年诺贝尔化学奖的华裔科学家钱永健的母校。

除了钱永健和作家柯本，还有不少名人值得新泽西感到自豪。比如大发明家托玛斯·爱迪生曾在 1876 年到 1882 年的六年间在新泽西门罗公园生活和工作，在这里完成了白炽灯泡、留声机等重大发明。如今，“爱迪生”成了门罗公园所在城镇的名字，2011 年重建的爱迪生纪念塔矗立在门罗公园爱迪生中心内。爱迪生市 10 万人口中，亚洲裔人口占了 47%，很多华人选择在此居住。此外，歌唱家惠特妮·休斯敦、表演艺术家梅丽尔·斯特里普，也都是新泽西土生土长的名人。

不管新泽西居民是自卑也好、自豪也罢，新泽西与纽约的地理位置决定了它们是邻居，也是兄弟，是谁也离不开谁的欢喜冤家。纽瓦克自由国际机场是新泽西最大的机场，它和纽约的肯尼迪机场一样，由两个州政府联合设立的纽约新泽西港务局统一经营管理。港务局也负责统一管理纽约和新泽西的海港码头，以及在港区土地上开发形成的商业地产。纽约新泽西港目前是美国第三大集装箱港口，同时也是美国东海岸最大的港口。

现在把目光收回到我租住的克利夫塞德帕克和利堡。正如断崖游乐园的出现比迪士尼乐园早了半个世纪，新泽西的利堡在二十世纪初就曾是美国电影产业的中心，环球、福克斯等电影公司都是在利堡创建，后来才迁往洛杉矶，形成了今日之好莱坞的。这也是得益于利堡与纽约仅一江之隔，便于百老汇的演艺人才来此参与电影创作。如今的利堡不满足于躺在作为美国电影业诞生地的功劳簿上，立志要重振利堡的电影产业，投巨资建设了巴瑞莫电影中心，并成立了电影业办公室，为电影从业者来此创业提供一站式服务。

新英格兰的“金色池塘”

阳光遍洒在波光粼粼的湖面上，一对老年夫妇轻缓地在水上泛舟，一切都染上了温暖的金色，随着微微吹过的和风荡漾。

这是美国经典影片《金色池塘》留在我记忆中的美丽画面。影片以夏季临湖度假生活为场景，讲述了固执的诺曼与女儿切尔西一直无法顺畅地沟通感情，直到诺曼度过 80 岁生日、感觉来日无多之际，终于在老伴埃赛尔的悉心引导下与女儿摒弃前嫌，重建父女温情，并与女儿一家共享天伦之乐。该片于 1982 年初在美国上映，在 1983 年第 54 届奥斯卡奖颁奖礼上获得最佳改编剧本、最佳男主角、最佳女主角三项奖项。扮演女主角埃赛尔的是资深影星凯瑟琳·赫本，亨利·方达和简·方达这对父女影星在影片中分饰诺曼和切尔西父女，这也是当时已经 76 岁高龄的亨利·方达拍摄的最后一部电影。

影片的英语片名是 *On Golden Pond*，中文译成《金色池塘》，长期以来也得到了认可。但在我看来，译名并没有完全体现原片名的文化含义。首先，“金色池塘”仅着眼于客观的事物，而 *On Golden Pond* 则着眼于人物居住在“金色池塘”湖畔所发生的故事。其次，尽管英文片名用了 pond 一词，但我们在电影里看到，这个 pond 实际是一片面积宽广的水域，诺曼夫妇驾驶着快艇去镇上购物，邮递员开着快艇给沿岸的各家各户送信，诺曼和继孙子比利也是开着小艇出去钓鱼（而不是就在岸边树荫下垂钓），后来小艇还触礁碎裂，祖孙两人只能抓住礁石等候别人来救他们。这是一个很大的内陆湖泊，而不是我们概念中的小小“池塘”。再次，Golden Pond 是一个首字母需要大写的专有名词，是湖泊的名字，而“金色池塘”只是形容阳光把湖水染成了金色，并不像是“太湖”“洞庭湖”这样的湖名。

我国北京的北海、中海、南海，以及云南的洱海等，是以“海”给湖泊命名。洱海以前叫作昆明池，加上新疆的天池、九寨沟的五彩池等，是以“池”给湖泊命名，这与英语中用 pond 作为湖名有异曲同工之妙，当然这个“池”可大可小，与池塘不是一个概念。因此，我们可以把 Golden Pond 译为“金池”，把片名 *On Golden Pond* 译为《金池湖畔》似乎更为贴切。

原剧作者欧内斯特·汤普生是以缅因州贝尔格莱德湖群中的“大池”（Great Pond）为原型来描写“金池”的。贝尔格莱德湖群由 7 个湖组成，分别叫作东池、北池、大池、长池等，其中大池的水域面积为 3334 公顷，湖中还有好几个小岛。据说，大池也是世界上以 pond 命名的最大水域之一。

影片的实际取景地则是新罕布什尔州的斯夸姆湖（Squam Lake）。该湖水域面积2748公顷，小于缅因州的大池。湖泊周边岸线总长达90多公里，湖水最深处有将近30米深。湖中有名有姓的小岛就有30个，还有不少未命名的湖心岛。

缅因州和新罕布什尔州，再加上佛蒙特、马萨诸塞、罗得岛、康涅狄格四个州，组成了位于美国东北部的新英格兰地区。顾名思义，这六个州是英国较早在美国建立的殖民地。1775年4月19日，在马萨诸塞州的一个名为莱克星顿的小村庄，英国士兵与当地的民兵发生冲突，打响了美国独立战争的第一枪。

新英格兰地区气候四季分明，夏季温和，冬季寒冷，全年降水平均。除了缅因和新罕布什尔，其他各个州也都有丰富的湖泊资源，如佛蒙特的张伯伦湖、罗得岛的沃伦湖、康涅狄格的斯匡兹湖、马萨诸塞的科奇图艾特湖等。这些湖泊周边往往都是州立公园或保护地，覆盖着森林植被，在湖光山色之间配备了度假屋、宿营地等设施，还有汽艇、皮划艇、钓鱼艇等出租，适合游客来此度假休闲。

其中最有名的湖恐怕是马萨诸塞的瓦尔登湖（Walden Pond）了。美国作家亨利·戴维·梭罗在1845年7月至1847年9月“两年两月又两天”的时间里，在瓦尔登湖畔的林地里自建了一间小木屋独自居住，过着自给自足的极简生活，并以自己在此隐居的所见、所闻、所思写成了著名的

《瓦尔登湖》一书。瓦尔登湖位于康科德镇外不到三公里的森林里，开车仅需4分钟左右的时间，距上文所述的莱克星顿也不过十公里。但在梭罗的年代，公路还没有那么方便，瓦尔登湖还是很偏僻的所在，他还只能徒步去拜访邻居，或到镇上以物易物，交换一些必要的食材。

瓦尔登湖的水域面积仅为26公顷，与大池或斯夸姆湖相比，确实只能算“池塘”了，但中文译者并没有直译为“瓦尔登池”。如今的瓦尔登湖吸引游客的，除了来此追寻梭罗的足迹，也可以在湖边沙滩上游泳，或者在森林里的山道上步行。

而在新罕布什尔的斯夸姆湖，如今开通了“金色池塘”水上游览项目，游客可以买票乘船在湖上游览。导游会带你悄悄靠近在湖面上卿卿我我的一对潜鸟。电影中也有这样一对潜鸟（类似于中国文化中的鸳鸯），曾在诺曼和埃赛尔离开金池之前来向他们告别。导游或许还会鼓励你像埃赛尔那样，鼓起嘴巴去模仿潜鸟的叫声；会引导你观看对面的小艇上，垂钓者轻松地吊起一条很大的虹鳟鱼；也会带你去看诺曼和比利撞船的那块礁石，并且告诉你，拍摄电影时是9月份，湖水已经较凉了，一老一少两位演员在透湿的外衣下其实穿着保暖的背心。而当时属于枯水期，礁石周围的湖水不到齐腰深，但他们非常逼真地紧紧抓住礁石，害怕一松手就掉进湖里“淹死”了。

佛蒙特的月光

把我带到美国东北角小州佛蒙特的是女明星黛安·基顿主演的一部浪漫喜剧影片，英语片名为 *Baby Boom*，网上一般译为《婴儿炸弹》。这部 1987 年上映的老电影中，主人公杰茜·怀特是纽约曼哈顿商界一名醉心事业的中年女性，正从白领向金领迈进的当口却接手了一个烫手山芋，她在英国的远房亲戚去世，托人给她带来了一名两岁不到的女婴伊丽莎白作为“遗产”。从未为人母的杰茜本想把女婴送人领养了事，但到最后一刻却心慈手软了，决定自己把孩子带大。为此，同居男友和她分了手，她手忙脚乱独自照顾孩子，耽误了工作，自己在公司管的项目也被“小鲜肉”抢走。一气之下，杰茜炒了老板，带着伊丽莎白离开纽约，搬到了佛蒙特州她新买的房子，想过上悠闲舒适、适合孩子成长的乡村生活。

这个名叫哈德利维尔的小镇原有 317 名居民，她们的到来使人口增加到 319 人。（这个虚构的小镇可以看作佛蒙特的缩影，这个州总人口仅为 60 万，在美国各州中倒数第二。）杰茜购买的“豪宅”拥有 28 英亩土地，一派田园风光，苹果树结的果实足以装满几十箩筐。可惜好景不长，房子买得不巧可能就是砸钱的无底洞，不是暖气系统坏了，就是井水干涸了，寒冬大雪纷飞的日子偏偏屋顶又漏了，找工人修理没个几千上万元都下不来，就算她在曼哈顿商战中赚了一桶金，也经不起这么折腾呀。如果说女婴是烫手山芋，这幢老旧房子则成了粘在她手上甩也甩不掉的湿面粉。急火攻心之下，她晕倒了，被人送到兽医杰夫这里治疗，从而开启了她和杰夫相杀相爱的桥段。

杰茜就地取材，用自己摘的苹果做成苹果酱，伊丽莎白吃得津津有味。受此启发，急需收入来源的她把苹果酱委托当地的杂货店售卖，大受邻居妈妈们的欢迎。杰茜受过的商业训练有了用武之地，她以伊丽莎白的头像作为商标，推出了“乡村宝宝”品牌的婴儿苹果酱，生意红火，名气不胫而走，钞票如水一样流进来。她原在纽约的老板找到了她，要把她的生意推荐给一家大型食品公司收购，在巨额收购款之外还承诺聘用她担任食品公司高管，许以优渥的条件。结局当然是杰茜挥剑斩断重返曼哈顿的念头，扎根佛蒙特乡村，与杰夫和伊丽莎白为伴，同时也在与她结下梁子的昔日老板和同事面前扳回一局。

影片有这样一个情节：在小镇举办的枫糖浆文化节晚会上，杰茜与杰夫不期而遇，此时乐队演奏起慢节奏的乐曲《佛蒙特的月光》，两人依偎着随乐曲起舞，歌手舒缓地唱着歌词。笔者本来在快乐地欣赏这个有点老套的喜剧故事，听到歌声响起的一刻，竟然被感动到了。

《佛蒙特的月光》这首歌曲创作于 1944 年，法兰克·辛纳特拉等著名歌手都演唱并灌制过唱片，经过广泛传唱，已成为非官方的佛蒙特州歌。它的歌词唱道：**小溪里亮闪闪的分币，落叶和梧桐树，佛蒙特的月光；冰冷手指的余波，山侧的滑雪斜道，佛蒙特的雪光……**

几个名词词组，道出了不少佛蒙特州的特色。在佛蒙特清朗的月光下，偶然丢弃的硬币在清澈的溪水里熠熠发亮，地上铺满厚厚的落叶，人走在上面会沙沙作响，而佛蒙特盛产的美国梧桐树像巨伞一样，撑出了一片阴影。这是描写佛蒙特秋夜的景象。而冬季的佛蒙特则是另一番景象，到处是皑皑白雪，起伏的丘陵提供了大量可供滑雪的斜坡，因而佛蒙特是滑雪的胜地。滑雪者在雪道上滑过，留下弯弯曲曲的滑痕，犹如手指在奶油蛋糕表面划过一样。

佛蒙特的州名源于法语，意思是“绿山”，佛蒙特州的别名就是“绿山之州”。这个土地面积在美国各州排名第 45 的小州，却拥有超比例的山岭和湖泊，最好地诠释了绿水青山的美景。以秋天景色而言，晚上的月光固然恬静，白天的风光则更让人陶醉。像美国东部很多州一样，佛蒙特漫山遍野的树林一到秋天会变幻成绚烂多姿的颜色，尤其是可以用来生产枫糖浆的枫树，被称为糖枫，是佛蒙特的州树。糖枫在春季长出新叶，充足的叶绿素让绿色牢牢占据树叶的夏天。到了秋天，叶绿素成为强弩之末，树叶中的其他色素就有了用武之地，类胡萝卜素占主导则树叶变成橘黄色，叶黄素占主导则树叶变成黄色，单宁当老大则树叶呈棕色，花青素当老大则树叶呈红色或紫色。同一棵糖枫树上不同部分的树叶，比如顶部和底部，由于受日照时间的不同，会呈现不同的颜色，而同一片树叶，在不同的时间，由于气温、湿度和日照强度的不同，颜色也会发生变化。在一番争奇斗艳之后，随着深秋疾风劲吹，枫叶一片片落下，林地成了美丽落叶铺就的地毯。糖枫树光溜溜地萧索着，熬过严酷的寒冬，盼望来春新叶再发。

从纽约曼哈顿驱车到佛蒙特，路上需要三个多小时。影片《婴儿炸弹》中，杰茜驱车抵达佛蒙特时，正是层林尽染的时节，镜头中出现了车子驶过一座红色廊桥的情节。梅丽尔·斯特里普与克林特·伊斯特伍德主演的《廊桥遗梦》让中国的观众熟知了美国的廊桥。《廊桥遗梦》的本名叫《麦迪逊县的桥》，讲的是在俄亥俄州麦迪逊县的廊桥下发生的故事，但俄亥俄州现存的廊桥已经不多了，保留下来廊桥数量最多的其实是佛蒙特州，有名有姓的有 100 多座。

我国拍摄过一部影片《爱在廊桥》，英译名为 *Love on the Gallery Bridge*，讲述的是在福建寿宁县廊桥边发生的故事。意大利也有不少廊桥，其中最有名的恐怕是佛罗伦萨的里亚尔托桥以及但丁邂逅贝特丽丝的维琪奥桥了。与中国廊桥、意大利廊桥不同的是，美国的廊桥其实很简陋，正如其英文名称 covered bridge 所揭示的，它只是加了木制侧墙和顶盖的桥，而且廊桥往往独处偏僻的地方，给行人遮风挡雨并非廊桥的主要目的。据说建造廊桥的主要功能是阻吓野生动物从桥上通过，避免造成非自然的动物迁徙。这样一细究，美国廊桥褪去了一层浪漫色彩，但因其桥身一般都刷成亮眼的红色，与周围的绿色环境形成对照，丰富了色彩的层次。

最后回到影片标题的翻译。Baby Boom 本意为“婴儿潮”，特指美国“二战”结束后至 1960 年代中期这段人口增长较快的时期，在此期间出生的人叫作 Baby Boomers。影片用 Baby Boom 作为片名，当然有双关的含义。将其译为《婴儿炸弹》，当然可以体现女婴伊丽莎白的不期而至，如同在杰茜正常的职业生涯中投下了一枚炸弹，再加上 boom 也是个象声词，类似于“砰”，也可理解为炸弹的爆炸声。Boom 与 bomb（炸弹）拼法和读音接近，可能也给了译者以灵感。但“婴儿炸弹”的译法与 Baby Boom 的原意毕竟距离远了一些。而在笔者看来，boom 有“生意兴旺、财运滚滚”的意思，杰茜虽然因 baby 而失去令人羡慕的工作，却因 baby 而自创了婴儿苹果酱品牌，成就了她事业的第二春，因此也不妨用“婴儿潮”的谐音把片名译为《婴儿钞》吧。

带娃单身女人用自产苹果创业致富的故事，尽管可信度不高，但我们或许可以理解为：佛蒙特的绿水青山成就了杰茜的金山银山。

“白鲨”与“白鲸”

在美国东北部马萨诸塞州海岸，科德角半岛犹如抛入海中的一个巨型鱼钩，半岛的右下侧海中散落着一些岛屿，其中最大的两个叫作玛莎葡萄园岛（Martha’s Vineyard）和南塔克特岛（Nantucket），从纽约有渡轮定期开往这两个岛屿，航行时长 5~6 小时。本文给两个岛屿分别冠以“白鲨”和“白鲸”的别名，以加深对它们的印象。

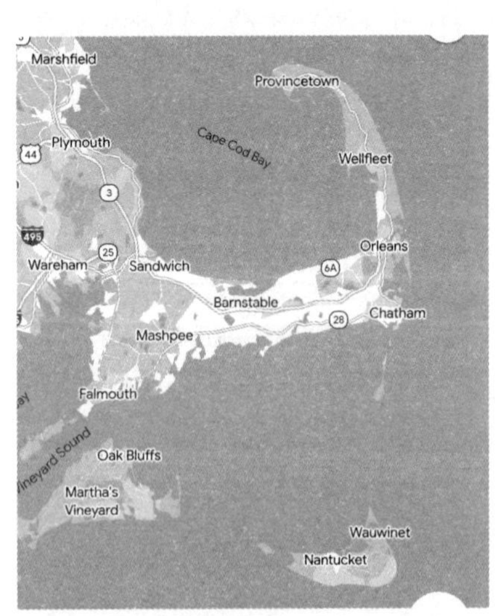

葡萄园岛和南塔克特岛位置

美国著名导演史蒂芬·斯皮尔伯格于 1975 年拍摄惊险影片《大白鲨》（*Jaws*），影片中故事发生地艾米蒂岛是在玛莎葡萄园岛取景拍摄的，因此我用“白鲨”来指代玛莎葡萄园岛。电影故事讲述艾米蒂小镇以暑期海洋旅游业为主要收入来源，某一年突然发生多起海滩游泳者遭受鲨鱼攻击丧生的事故，严重威胁到当地的名声和经济。警长布罗迪、专业捕鲨者昆特、海洋生物学家胡珀组成三人小组乘船出海追捕肇事的大白鲨。这条凶狠的鲨鱼长约7.6米，重达3吨。交手过程中，白鲨几乎完全破坏了捕鲨船，三人小组经过磨合，终于同仇敌忾，最后炸死了大白鲨，为艾米蒂岛消除了大患。该影片的续集《大白鲨2》也是在玛莎葡萄园拍摄的。

电影《大白鲨》海报

作家赫尔曼·梅尔维尔于1851年发表的长篇小说《白鲸》(*Moby-Dick*)被誉为美国和世界文学名著，故事讲述船长亚哈率领捕鲸船"裴郭德号"从南塔克特岛出发，从南大西洋经非洲南

小说《白鲸》封面

端，进入印度洋、太平洋，一路找寻曾咬断亚哈船长左腿的巨型抹香鲸“莫比·迪克”以求复仇。他们三度与白鲸碰面和交手，最后捕鲸船被白鲸撞得粉碎，除了一名船员侥幸生还，其他所有船员都在与白鲸的拼斗中死去。这部小说后来也多次被改编拍摄成电影。南塔克特岛曾是早期世界捕鲸业的中心之一，18 世纪初就有人以捕鲸为生，美国独立战争前夕为鼎盛期，有超过 125 艘的捕鲸船将这里作为母港和基地。尽管过去的捕鲸

布兰特角灯塔和屋顶“望夫台”

船已经被如今的海上鲸鱼观赏船所取代，由南塔克特历史协会管理的捕鲸博物馆仍是上岛游客必去打卡的景点。因此，我用“白鲸”来指代南塔克特岛，也是实至名归。

鲸鱼浑身是“宝”，而从鲸鱼身上剥离出来的鲸脂，尤其是抹香鲸的鲸脂，能提炼生产出品质良好的鲸油，用于照明和机器润滑等用途。正如《利维坦：美国捕鲸史》一书作者埃里克·杰·多林所说，“鲸油基本上是工业革命的润滑剂。”可以说，是抹香鲸成就了美国的工业化。而随着石油这种新资源的被发现，石油及其衍生品替代了鲸油的作用，拯救了抹香鲸，捕鲸业也逐步衰败。“除非万不得已，没有任何捕鲸人愿意为了任何原因而在海上多待一天”，这是捕鲸从业者的真实心声。

捕鲸船的船员们可能会丧生大海、尸骨无存，但雇佣这些船员的老板和船长们以及鲸油和其他鲸鱼产品供应链的参与者，都赚取了丰厚的财富，纷纷在南塔克特和邻近的玛莎葡萄园岛上置地建造豪宅。位于玛莎葡萄园岛东部的埃德加镇是当时船长们青睐的风水宝地，他们建造的住宅经历了两百多年的风雨，如今作为历史性的建筑而受到保护。南塔克特在 1846 年发生一场特大火灾，岛上储存的鲸油和木材被点燃后更加剧了火势，镇上面积近 40 英亩的地方被烧毁。加上港口淤积、捕鲸业转移至附近陆上运输条件更好的新贝德福德港以及美国内战中南方邦联支持的商业袭扰队烧毁了岛上剩余的捕鲸船，南塔科特岛自此一蹶不振，陷入了较长时间的孤立衰败期，人口急剧减少。但也正得益于孤悬海上，使得岛上 800 多座建于内战前的历史建筑得以保存，成为美国此类建筑保存最多的地区。直到 20 世纪中叶，精明的房产开发商开始在岛上购买地产进行开发，包括把这些老建筑进行修复和再开发，向附近纽约和波士顿的富豪们推销，使得南塔克特岛重新焕发生机。奥黛丽·赫本主演的电影《萨布琳娜》(*Sabrina*，也译为《龙凤配》) 拍摄于 1954 年，其中有个情节就是男主角莱纳斯为了阻止弟弟戴维对萨布琳娜的追求，用直升机把萨布琳娜载到自己在南塔克特岛拥有的豪宅中，以自己成熟男人的魅力，轻易地俘获了姑娘的芳心。

同电影《大鲨鱼》中虚构的艾米蒂岛相似，如今的玛莎葡萄园岛（经常被简称为 Vineyard，葡萄园岛）和南塔克特岛也是以暑期度假和旅游为其主要的经济活动。以葡萄园岛为例，常住居民为 1.6 万人，但夏季时岛上人口可以达到近 20 万人；岛上共有 1.4 万多套住宅，其中 56% 的住宅仅在夏季有人居住。美国的富豪名流都以在这个岛上度假和拥有豪宅为荣。2019 年底，美国前总统奥巴马豪掷一千多万美元，在葡萄园岛从波士顿凯尔特人篮球队老板手上购买了占地 29.3 英亩、建筑面积近 7000 平方英尺的住宅。

近年来流行文化作品也提高了葡萄园岛和南塔克特岛的知名度。贺曼电影频道 2021 年拍摄了葡萄园岛迷案系列电影，讲述前侦探杰克森和玛戴拉丝医生联手破获岛上发生的离奇命案、并产生暧昧情愫的故事。南希·泰尔（Nancy Thayer）、艾琳·希尔德布兰德（Elin Hilderbrand）等美国畅销小说作家创作了大量以南塔克特为故事发生地的小说，其中部分已被改编成电影，如泰尔的《南塔克特圣诞节》(Nantucket Noel)。

艾琳·希尔德布兰德出生于宾夕法尼亚，从1994年开始选择在南塔克特定居，已经创作出版近30部关于南塔克特岛的浪漫爱情小说。她在长篇小说《南塔克特大饭店》中对这个岛屿做了这样的描写："南塔克特岛以鹅卵石街道、红砖人行道、雪松木板外墙的住屋、长满玫瑰花的拱顶，以及长长的金色沙滩和清爽的大西洋海风而闻名……六月下旬是南塔克特夏季最好的时节，蔚蓝的天空，充足的阳光，以及香气四溢的丁香和樱花，又不似七、八月那样炎热和潮湿。"

她描写了南塔克特特有的岛产——"鲸尾"牌淡色艾尔啤酒（Whales Tale pale ale，四个单词押同样的韵），描写了岛上著名的布兰特角灯塔和伟大角灯塔，尤其着重描写了岛上建筑物屋顶特有的瞭望台，被称为"望夫台"（Widow's Walk）。这些特有的意象，无不在随时唤醒人们对南塔克特捕鲸船航海时代的追忆。

白鲨、白鲸代表着浩瀚的海洋、代表着无情的大自然，人类在与大自然的斗争中幸存下来，同时大自然也为人类的生存和发展提供了无穷的资源。如今玛莎葡萄园岛和南塔克特岛上的居民可以在海滩附近抓捕鲨鱼，也可以乘船出海去观赏迁徙中的鲸鱼喷出的水柱，有了征服自然的更强能力，也就有了善待自然的更大义务。

罗得岛的两个“呆瓜”

以“罗得岛的两个‘呆瓜’”作为这篇短文的标题其实是对罗得岛的大不敬。尽管罗得岛偏居美国的东北角落，是50个州中土地面积最小的州，人口也仅百万出头，在全美各州中排名倒数第七，但仅凭常春藤名校之一的布朗大学坐落于罗得岛州府普罗维登斯市，你能把罗得岛和“呆瓜”联想在一起吗?

要怪只能责怪法雷利兄弟，他们1994年导演的电影《阿呆与阿瓜》中那对逗比主人公洛伊德和哈里生活在罗得岛，哈里开着的那辆外形改装成大哈巴狗的面包车上醒目地写着注册地“罗得岛州普罗维登斯市”。

豆瓣网上评论这部电影时，将人口20万不到的普罗维登斯市说成是一个小镇。在中国，小县城的人口动辄上百万，20万也许真的仅够得上称为小镇。但在美国，普罗维登斯是州府，人口占了全州的五分之一，再加上它的郊区和周边城市，绝对是全州的人口中心，称之为“小镇”铁定是小看它了。

吉姆·凯利和杰夫·丹尼尔斯分别饰演阿呆和阿瓜。吉姆·凯利就是大名鼎鼎的喜剧演员金·凯利，但我看不出有什么必要为他搞特殊化，将 Jim 音译为“金”。这部 1994 年的电影已经累计创造了 2.4 亿美元的票房收入，如今在油管网站上观众仍要支付近 15 美元才能观看，可见这部影片作为“抑郁症特效药”的魅力。

我看这部电影，既享受了吉姆·凯利搞怪发噱表演带来的欢愉，也体验了跟随这对活宝从美国最东北角驾驶哈巴狗面包车横穿大半个美国大陆、一路折腾终于来到科罗拉多州阿斯本的经历。这一段路程可不近，足足 2100 多英里，中间要穿越康涅狄格、纽约、新泽西、宾夕法尼亚、俄亥俄、密歇根、伊利诺伊、艾奥瓦、内布拉斯加等近十个州，如果优先走收费高速公路、平均以 70 英里的时速一刻不停地驱车，也足足要花费 30 多小时。阿呆和阿瓜囊中羞涩，走的都是无须支付过路费的小路，中间似乎仅在廉价的情人旅馆住了一夜，两人轮换开车、日夜兼程，困了就抽自己的大嘴巴，路上也花了将近三整天的时间。

罗得岛的“呆瓜”，为什么要大老远去阿斯本呢？因为阿呆担任豪华超长轿车专职司机，送“白富美”玛丽去机场，心猿意马对美女产生非分之想，又糊里糊涂之间截了别人的和（hú），抢先拿到了玛丽故意留在候机楼的装满赎金的公文箱。他动员好友阿瓜和他一起千里寻美，要把公文箱送还给玛丽，并幻想因此赢得美女的欢心。在告别之前，他曾向玛丽索取拥抱，并在玛丽回答他她飞行的目的地是阿斯本时，一下露了怯，说：“哦，加利福尼亚啊。”美女本欲更正他，西部不仅只有加利福尼亚，但想了想又懒得再理他。“呆瓜”们打定主意离家前，还在自家门上贴了张纸条，告知可能再来讨债的煤气公司人员（实际是绑架了玛丽丈夫的黑帮分子）他们的去向，谁知又露怯了，把“阿斯本”拼写成了“阿斯平”。至于他们连美女的姓名也没记全，到了阿斯本怎样去找到她，暂时也顾不得了。

“呆瓜”们一路上闹出不少笑话，但阴差阳错又一一化解了黑帮追杀他们的企图。导演的主旨不在于展示沿途的风土人情，“呆瓜”们也没游山玩水的雅趣，但影片还是通过对话、路标等大致交代了他们行驶的路线和进程，我也还是从镜头中看到了公路两旁的景色变换，或秋林凋索、或溪涧潺潺。阿呆在车上尿意来袭，不得已灌满了好几个空的啤酒瓶。蹲伏在路边的小警察如获至宝，警笛声声中追上哈巴狗车，命令车子靠边受罚。他严正指出，按照宾夕法尼亚州交通法规，打开过的酒瓶须放置在后备厢内，如放在驾驶座旁，即使驾驶员没有酒驾，也属违法行为。他要求“呆瓜”们递过酒瓶子，不顾他们的劝阻咪了一大口。结果可以想象，小警察一边挥手让两人滚蛋，一边哈腰在路边呕吐不止。

西行路上的另外一场重头戏发生在名叫“但丁炼狱”的餐厅。餐厅招牌上写着“密西西比河以东最火辣的美食”。在跟踪他们的黑帮分子尼古拉的见证下，洛伊德和哈里比赛吃小红辣椒，辣得两人只能用桌上的番茄酱等调味品降火；两人乘尼古拉出去打电话的当口，在他的汉堡包里也夹上辣椒，尼古拉吃下去后老胃病发作倒地，在忙乱抢救中哈里错把尼古拉身上带的老鼠药当成治胃病的药，喂他吃下，尼古拉一命呜呼。

据电影爱好者们考证，这家“但丁炼狱”餐厅是虚构的，犹他州和蒙大拿州都有名为“但丁炼狱”的餐厅，但都远离主人公行进的路线。东西走向的80号州际高速公路在艾奥瓦州的达文波特穿过密西西比河，要说密西西比河以东，艾奥瓦州是近水楼台。所以我相信真要有这家“但丁炼狱”餐厅的话，应该是在艾奥瓦。艾奥瓦是农业大州，尖尖的红辣椒是其特产之一，该州小镇瑞丁（Reading）尽管常住人口不到600，却因一年一度的吃辣椒比赛而闻名。

影片的下半段，哈巴狗车经过“欢迎来到科罗拉多——落基山脉的家乡”的大牌子，进入了科罗拉多的州界。“阿呆”洛伊德一边开车一边捉弄打着瞌睡的“阿瓜”哈里，没注意看三岔路口的指示牌，完美地错过了前往阿斯本的路口，而靠右驶上了内布拉斯加州林肯市方向的道路。哈里醒来后，天也逐渐放亮，他们看到眼前是一片片开阔的平原，怎么见不到科罗拉多连绵的山峰？他们甚至责骂起了乡村音乐歌手约翰·丹佛，他唱了那么多关于科罗拉多的民谣，包括那首脍炙人口的《高高的落基山》（*Rocky Mountain High*），难道都是骗人的？

其实，如果沿80号高速公路行驶，确实需要先经过内布拉斯加的林肯市，再经科罗拉多州府和最大城市丹佛，然后抵达阿斯本。阿呆和阿瓜没有像自驾游客那样跟着导航仪走高速公路，而是抄近走了小路，可以从这个路口直接驶往阿斯本。两人终于意识到搞错了方向，而哈巴狗车此时已耗尽了汽油，也耗尽了他们能用来加油的钱。“聪明”的阿呆把面包车卖给小镇上的男孩，换来了一辆助动车，载着阿瓜终于到达了阿斯本。

两人在阿斯本打架时无意间碰开了带来的那只公文箱，看到满箱绿油油的美钞惊喜无比，赶紧取钱置办了花哨的服装，又从当地报纸的新闻照片中发现了富家女玛丽的行踪。至于他们怎么协助警方破获了绑架案件，怎么让玛丽家族找出了内鬼，恕我不做更多的剧透了吧。我只想说，阿斯本这个山城尽管只有 6000 人的常住人口，却因它附近的阿斯本山上开发了滑雪场，发展成为富人名媛的度假胜地，犹如瑞士的达沃斯。城市虽然不大，但阿斯本音乐节及音乐学校、阿斯本研究院、阿斯本物理中心都是具有重要国际影响力的艺术和学术机构。难怪歌手约翰·丹佛也选择了阿斯本作为他的常住地。

“阿瓜”哈里也喜欢上了玛丽，两人为此争风吃醋。玛丽实则早已名花有主，被绑架的丈夫又救回来了，“呆瓜”们脆弱的小心脏遭受沉重一击。好在玛丽竭尽地主之谊，带着两人在阿斯本的雪地里游玩、打雪仗，让他们觉得不虚此行，兴尽而归。只是，返回家乡罗得岛的道路同样漫长，而他们，已经没有了那辆大哈巴狗面包车……

《三块广告牌》中的密苏里

我曾出差到过美国中西部密苏里州的圣路易斯，它位于密苏里州的东界，隔着一条密西西比河，东岸就是属于伊利诺伊州的东圣路易斯市。圣路易斯市接近美国国土的几何中心，它的地标建筑“大拱门”是美国当年“西部大开发”的象征，由东穿过拱门，就算进入了人烟稀少的西部。圣路易斯华盛顿大学是美国一流的高等学府，医学排名世界前列，上海中山医院老院长荣独山等我国医学专家就曾在这所大学进修。

近日，因受2018年奥斯卡颁奖礼的影响，我观看了获得最佳女主角奖和最佳男配角奖的美国电影《三块广告牌》。电影的全名是《密苏里州埃宾镇外的三块广告牌》。故事讲的是女主角海耶斯的女儿被残忍杀害而警察局无所作为，她愤怒之余，只能选择租用三块巨大的广告牌进行公开质询，从而引发一系列愤怒对抗和冲突，但是人性的善良和友爱仍然在混乱中得以伸张。

对一部电影可以从不同的角度去审视和欣赏，而我感兴趣的是从电影中学到美国地理知识。看到《三块广告牌》的片名以及影片中展示的青山连绵的乡村景色，我产生了好奇心：埃宾镇在密苏里州什么位置，距圣路易斯多远？

网上搜索到的信息是，埃宾镇是虚构的地名，这部电影实际是在北卡罗来纳州的席尔瓦拍摄的。席尔瓦镇是北卡州杰克森县的县治所在地，人口不到3000人，因交通方便、景色优美而成为不少电影的取景地。这里的烟雾山观光铁路、烟雾山高级中学等在《三块广告牌》中都有出镜。

圣路易斯的大拱门

北卡州在密苏里以东，中间隔着田纳西州，位于密苏里最东部的圣路易斯距席尔瓦也有600英里的距离，换算成公制就是900多公里。电影观众如果被电影里的景色所吸引，想去实地游览的话，千万不要去密苏里，因为那景色尚在千里之外呢。

当然，并不是说密苏里州没有自己的美景和旅游胜地。除了我曾造访过的圣路易斯市和那著名的大拱门、举办过1904年万国博览会的森林公园，值得参观的还有该州第一大城市堪萨斯城及其著名的国家第一次世界大战博物馆和纪念塔，被誉为“环球现场乡村音乐之都”的布兰森市及其附近的欧扎克山脉，独立市的杜鲁门总统图书馆，以及州府所在地杰斐逊市等。影片《梦回加州》(又名《走出奥马哈》)中，女主人坚持要和家人去南加州的多黑尼海滩度假，周围的人对此感到很难理解，因为在内布拉斯加州奥马哈市的居民看来，布兰森才是家庭度假的首选之地。

而我更感兴趣的，是《三块广告牌》中表现出来的地理文化特色。埃宾镇有自己的警察局（police department），而不是合用县里的警政署（sheriff’s office）。警察局局长魏勒比自杀身亡后，上级派来了一个黑人局长，可见警察局长与民选的警政署长不同，是上级委派的。

还有就是影片中透露的美国南方意识。获奥斯卡最佳男配角奖的那位“男配角”——坏警察贾森·狄克森动辄殴打黑人居民的行为，以及他在酒吧与被怀疑是凶手的男人打斗时播放的背景歌曲《北佬肆虐南方之夜》(The Night They Drove Old Dixie Down)，提醒着我们这个小镇与美国南方的历史联系。密苏里曾是蓄奴州，虽在南北战争早期宣布中立，但后来分裂成支持南方的州政府和支持北方的临时州政府，南方邦联政府将密苏里与田纳西纳入自己的阵营，成为邦联旗上的第十二和第十三颗星。所以密苏里州不少居民感情上还是同情罗伯特·李将军率领的南方军队，并歧视黑人的。取景地席尔瓦所在的北卡罗来纳州，则不折不扣是一开始宣布脱离联邦政府的 11 个南方州之一。

Dixie 泛指美国南北战争中组成邦联政府的南方各州。它源于美国历史上的梅森 - 狄克森分界线 (Mason-Dixon Line)，是 1760 年代经勘测划出的地理界线，解决了宾夕法尼亚与西弗吉尼亚和马里兰以及马里兰和特拉华之间的领土争端。一般认为，这条界线以南地区的居民往往认同自己是南方人，但有趣的是北方联邦政府首都华盛顿特区也位于这条界线以南，而西弗吉尼亚因认同联邦政府，从支持邦联的弗吉尼亚州分离出来，单独设州。

顺便提一下，Dixie 一词由于在历史上与南方邦联政府之间的联系，不可避免地被打上了支持奴隶制的烙印。特别是美国 2020 年发生“黑命贵”运动之后，各地掀起了一系列去除种族歧视遗迹的更名行动。远在犹他州的迪克西州立大学 (Dixie State University) 因所在地叫作 Dixie 而得名，与邦联政府毫无关系，但该校毕业生们纷纷反映，母校的名字给他们的就业带来了拖累，而他们也没有机会向雇主解释校名的来源。该所大学的校董们无奈割爱，投票通过了变更校名的动议。

影片中的“坏警察”名叫贾森·狄克森（Jason Dixon），不知是否导演有意安排让观众联想起梅森-狄克森线，以警示美国社会的分裂。电影剧情的结尾，狄克森受自杀死去的魏勒比局长感召，从凶手疑犯的车牌号查出他在爱达荷州的地址，与女主角海耶斯相约驱车前往追凶。从地图上看，爱达荷州位于美国西北部，从密苏里州过去，至少要穿越内布拉斯加和怀俄明两个州，即使从密苏里最西部的堪萨斯城到爱达荷东部城市爱达荷瀑布城（Idaho Falls），也有1800公里的距离。

至少从路程来看，两人长途奔袭、追凶复仇之路注定不会一帆风顺，更何况狄克森和海耶斯对自己是否会在半路改变主意也没有把握。好在从怀俄明前往爱达荷，可以取道黄石国家公园，两人顺路游山玩水，说不定会克服年龄的差距，成为一对欢喜冤家呢。

电影《雨人》中的辛辛那提

《雨人》是1980年代末、1990年代初著名的好莱坞电影，1988年底在美国上映后广受好评，获第61届奥斯卡最佳影片、最佳男主角等四个奖项，以及金球奖、金熊奖等多个大奖。片名在香港地区被意译为《手足情未了》，可见故事讲述的是兄弟之情。查理（由汤姆·克鲁斯扮演）在青少年时代因与父亲产生矛盾，离家出走后就再也不跟父亲联系。他在洛杉矶做汽车销售的生意，勉强维持公司的经营。得到父亲去世的消息后，他携女友前往老家辛辛那提参加葬礼，本想拿到父亲遗嘱、收拾东西后就回洛杉矶，却发现凭空出现了一个身患自闭症的哥哥雷蒙（Raymond，绰号为Rain Man，由达斯汀·霍夫曼扮演），父亲在遗嘱中将几乎所有三百万美元的遗产信托给了负责照料雷蒙的精神病院。他不服气，想通过取得哥哥监护权的方式，至少获得一半的家产，因而带着哥哥离开了医院，前往洛杉矶居住。到了辛辛那提机场后，雷蒙能清楚地报出历史上所有航空公司发生的空难事故，执意不肯乘飞机旅行，查理无奈之下只能长途驱车。

从辛辛那提到洛杉矶有2200英里的路程，他们实际花了将近一个星期。因为雷蒙抱怨州际高速公路不安全，只能改走小路；下雨天不肯出门，只能待在汽车旅馆里等待天气好转；到了规定时间必须看电视，所以得在人烟稀少的半路上闯进农屋，蹭看电视……查理被整得没了脾气，好在他发现雷蒙拥有超强的记忆力，两人在赌城拉斯维加斯下场试手，赢取一大笔钱，缓解了查理公司的经济压力。经过这段时间的朝夕相处，查理对哥哥的态度从冷漠、不耐烦、抓狂逐渐转为同情、理解和亲近，重拾了珍贵的同胞兄弟之情，感觉到金钱其实并不重要。他最终没法留住哥哥在自己身边生活，只能不舍地把哥哥送上火车，让他回到辛辛那提精神病院熟悉的生活环境中去，但他承诺会经常回去看望雷蒙。

影片开头部分是在俄亥俄州的辛辛那提及与之一河之隔的肯塔基州北部拍摄的，其中很多场景至今还存在。拍摄查理父亲葬礼的公墓，是位于肯塔基州南门市（Southgate）的长青公墓。葬礼结束后，查理回到辛辛那提市榉冠街（Beech Crest Lane）上父亲的家，也是他幼时居住的房子。兄弟俩在沃尔布鲁克精神病院门口初遇时，雷蒙随口说出的家庭地址正是榉冠街的这幢房子，让查理大为惊讶。而沃尔布鲁克医院的外观是借用肯塔基州墨尔本市的圣安妮修道院拍摄的。查理和雷蒙离开沃尔布鲁克，驶过辛辛那提的哥伦比亚花园大道和著名的约翰·奥古斯都·罗比林悬索大桥，住进了韦尔农庄园酒店，而该酒店大楼实际上是韦尔农庄园儿童医院的一部分。雷蒙因没带换洗衣服，也不喜欢查理给他的紧身内裤，一路上嘟囔着要回到辛辛那提市橡树街 400 号凯马特超市去买平角裤，但橡树街 400 号其实并非凯马特，而是韦尔农庄园儿童医院的地址。

辛辛那提位于俄亥俄州西南端，俄亥俄河是俄亥俄与肯塔基两个州的自然分界线。罗比林悬索大桥将辛辛那提与肯塔基州的科文顿、纽波特等城市连接起来。该桥原名辛辛那提 - 科文顿大桥，由来自宾夕法尼亚州的桥梁设计师约翰·奥古斯都·罗比林设计，于 1866 年 12 月开通，主桥面长 322 米，是当时世界上最长的悬索桥。这一纪录到 1883 年被纽约布鲁克林大桥超越，该桥主桥面长度 486.3 米，也是罗比林本人设计的。辛辛那提一侧的俄亥俄河边，有保罗·布朗体育场等运动设施，人们来此观看比赛时，一般把汽车停在科文顿的低价停车场里，然后步行过桥到辛辛那提一侧。科文顿一侧的桥脚下，是名叫罗比林角的餐厅酒吧

辛辛那提

区，人们看完比赛再走过桥，在罗比林角吃吃喝喝，然后心满意足地提车回家。

辛辛那提市人口最多时曾达到50万，但随着制造业工作机会的流失，目前的人口仅剩30万左右，在俄亥俄州是排在州府哥伦布和克利夫兰之后的第三大城市。但是辛辛那提与俄亥俄河两岸周边地区组成的大辛辛那提地区，总人口为213万以上，是俄亥俄州的第一大都会区，体现了辛辛那提城市的影响力。

城市坐落在三面为丘陵环抱的平坦盆地中，大、小迈阿密运河和俄亥俄河等三条河流在此汇合，形成了许多滨河公园和景观步道。英国首相温斯顿·邱吉尔称赞辛辛那提是美国内陆最美的城市。美国诗人亨利·华兹华斯·朗费罗认为辛辛那提是美国西部开发成功的范例，故将之誉为“西部的女王”，从此这座城市就多了一个别名，叫“女王城”（the Queen City）。值得一提的是，北卡罗来纳州最大城市夏洛特以建城时英国在位国王乔治三世的王后夏洛特命名，因而也获得了the Queen City的绰号。据说两个城市的美式足球队（辛辛那提猛虎队和卡罗来纳黑豹队）经常捉对厮杀，来决定谁更有资格享有这个城市别名。其实，要我们中国人来说，辛辛那提称为“女王城”，夏洛特叫作“王后城”，互不相欠。

电影《雨人》获得了巨大成功，也让辛辛那提市声名鹊起。市政府看到了电影业潜在的公关效应和经济效益，大力推出了税收优惠等鼓励措施，吸引好莱坞电影制作团队来这里拍摄电影。从《雨人》开始，多部广受好评的影片选择在辛辛那提拍摄，其中比较典型的是 2015 年上映的英美合拍片《卡萝尔》。该片故事发生在 1950 年代的纽约，讲述 19 岁的百货店玩具售货员特瑞丝（由鲁妮·玛拉扮演）与富有的中年金发女子卡萝尔（由凯特·布兰切特扮演）之间的情感纠缠。考虑到纽约拍摄成本高昂，而且城市发展快，很难找到符合 1950 年代形象的拍摄地点，制作方一度曾考虑另外选择别的城市拍摄，比如加拿大的多伦多和温哥华。辛辛那提对旧城区的保护相当完善，尤其是被称为“莱茵河上”（Over-the-Rhine）的老区，看上去活脱就像 1952 年时的曼哈顿，因此辛辛那提市政府及时抛出了橄榄枝，与制片方一拍即合，得到了双赢的结果。《卡萝尔》获得六项奥斯卡奖提名和五项金球奖提名，并在法国戛纳电影节上斩获了最佳女主角奖。

如今，辛辛那提当仁不让地成了 1950 年代曼哈顿的最适合的电影“替身”，片源纷至沓来。据辛辛那提大学发布的统计数据，近两年来电影业为这座城市创造了 8800 个工作岗位，增加了 5400 多万美元的地方财政收入。有人评论说，影片《卡萝尔》将好莱坞带到了辛辛那提。

然而，公平地说，《雨人》才是最早让好莱坞发现辛辛那提的影片之一。

阿拉巴马的月亮

2020 年 7 月 26 日是星期日。这天上午，我在电视上观看了美国黑人民权运动领袖之一、众议员约翰·路易斯遗体驶过位于阿拉巴马州塞尔玛市的埃德蒙德·佩特斯桥的仪式的直播。装有路易斯遗体的棺木上覆盖美国国旗，先是由马车拉着，缓缓经过阿拉巴马河上的埃德蒙德·佩特斯桥，然后由六名美国士兵将棺木抬上一辆凯迪拉克轿车，轿车驶离现场，前往阿拉巴马州的首府蒙哥马利市。按计划，路易斯的灵柩会陈放在州议会大厦供人瞻仰，然后再运往华盛顿国会大厦，举行瞻仰纪念活动，最后运往佐治亚州的亚特兰大，举行悼念活动后遗体将安葬在亚特兰大的南景公墓。

为期一周的悼念活动是 25 日周六在阿拉巴马州的特洛伊开始的，这里是路易斯诞生的地方。塞尔玛和佩特斯桥在路易斯的传奇人生中具有更重要的意义。1965 年 3 月 7 日，也是一个星期天，路易斯作为学生非暴力抗议组织领袖，率领游行队伍从塞尔玛出发，步行前往蒙哥马利，去向州政府请愿，要求实现黑人投票的权力。走到佩特斯桥上时，州政府派来的部队对请愿人群进行殴打驱散，路易斯本人头部遭到击打，几乎生命垂危。这一天被称为“流血星期天”。路易斯被殴打的镜头由新闻媒体广为报道，使他一举成为民权运动的英雄人物，也迫使联邦政府批准了《投票权法》。后来几乎每年的 3 月 7 日，路易斯都要来到佩特斯桥参加集会，以唤起人民对黑人权力和民权运动的关心和支持。2020 年 7 月 26 日的活动，象征着他最后一次“走”过佩特斯桥，把未竟的事业传交给了后人。

阿拉巴马是一个典型的美国南方州，它的东西南北分别是佐治亚、密西西比、佛罗里达和田纳西。南方州的历史几乎都离不开棉花种植，离不开黑奴，更离不开美国南北战争

路易斯灵车通过佩特斯桥

和民权运动。巧合的是，塞尔玛市的埃德蒙德·佩特斯桥与这两大历史事件都沾上了边。

以其姓名为这座桥命名的埃德蒙德·佩特斯在世时间为1821—1907年，出生于阿拉巴马州北部的石灰岩县。1861年，佩特斯狂热支持南方邦联政府和奴隶制，作为阿拉巴马州的民主党代表参加了在密西西比举行的南北分裂大会，并开始组建部队，自任高级军官，在南北战争的西部战区与联邦政府的军队展开厮杀，曾两度被对方俘虏。战争结束后，他获得联邦政府特赦，回到阿拉巴马重操律师的职业，同时被三K党任命为在该州的头目。1896年，他在75岁高龄的时候代表民主党竞选联邦参议员获胜，成为在参议院任职的最后一位南方邦联军军官。1940年，塞尔玛市在阿拉巴马河上建桥，以他的姓名命名。

2020年3月，明尼苏达警察暴力执法导致黑人青年乔治·弗洛伊德死亡，自那以来，“黑命贵”抗议活动此起彼伏，与蓄奴制和南方邦联政府有关的美国历史人物的雕像纷纷被推倒或移除，连哥伦布、华盛顿的雕像也不例外。以历史上杀人如麻的邦联军队军官和三K党头目名字命名、在黑人民权历史上曾有如此重要地位的埃德蒙德·佩特斯桥自然也进入了人们的视野，不少人纷纷提出应改名叫“约翰·路易斯桥”。路易斯本人生前认为应尊重历史，并不赞同将桥改名。此事将如何发展，可拭目以待。

提起邦联政府，人们或许知道弗吉尼亚州的里士满是它的首都。其实，阿拉巴马首府蒙哥马利在1861年2月至5月期间，曾经是邦联政府的第一任首都。那么，蒙哥马利是以谁的名字命名的呢？历史上最有名的蒙哥马利，恐怕是英国“二战”名将伯纳德·劳·蒙哥马利，以掩护敦刻尔克大撤退和指挥诺曼底登陆而闻名于世。阿拉巴马首府地名的来源是另一位蒙哥马利将军，即理查德·蒙哥马利，他在美国独立战争中作为大陆军军官与英军作战，战死于加拿大的魁北克市。

顺便说一句，蒙哥马利也并非阿拉巴马州的第一任首府。阿拉巴马建州初期首府几经更换，1826年起首府设于北部的塔斯卡卢萨。随着棉花的大量种植，经济中心南迁，该州于1846年将首府迁至蒙哥马利。塔斯卡卢萨是美国作家怀特·凯的家乡，也是他2006年创作的获奖少儿小说《阿拉巴马的月亮》（2009年被改编为同名电影）中主人公阿月生活的原始森林所在的地方。

因“我有一个梦”演讲而闻名的马丁·路德·金，与约翰·路易斯以及另外四位黑人领袖，一同被称为民权运动的“六巨头”。金虽然出生在亚特兰大，但从1954年他25岁起就在蒙哥马利市的德克斯特大街浸信会教堂担任牧师，直至1968年5月在孟菲斯被刺杀，金都是以阿拉巴马为基地从事他的民权运动。1955年，他领导了蒙哥马利抵制公共汽车的活动，历时385天，终于结束了公共汽车上人种隔离的政策。1963年，金在阿拉巴马第一大城市伯明翰领导了“伯明翰战役”，抗议人种隔离和经济不平等政策。1964年年底，金与约翰·路易斯领导的学生非暴力协调委员会合作，在塞尔玛市争取投票权利，并组织了1965年3月的塞尔玛—蒙哥马利长征活动。

佩特斯桥下的阿拉巴马河，一路蜿蜒着经过蒙哥马利，流向阿拉巴马州唯一的重要海港莫比尔，在那里汇入墨西哥湾。从塞尔玛到蒙哥马利的公路距离为54英里，约90公里。“流血星期天”事件那天，马丁·路德·金本人尚在亚特兰大。半个多月后的1965年3月25日，数以千计的请愿队伍重新从塞尔玛出发，历经5天时间的长途步行，在金的率领下胜利抵达了蒙哥马利的州议会大厦。

当时阿拉巴马的州长是乔治·华莱士，他顽固坚持种族隔离政策，派遣州警察和预备役部队阻止约翰·路易斯率领的请愿部队跨过佩特斯桥，自然成了民权运动中的反面人物。影片《阿甘正传》中有这样一场戏：阿甘因为奔跑能力异于常人，入选位于塔斯卡卢萨市的阿拉巴马大学的美式足球队，1963年6月11日，刚当选不久的华莱士州长站在阿拉巴马大学校门内，象征性地阻止在国民警卫队护送下的两位黑人学生入校上课，阿甘正好在校园现场见证了这一历史事件，还帮其中的那位黑人女生薇薇安·马龙捡起了掉落地上的书本。所幸阿拉巴马废除种族隔离的努力得到和平实现，没有发生阿肯色州小石城那样的激烈对峙。阿拉巴马人耳熟能详的歌曲《甜蜜的家园阿拉巴马》创作于1974年，歌词两次似褒实贬地提到了这位华莱士州长，并将他的行径与尼克松的水门事件丑闻相提并论。

阿拉巴马州还出了一位我们中国人熟悉的名人，就是著名的女作家、教育家、慈善家和社会活动家海伦·凯勒。她1880年出生于阿拉巴马州西北角的小镇塔斯喀姆比亚，一岁半时突患急病，导致失聪、失明。凭着坚强的毅力和沙利文老师的帮助，她不向命运低头，学会了说话、阅读、写作，一生创作了《假如给我三天光明》等十四本著作。我国的残疾人作家张海迪曾说，海伦·凯勒是对她一生影响最大的人。如今，塔斯喀姆比亚的海伦·凯勒故居已成为国家级史迹地，供人参观和敬仰。

蒙哥马利市政府的网站上有这样一句话：“这个城市拥有丰厚的历史底蕴，但我们更关注未来。”这话可能也适用于整个阿拉巴马州。理查德·蒙哥马利、埃德蒙德·佩特斯、马丁·路德·金、约翰·路易斯，这些象征性人物代表着阿拉巴马的历史。也许，位于亨茨维尔市的美国太空和火箭中心，还有海伦·凯勒和《阿拉巴马的月亮》中那位勇敢地走出原始森林、融入现代社会的少年阿月，代表着阿拉巴马的未来？

“蓝调”的密西西比州

2020年4月12日是基督教徒们庆祝的耶稣复活节。在美国东南部的密西西比州，像其他很多地方一样，复活节是个神圣快乐的节日，人们会聚集在教堂参加弥撒和祈祷，父母给孩子们购买了兔子形状的巧克力糖果，而孩子们则准备了胡萝卜来“款待”将给他们带来礼物的兔子，并争相出门去猎寻复活节彩蛋。晚上，度过了长达40天的大斋节的人们，要用一顿丰盛的晚餐来犒劳自己。但是，2020年的复活节有点不同，因为正处于新冠肺炎疫情暴发期间，政府提出社交疏离的要求，一切庆祝活动从简，教堂关门，人们草草吃完晚饭便准备休息。

屋漏偏逢连夜雨。这天夜里，强烈的龙卷风和暴风雨席卷了美国南部和东部的多个州，共造成至少30人死亡，100多万居民家中停电。其中密西西比州死亡11人，是各州死亡人数最多的。里维斯州长无奈地说：“这是十年来密西西比州碰到的最严重的风灾。我们密西西比人习惯了龙卷风的造访，但还不习惯这么厉害的龙卷风。”胆大的居民戴着口罩，来到社区的避难所躲避，并尽可能与他人保持距离。不少居民害怕被传染病毒，只能冒着房子被掀起卷走或者大树倒下来压塌房子的危险，躲在家里的走廊或衣橱里，听着凄厉的风灾警报声和呼呼的风雨声，熬过了胆战心惊的一夜。

密西西比州除了因世界第四大河密西西比河而得名之外，似乎没有特别出挑的地方：它别名“木兰之州”，是第20个加入联邦的州；面积12.3万平方公里，在50个州内排名第32位；人口略低于300万，在各州排名第31位；人均年收入水平仅为2万美元出头，在美国各州中垫底。虽然以密西西比河命名，但密西西比河流入墨西哥湾的出海口却在它的邻居路易斯安那州，并从而成就了著名的港口城市新奥尔良。

近日闲读美国畅销小说作家戴维·巴尔达奇的小说《罪人》，讲到主人公中情局特工罗毕（Will Robie）的故乡在密西西比州的坎特瑞尔，靠近与路易斯安那的州界，距州内第二大城市格尔夫波特仅为5英里。小说第七章讲述罗毕赶回故乡，探望因谋杀嫌疑被关进监狱的父亲，对密西西比有一段有趣的描述，摘译如下（括号内内容是译者加注的）：

罗毕坐飞机去了亚特兰大，然后转机到密西西比州的杰克逊（该州州府及第一大城市）。从那里，他本来可以再坐小型飞机飞往比洛西（该州第三大城市，在格尔夫波特东面），但还是决定在杰克逊机场租辆车，一路向南驱车近三个小时去坎特瑞尔，从坎特瑞尔再开车几英里就要掉进墨西哥湾了。这样，他可以利用开车的这段时间，慢慢适应“近乡情更怯”的感觉。毕竟，他父亲一时半会儿也不会离开监狱。

他走的是49号州道，像是沿着一条对角线，斜插前往格尔夫波特。

密西西比州大多是低洼平地，最高点海拔也不到1000英尺（1000英尺合300米。该州最高点在东北部丘陵地带的伍达尔山，海拔246米），近70%的土地仍然被森林覆盖。他驶过大片农田，田里种植的不是棉花，也不是大豆，而是甜薯，甜薯是该州种植面积最大的经济作物。另一个主要收入来源就是养鸡。在密西西比，鸡的数量几乎是全州人口的50倍。罗毕驱车经过的地方，就看到了几千只鸡在露天觅食。

上帝知道，他还闻到了鸡粪的味道！

密西西比在许多重要的统计指标上，都排在全美各州的末尾。然而，它虽然是最穷的州，其居民向慈善机构的人均捐赠金额却高于其他更为富裕的兄弟州。密西西比人也是美国人中最热衷于宗教的。州宪法禁止不相信神明存在的人担任公职，尽管该条款因与联邦法有冲突而无法执行，但“木兰之州”的好人们显然不信奉政教分离的理论，坚决不会同意由一位不信神的人士来担任领袖。

然而，就在罗毕当初离家不久，这个外表信奉上帝的州批准了设立离岸赌场，赌业因此而兴盛起来。显然，一个人可以信仰神明存在，同时也可以泰然自若地在赌桌上赢取别人辛苦挣来的钱财。

黑人原来在密西西比州人口中占大多数，但从1910年起的60年时间里，发生了两次黑人的大量外迁，先是北迁，然后是西徙，主要是为了逃避美国南北战争之后通过的《吉姆·克劳法》。这些由地方议会通过的法律，让获得解放的黑人仍然遭受着与当奴隶时一样的压迫。《吉姆·克劳法》持续了一个多世纪，其恶劣影响至今还能让人清晰地感觉到。

罗毕继续驱车前行，一边看着窗外的景色，不少地方看上去与他当初离开时几乎没有什么变化。一半以上的居民仍然住在农村。许多小镇依然很小，几乎眼睛眨五下车子就开过小镇了。他的行程大部分都与珠河平行，这条河是密西西比州主要的河道之一。珠河的最后一段成为密西西比与路易斯安那的分界线。

罗毕在孩童时代就对珠河很熟悉：他在河里游泳，尽管水流有时会湍急不定、危机四伏；从河水深处抓鱼；乘着老旧的木制舢板，从墨绿色的水面上随流滑下。

美好回忆。

美好，但已模糊。

至少曾经很美好。

他下了49号州道，朝西南方向驶去。他看见一块写着“铁路线”的路标。这些废弃的铁路线以前并非用来运输旅客，而是将木材运送出去，那是在经济繁荣的时候。如今繁荣不再，但路标仍在，人们也懒得去拿下来。这里的做事风格就是如此。

半小时之后，正好下午一点，他开进了坎特瑞尔小镇的范围。小镇北面是 10 号州际公路，59 号州际公路在他西面。与格尔夫波特相比，他的位置距离路易斯安那州界更近。天气很暖和，空气中湿度很大，这是亚热带气候的典型特征，冬季时间短、温度宜人，而夏天时间长、潮湿。罗毕在这里长大，仅见到两次下雪，第一次他还只有四岁，见到下雪也不知道怎么回事，吓得尖叫着奔进屋内躲避。像所有密西西比南部的居民一样，他经历过飓风、F5 龙卷风，以及严重的大汛洪涝，并得以幸存下来。

他经历过坎特瑞尔小镇所发生的各种事情，并得以幸存下来。他离开时小镇人口 2367 人，如今是差 3 个到 2000 人，至少镇外竖着的欢迎牌上是这么写的。

在罗毕看来，这个小镇还能留存至今，就很不简单了。也许这些人实在没地方去才留守了下来。

或者是连外出闯荡试一下的意愿都没有。

他租来的轿车光洁锃亮，在到处都是积满尘土的皮卡、老旧的林肯、普利茅斯 Fury 和后备厢很宽的雪佛兰 Impala 的车流中，显得非常出挑。一家张贴有“人类迄今为止最好的深海钓鱼”广告的店铺门口的街沿上，倒是停泊着一辆樱桃红的新款宝马车。

他离家出走已有 22 年时间，他可以发誓现在见到的一切都几乎没有什么改变……

以上描述为我们提供了了解密西西比州的几个窗口。首先，密西西比曾是美国的蓄奴州之一，在美国南北战争中是组成邦联政府的南方十三州之一，如今密西西比也是唯一的仍将邦联旗帜作为州旗的州。尽管州内黑人人口比例已下降至 38% 左右，黑人文化对密西西比的影响是比较深远的。

其次，密西西比州人信仰宗教的比例很高，据最新统计，83% 的人口信仰各个派别的基督教，2% 的人口信仰其他宗教，不信教的人口仅占 14% 左右。因此，到密西西比旅游的人们，恐怕不能不去看一些著名的教堂。

第三，密西西比的经济还是高度依赖于农业。2019 年该州国内生产总值为 1090 亿美元，其中农业的总产值为 740 亿美元，占比近 68%。各种农产品产值排名前五的分别是禽肉和蛋品、森林产品、大豆、棉花和玉米，甜薯排名第八位，产值略高于大米。

第四，密西西比赌博业发展兴旺。美国联邦政府于 1988 年通过《全国印第安人赌业法》，允许在印第安人保护地上开设赌场。密西西比州当地的议员们看到了赌场对地方经济的促进作用，进而于 1990 年制定了《密西西比赌业控制法》，规定在密西西比河和墨西哥湾沿岸的郡县，只要当地居民投票同意，就可以开设离岸赌场。到 2005 年，墨西哥湾海岸和密西西比河上共开设了 30 余家赌场，每年约有

4200 万人进入赌场，其中大部分是州外来的游客。

说起黑人对密西西比文化的影响，最有名的恐怕就是又音译为布鲁斯的蓝调音乐了。布鲁斯作为一种演唱形式，起源于过去美国黑人奴隶的圣歌、赞美歌、哀乐以及劳动号子，南北战争之后在黑人民间逐步兴起。布鲁斯对后来美国和西方流行音乐有非常大的影响，拉格泰姆、爵士乐、大乐队、节奏布鲁斯、摇滚乐、乡村音乐和普通的流行歌曲，甚至现代的古典音乐，或含有布鲁斯的因素，或是直接从布鲁斯发展而来的。

最初的蓝调音乐主要是从三个地区发展起来的，分别是佐治亚和南、北卡罗来纳，得克萨斯，以及密西西比三角洲地区。三个地区的蓝调各有特点，其中密西西比的蓝调音乐影响最大。密西西比有不少著名的蓝调音乐酒吧，至今还保留着原汁原味的蓝调氛围，其中位于克拉克戴尔市的红色酒吧（Red’s Lounge）等较为有名。2002 年拍摄的纪录片《最后的密西西比蓝调酒吧》主要介绍了杰克逊市的“地铁酒吧”（Subway Lounge）和克拉克戴尔市的“零点蓝调俱乐部”（Ground Zero Blues Club）。

在西方文化中，蓝色让人联想起“雨水”“眼泪”，因而是代表哀伤的颜色。电影《蓝调比洛西》讲述二战期间一个新兵成长的故事，这位名叫尤金的青年中学刚毕业就不得不离开家乡纽约，来到密西西比州比洛西的新兵训练营，接受 10 个星期的严酷训练，而偏偏又遇到一个擅长挑刺的魔鬼教官。比洛西的绰号为“小拉斯维加斯”，这里有很多赌场酒店，有着全美最大的人造白沙滩，是个吸引游客一掷千金的地方，新兵训练营的艰苦与此地的奢靡形成了鲜明的对比。

来密西西比州的游客，除了去参观教堂和水上赌场、品尝密西西比产的红薯之外，也要光顾那些快要绝迹的蓝调音乐酒吧，去怀旧，去感伤。

路易斯安那的天空

当代美国儿童文学作家金伯莉·威利斯·霍特 1998 年创作的小说《我的路易斯安那的天空》于 2001 年被拍摄成同名电影，在贺曼电影频道播出。主人公是 12 岁的女孩泰格·安·帕克，住在路易斯安那州赛特小镇上。她学习成绩好，棒球打得也不错，但总是受到班里其他女生的奚落，只因为她父母与常人不同，有智障残疾。外婆是家里的主心骨，料理大小事情，为泰格撑起了一片天空。外婆生日那天，妈妈费心制作了巧克力蛋糕，爸爸从工作的农场带回了雇主赠送的一盆名叫“路易斯安那女郎”的白色山茶花。但不久外婆突发心脏病去世，住在大城市巴顿鲁日的多莉姨妈派了自己的黑人女仆玉兰来临时帮忙，帮助伤心无比的妈妈振作起来并逐步学会料理生活，同时姨妈还把泰格带到巴顿鲁日，让她体验舒适的城市生活。泰格很喜欢城里的生活，花掉爸爸偷偷塞给她的皱巴巴的两美元纸币，把辫子剪成奥黛丽·赫本式的短发。但她还是回到了父母身边，跟着爸爸帮雇主养花种草。爸爸虽然有智力障碍，但为人敦厚可靠，他从清晨鸟鸣声中听出一场飓风即将来临，说服农场主把花草搬进室内，避免了经济损失。泰格冒雨从林子里抄近路回家去陪伴母亲，但因为给邻居家送回迷路的牛犊耽误了时间，在狂风骤雨的鞭打下寸步难行。这时，妈妈踩着泥泞的小路赶来了，抱着泰格等待雨过天晴。爸爸料理完农场的工作，焦急万分地赶回家，终于看到母女俩互相搀扶着回家。一家三口紧紧拥抱在一起，曾经萦绕在泰格心中的对父母的些许怨气和愧疚一扫而光，她决定要留在小镇上照顾好父母。

电影的中文名被译为《故乡的天空》。确实，如今在得州达拉斯生活的霍特是根据她幼时居住在路易斯安那的经历创作了这篇小说，并以她的故乡森林山（Forest Hill）为蓝本描绘了虚构的萨特小镇。对我来说，更喜欢《我的路易斯安那的天空》的原名，因为小说和电影的故事包含了不少路易斯安那特有的地方元素，是简单的“故乡”两字所无法体现的，比如那美国南方农村的景色，那盆洁白的山茶花（霍特承认“路易斯安那女郎”的名字是她编造的，但她自己奶奶种植的美丽的山茶花启发了她），那位淳朴的黑人女仆玉兰（玉兰花是路易斯安那的州花），

新奥尔良的街车

那南方特有的说来就来的飓风和暴风雨，以及那个名叫巴顿鲁日的“大”城市。

按照中国人的标准，巴顿鲁日也许算不上大城市，它22万的人口还不如我们的一个乡镇的人口多。但巴顿鲁日是总人口460万的路易斯安那州的州府所在地，也是该州人口仅次于新奥尔良的第二大城市。再者，由9个教区（圣路易斯州不设郡县，划分为64个教区）组成的巴顿鲁日都会区共居住着约83万的人口，占了整个州人口的六分之一以上。路易斯安那得名于法国波旁王朝的国王路易十四，巴顿鲁日在法语的意思是“红色的棍棒”，因为据说1699年法国探险者首次来到这个地方时，看到一棵脱光了树皮的红色柏树，就把这里命名为“红棒”，音译过来就是巴顿鲁日。

该州第一大城市新奥尔良位于密西西比河入海口，是美国南方著名的旅游城市，也是有名的海港。它本身的人口不到40万，与我们想象中也有不小的差距，但它与周边地区共同组成了人口达126万的新奥尔良都会区。从某种意义上说，新奥尔良的名气超过了路易斯安那，人们可以不知道有路易斯安那，但不会不知道新奥尔良。

我对新奥尔良的第一印象来自1950年代的美国老电影《欲望号街车》，由费雯·丽和马龙·白兰度等明星主演。影片开始，费雯·丽扮演的布兰奇提着行李离开家乡密西西比州的劳莱尔，来到新奥尔良投靠妹妹丝黛拉，她这样描述自己是怎么一路找到这里的：坐火车从劳莱尔抵达新奥尔良火车站后，先乘欲望号街车，再换乘公墓号街车，乘过六个街区在天堂区站下车，才到了妹妹租住的这个位于法国区的廉价公寓。

这条路线有很强的象征意义，劳莱尔的字面意思是“桂冠”，象征她幼时在种植园富裕舒适的环境中长大；但随着家道中落，她被迫卖掉了种植园，丈夫自杀，又因生活不检点被供职的学校开除，她沉迷于“欲望”而无法自拔；“公墓”号街车则象征着她终于因自身的堕落和环境的险恶，精神失常，走入幻灭；“天堂区”的原文是 Elysian Fields，该词在希腊神话中指受到神灵赐予永生的英雄们死后去往的极乐世界，是人们行善一生才有权进入的天堂。布兰奇死后能进入这个天堂吗？但愿吧。

这些地名并非剧作者编造，而是确实存在的。“欲望”号街车线路以运河街为起点，向东经过法国区，抵达终点站欲望街。“公墓”号街车线路则是从运河街出发，向西行驶，经过公墓区，抵达终点站梅泰里路。天堂区大街是位于运河街以东的一条南北向笔直的大街，当初是模仿巴黎的香榭丽舍大街而设计建造的。然而，虽然这些地名确实存在，剧作者还是根据作品主题的需要做了些“创作手脚”，事实上从“欲望”线换乘“公墓”线是到不了天堂区大街的，因为方向正好相反。但如果照实说从“公墓”转乘“欲望”，则无法与作品的象征意义相对应了。

所谓街车，就是城市有轨电车。新奥尔良的“欲望”号有轨电车线路从 1920 年开始经营，到 1948 年因改用公共汽车而停止。《欲望号街车》原是剧作家田纳西·威廉斯于 1947 年创作的话剧，1951 年被拍成电影，那时“欲望”等多条线路已经停运或拆除，留下的 4 条线路中有 3 条分别在 1950 年代和 1960 年代被汽车代替，唯有圣查尔斯街有轨电车一直维持到现在，成为了新奥尔良的历史性地标。

因为电影《欲望号街车》的成功，当地的人们一直想要恢复“欲望”号有轨电车，以吸引观光游客。直到 1988 年，沿着密西西比河岸新建了一条电车轨道，有轨电车“河滨线”开始经营。2004 年，“运河街线”得到重建并投入运行；2013 年新建了洛由拉大街有轨电车线，2016 年该线路穿过运河街，延长到兰帕特街和圣克劳德大街。它们与“圣查尔斯街线”一起，组成了当代新奥尔良市的街车系统。

2005 年卡特琳娜飓风给新奥尔良城市造成了巨大的损失。圣查尔斯街有轨电车的部分轨道和机车被洪水淹没或冲刷，电线被刮走或压断。在随后的几年里，市政府投入资金逐步修复和运行该线路，最后一批机车直到 2010 年初才获得修复使用。

2015 年拍摄的电影《新奥尔良之王》从一位普通出租车司机的角度，反映了卡特琳娜飓风给城市带来的灾难和对居民造成的精神创伤，以及热爱这座城市的人们重建家园的决心和勇气。司机拉里·谢尔特载过无数的客人，在卡特琳娜飓风登陆新奥尔良的前夜，黑人妇女帕特乘坐拉里的出租车赶去照顾智障的儿子吉尔伯特，她给的地址是图佩罗街 1952 号，那里属于工业运河和密西西比河交界的下九选区。拉里问帕特是否会疏散去别的地方躲避，帕特说："我们能躲到哪里去？而且吉尔伯特每天需要例行治疗。"拉里同情帕特的遭遇，免收车费，告诉她这是飓风时期的特价。下九选区正是整个新奥尔良市受到卡特琳娜飓风打击最为严重的地方，密西西比河航道浚深破坏了周围的湿地，使得河水卷起的巨浪失去了缓冲，直接冲击岸上的民居。风灾过后，一对男女游客乘上拉里的出租车，点名要去下九选区看看那里的受灾情况。车子沿着图佩罗街缓缓前行，游客拍摄着街道两旁废弃的房屋，还让拉里为他们在破屋前留影纪念。拉里在帕特的房子前停下，百感交集地走进院子，绕着千疮百孔的屋子，或许希望找到一点生命的迹象。想起帕特说过他们不会离开新奥尔良去外地疏散，拉里深为帕特母子俩的安危而担忧。虽然风灾已经过去了十多年，下九选区仍未治愈卡特琳娜飓风造成的创伤，居民人口急剧下降，不少空置的房屋成了老鼠出没和滋生病菌的温床。

电影的另一个情节也给我留下了深刻的印象，那就是飓风过后，面对满目疮痍，朋友杰米又在交通事故中丧生，心灰意冷的拉里来到公墓，悼念不幸幼年夭折的儿子，泣不成声地说："我是这样地想你……"

新奥尔良地势低洼，往地下挖几尺就是积水，所以坟墓都只能建在地面上，如同给逝者盖了一间房屋，公墓就像一个居民小区。如今，公墓游已是新奥尔良受欢迎的游览项目，圣路易公墓、拉斐特公墓等成了游客必到的旅游景点。但是，也因为这些公墓，再加上狭窄的街道，新奥尔良总是与瘟疫、疾病、死亡联系在一起。在差不多整个十九世纪，黄热病疫情一直伴随着新奥尔良棉花种植业的繁荣，每十个居民中就有一人因感染黄热病而死去。新奥尔良地处密西西比河拐弯处，因其城市形状而被称为“新月城”，也因为南方人不急不慢的生活节奏、丰富而美味的食物、动听的爵士音乐，而获得了“慢生活城”（Big Easy）的雅号，但是，新奥尔良最早获得的绰号却是“死亡之城”。

或许正是因为经历的苦难越多，路易斯安那人就越需要享受、越需要狂欢。每年二、三月份，路易斯安那州各个城市都会举办被称为“马蒂瓜”的盛大的狂欢节活动，其中当然以新奥尔良的马蒂瓜最为有名。迪士尼动画片《公主与青蛙》的故事就是以新奥尔良的狂欢节为背景而展开的。2020年新奥尔良马蒂瓜节是2月25日，而实际上盛大的游行活动从2月7日就已开始，到25日共举行了大小65场游行，以及上百场私人派对和假面舞会。不幸的是，随之而来席卷整个美国的新冠肺炎疫情给尚未从狂欢中冷静下来的人们重重地打了一记闷棍，初期路易斯安那州的感染人数直追加州、密歇根州，远远超过它的隔壁老大哥得克萨斯，而马蒂瓜狂欢则被认为是助推疫情扩展的罪魁祸首。

我和家人曾驱车从新奥尔良出发，沿着十号州际高速公路，路经巴顿鲁日、拉斐特、查尔斯湖等路易斯安那州的重要城市，前往得克萨斯。一路上，我们参观著名的橡树弄种植园，感受电影《为奴十二载》中黑奴的艰辛；品尝美版的香辣小龙虾，体验传说中的凯金和克里奥尔文化；游览拉斐特有名的法式建筑，重温法国殖民历史留给路易斯安那的那一抹有别于得克萨斯式质朴和粗糙的温情和小资；驻足宁静的查尔斯湖边，回味查尔斯湖市被 1910 年大火毁灭而又凤凰涅槃大力发展石化产业的顽强。我们越过得州州界、驶上阿瑟港高高的彩虹桥的时候，不禁放慢了车速，挥手作别路易斯安那的天空。

霍尔笔下的佛罗里达

斜靠在“挪威天空”号游轮11层甲板泳池旁的躺椅上，沐浴在加勒比海的阳光和海风中阅读畅销小说，这种以往在007电影中才能看到的惬意生活，竟然发生在了我的身上，简直是神奇。在美国感恩节假日期间，我和家人在迈阿密乘上游轮，开始巴哈马岛屿之旅。在顺利抵靠弗里波特、拿骚两地并参观之后，因为风浪过大，无法让游客换乘交通艇前往最后一站——由挪威人游轮公司自己拥有的巴哈马小岛Great Stirrup Cay，船长决定游轮就在海上漂航一天。

船上为游客安排了不少娱乐活动，我消磨这一天时间的方式是到图书室借小说阅读。书架上可选择的范围并不大，我花了一些时间浏览，锁定了一本名为《噤声者》的小说。虽然并没有听说过作者詹姆士·霍尔的名字，但粗粗翻了一下扉页的介绍，似乎是充满凶杀和侦探悬念的畅销小说，决定就选它了。在办理借书登记的时候，在我后边排队的美国老太太还羡慕地说了句：“你这本看上去不错。”

在甲板上安顿坐下后，我掏出智能手机，利用尚存的信号，查询了游轮的方位，看到她正缓缓驶离小岛，向弗里波特方向漂去。问了一名从身边走过的船员，他说这个小岛距美国佛罗里达州迈阿密市仅 130 海里，“挪威天空”号四台主机同时工作的话，正常航速可达每小时 20 海里，6 个半小时就可回到迈阿密了。现在游轮仅有一台主机在工作，以“追赶”明早 7∶00 左右抵靠迈阿密港的既定行程。好吧，有的是时间，我就慢慢看小说吧。

打开小说，我发现自己仍然无法远离佛罗里达州，因为故事正好发生在位于佛罗里达腹地的柯奎纳牧场（Coquina Ranch）。柯奎纳牧场在艾佛格雷兹国家公园以北，占地 20 万英亩，与迈阿密市中心的繁华不同，这里几乎仍然处于原始的荒野状态，到处是杂草丛生，响尾蛇在灌木丛中出没。除了牧场庄园，周围荒无人烟，即使是白天外人在牧场开车也很容易迷路，晚上庄园里一旦发生谋杀犯罪或急性病突发之类的事件，警车或救护车也很难进入。牧场主人厄尔·哈蒙德的孙子布朗宁想出了一个生财之道，从国内外购买了一批珍稀野生动物，放养在这里，供有钱人来此打猎，以此收取高额的打猎费。小说的主人公叫索恩，他居住在迈阿密以南的拉果岛，平时自由散漫，经常乘船在海上钓鱼游荡，爱好用手工制作小玩意。他时常会碰到不平之事，被置于危险之地，每每总能出奇制胜，宛若便衣侦探般神奇。

佛罗里达州政府设立了“佛州恒远”计划（Florida Forever），由政府出资收储私人手中的生地，以确保它们不会落入贪婪的开发商手中被胡乱开发而造成环境破坏。州政府致力于保护好佛罗里达的自然资源和文化遗产，造福子孙后代。厄尔·哈蒙德对孙子布朗宁并不放心，决定将牧场的大部分地区出售给该计划。索恩意外获得一名富豪亲戚留给他的大笔遗产，其中包括位于佛州西南部萨拉索塔县的一大块土地。由于索恩的女友拉丝蒂先行一步，与“佛州恒远”计划主管部门签订了卖地合同，而该计划资金不足以再购买柯奎纳牧场，索恩慷慨地提出用换地的方法，使得政府用一笔钱同时收储了两块土地，总面积达到 300 多平方英里。故事以此展开，厄尔·哈蒙德被意外谋杀，索恩也遭绑架，被扔进了柯奎纳牧场深达 7 米以上的污水坑里。主人公们在调查谋杀和绑架案的过程中，牵扯出了 1931 年美国“大萧条”期间胡佛总统、“汽车大王”福特、“石油大王”洛克菲勒、发明家爱迪生和作家海明威在柯奎纳牧场进行的一次神秘的篝火会谈，以及这次会谈达成的一个阴谋：用收购的手段破坏当时美国很多城市廉价的火车和电车系统，迫使人们改用以石油产品为燃料的汽车，从而为垄断行业的大资本家带来无穷无尽的财源。爱迪生还和福特一起，在柯奎纳牧场里勘探出了石油。厄尔·哈蒙德幼时偶尔听到了这些大人物们的密谋，深以他们为耻，因此一直在设法永远掩盖牧场产油的秘密，但是这也导致了他自己被谋杀的结局。

虚构的故事情节固然引人入胜，但我从小说中看到的更多是从佛罗里达的海岛到内陆牧场之间的场景变化，以及那似曾相识的一个个地名。从小说扉页上的介绍可以看出，

《噤声者》是詹姆士·霍尔创作的以索恩为主角的 12 部系列畅销小说之一，这些小说故事大多以佛罗里达州某个地方为场景。如此看来，霍尔俨然是佛罗里达的“乡土作家”了。

第二天上午，游轮准时抵靠迈阿密港码头。我们返回洛杉矶的航班要到傍晚才起飞，因此我随家人来到位于比斯肯岛（Key Biscayne）上的迈阿密海族馆游览，再次与海洋和海豹、海豚、鲸鱼等海洋动物亲密接触。迈阿密作为佛罗里达南部的海滨城市，风光旖旎，气候宜人，是美国国内和国际游客向往的度假胜地。同时，它与巴哈马的弗里波特距离仅为 100 英里，距古巴首都哈瓦那也只有 230 英里。好莱坞电影《迈阿密风云》中，柯林·法瑞尔饰演的桑尼和巩俐饰演的伊莎贝拉驾驶高速汽艇，从迈阿密前往哈瓦那“共饮一杯”的情节，并非过分地夸张。因此，迈阿密是美国进入加勒比海地区和中南美洲国家的门户，近年来发展成为地区性的金融中心。看着不远处迈阿密市中心耸立的一座座摩天大厦，我的心思又回到了《噤声者》所描写的柯奎纳牧场，以及那些被围在篱笆圈中等待猎杀的动物，区区两三百英里范围之内，完全是截然不同的场景。迈阿密是多种文化的交汇点、各种名人名媛汇聚的舞台，佛罗里达的腹地则是各种地形地貌的集大成者、各种动植物争奇斗艳的场所。

回到洛杉矶后，我迫不及待地上网查询詹姆士·霍尔的资料。霍尔于 1947 年出生在肯塔基州，但自 1969 年从佛罗里达州普利斯比特里安学院获得文学学士学位起，他就爱上了佛罗里达，长年担任佛罗里达国际大学英文系的教授，出版了四本诗集、一部短篇小说集、一部散文集和十七部长篇小说，得过爱伦·坡短篇小说奖。他如今与妻子艾弗琳一起居住在佛罗里达拉果岛面向黑水峡的一幢临海房屋内，夏季则常去北卡罗来纳州西部的山中避暑。

拉果岛，也是霍尔笔下主人公索恩的居住地。拉果岛的英文名为 Key Largo，来源于西班牙语 Cayo Largo，意思是“长岛”。顺便说一句，美国前总统唐纳德·特朗普拥有的位于佛州棕榈滩的海湖庄园跟随主人出了名，也有人将这个度假村音译为玛阿拉歌庄园，来自其西班牙语名字 Mar-a-Lago，意思是“从海洋到湖泊”，因为度假村位于细长的棕榈滩岛上，外侧是绵延的沙滩和海洋，里侧是佛州环海岸水道的平静湖面。

佛罗里达半岛最东南的尖角位于迈阿密以南 15 英里处，从这里出发，美国一号公路将五六十个珊瑚岛礁组成了一串细长的岛链，成为墨西哥湾和大西洋的分界线：它的西边是墨西哥湾，东边是属于大西洋的加勒比海。这些岛礁的英文名字为 Key，来源于西班牙语 Cayo，意为小而平坦的岛屿。这些岛礁总的名称就叫“佛罗里达岛礁”（Florida Keys），被分为上、中、下三组。美国一号公路在北部起始于缅因州，在“佛罗里达岛礁”的这一段又被称为“跨海公路”（Overseas Highway），正如有人曾说，如果把地图上的佛罗里达比作一片巨大的芭蕉叶子，那么绵延 120 英里的这条跨

基韦斯特

海公路就是细细长长的叶梗。跨海公路的起始点、也是它靠近大陆的第一个岛礁，就是拉果岛。跨海公路最西南的终点就是著名的基韦斯特（Key West），一个与霍尔《噤声者》中提到的大作家海明威结下不解之缘的地方。

与霍尔一样，海明威也并非在佛罗里达土生土长。他1899年出生于伊利诺伊州芝加哥市的郊区，高中毕业后来到密苏里州的堪萨斯城在当地的一家报社工作，从此进入了新闻界。1928年，海明威携第二任妻子鲍琳和刚刚出生的次子帕特里克从欧洲回到美国，在当时还很安静萧条的基韦斯特定居。在这段时间里，他写作了《永别了，武器》，奠定了他在文学界的地位。在写作的间歇，他远赴非洲打猎，在西班牙斗牛，也花了不少时间在佛罗里达的海面上钓鱼。他最著名的作品《老人与海》虽然创作于 1951 年，但最初的种子应该播撒于他在基韦斯特生活的岁月。1939 年，在与第三任妻子玛莎结婚后，他就离开基韦斯特，迁居到一海之隔的古巴去生活和写作了。尽管如此，今天的基韦斯特仍然以海明威为荣，海明威故居仍是吸引大量游客的著名景点。

霍尔《噤声者》中提到的“佛州恒远”计划实际上确有其事，佛罗里达州环保署网站上对此有专门介绍。该计划自 2001 年 7 月推出以来，共投资 28.6 亿美元，收储了 68.2 万英亩以上的土地。这些土地主要用于公园、行人越野步道、森林、野生动物保护区、湿地、生态绿化带等环保和娱乐的用途。该计划的资金由州议会拨款。据说，近年来因经济下滑，州议会已停止向该计划拨款。在美国各州中，佛罗里达的土地面积排在第 22 位，人口数量排第 4 位，人口密度排在第 8 位，相对来说还是人多地少的地方，但州政府仍然考虑用公款收储土地，永久保留其天然状态，是很有远见的。

我因佛罗里达而认识詹姆士 · 霍尔，也因霍尔而更加懂得了佛罗里达。

得克萨斯的牛仔节

得克萨斯州面积约70万平方公里，在全美仅次于阿拉斯加，排名第二，大大高于第三名加利福尼亚的42.3万平方公里；得克萨斯州人口2900万，也是排名全美第二，比“老大”加利福尼亚要少1000多万。所以，得州尽管从绝对数说仍是人口大州，但相对加州可算是地广人稀了。

也许是不愿当“千年老二”，得克萨斯的“牛口”绝对占据全美第一，牛的存栏量约达1090万头，比第二名内布拉斯加州多出500万头。地大，草广，牛多，牛仔也多。牛仔骑马放牛，所以得州有100万的“马口”，同样力拔全美头筹，比第二名加州多出30万匹。

得克萨斯州每年的牛仔节活动，成了这个严重缺乏旅游资源的地方吸引游客的重要项目之一。严格说来，牛仔节更应该叫“牛仔季”，因为一年四季都可以举办牛仔比赛活动，尤以每年6—9月为高峰时节，而且没有统一的组织者，每个大小城市都可以组织各有特色的活动。

观赏性和竞技性是牛仔节吸引游客的两大亮点。以得州第一大城市休斯敦的牛仔节为例，全名为“休斯敦牲畜展览暨牛仔竞技赛”，一般在每年的三月份举行，历时 20 天。活动场所是以当地电力公司名称命名的 NRG 体育场，可容纳 7 万多名观众。平日的比赛下午 6 : 45 开始，周末提前到 3 : 45 开始。体育场内外人山人海，一派狂欢节的气氛，观众往往全家相约出动，一般开赛前一个半小时就抵达现场，纵情品尝烧烤店和各种食品摊头出售的丰富多彩、琳琅满目的小吃，然后排队进场寻找自己的座位。

休斯敦的牛仔竞技赛一般每天历时两个小时，分为无鞍野马骑乘、有鞍野马骑乘、女子骑马绕桶、骑公牛、擒牛、

牛仔竞技

个人套牛、团体套牛等七个比赛项目，每个项目的冠军除了拿到出场费之外，还可以获得 5 万美元的冠军奖金。

竞技赛一结束，马上进入一小时左右的音乐会，竞技场地上快速搭起演艺台，参加演出的大咖歌手云集，既有美国当地歌手，也邀请国外的人气组合，如 2020 年 3 月 10 日的驻场乐队为韩国 NCT 127 组合，吸引了大量亚洲韩粉前往捧场。

在正规的竞技赛场外，还同时举行许多余兴节目，如牲畜展销拍卖、牛马试骑、长跑比赛、葡萄酒品尝和拍卖会、烧烤比赛、游行等，整个休斯敦沉浸在狂欢的海洋之中。

得克萨斯牛仔文化在音乐、电影、畅销小说等流行文化中得到了大量体现。很多西部牛仔电影以得州为背景，比如 1958 年拍摄的《从地狱到得州》、1960 年拍摄的《得州年轻枪手》等。后来担任美国总统的罗纳德·里根 1954 年参加主演的西部电影《蒙大拿牛仔女王》尽管故事发生在蒙大拿州，但女主人公一家是从得克萨斯赶着牛群来蒙大拿寻觅牧场的。

2012 年拍摄的新版电影《神偷艳贼》塑造了由卡梅隆·迪亚茨扮演的“艳贼”PJ·普兹诺斯基这一角色。PJ 原是得州埃尔平小镇上的擒牛女王，可以轻松地徒手制服狂暴的公牛。她被英国艺术品策展人哈里招募去帮助诓骗哈里的富翁老板。PJ 戴着牛仔帽，牛仔裤上系着牛仔专用的搭扣皮带，讲着一口粗俗的得州土语，勇敢地闯进伦敦上流社会，最后关键时刻使出她擒牛的解数，竟然徒手制服了老板用来看管名画的雄狮。人们对《神偷艳贼》电影的评价并不高，但迪亚兹扮演的牛仔女孩还是给观众留下了深刻的印象。

克林特·伊斯特伍德导演的《美国狙击手》是根据美国海军海豹突击队队员克里斯·凯尔的自传改编的电影。凯尔四次被派往伊拉克战场与基地组织战斗，因作战英勇而屡受表彰，成为美国人心目中的英雄。他退役后在参加一次射击练习时，被患有精神疾病的退伍士兵同伴枪杀。凯尔 1974 年出生于得州奥德萨，在牧场上成长，自小跟随父亲打猎，练就了一手好枪法。在入伍当兵之前，他还参加了当地的驾驭劣马的比赛，骑坐在桀骜不驯的野马背上，任其前蹄腾空或后蹄朝天，前仰后合地骑满 10 秒钟以后才被摔下来。他 2013 年去世后被厚葬于得克萨斯州立公墓，葬礼恰好是在美式足球达拉斯牛仔队的主场——位于阿灵顿的牛仔体育场举行，共有 7000 多人参加，极具哀荣。

专家们指出，得州的休斯敦、达拉斯等主要城市在历史上其实像很多南方城市一样，主要经济活动是种植棉花，并没有养牛的传统。但后来或以讹传讹、或刻意迎合商机，牛仔文化成为了得州的象征。我国邓小平副总理 1979 年访问美国，行程中的一站选在了得克萨斯。他率代表团于 2 月 2 日上午抵达休斯敦，参观了约翰逊航天中心，晚上来到休斯敦西郊的西蒙顿小镇，观摩了这里的牛仔节活动，他戴着当地人士赠送的宽边牛仔帽乘马车在体育场绕场一周，频频向观众们挥手致意，展现了中国领导人亲民随和的形象。当地新闻媒体评论说："邓小平不仅来到了西方，还来到了（美国）西部。"

2020 年 3 月，新冠肺炎疫情在美国暴发。休斯敦牛仔节原定从 3 月 2 日开始，到 22 日结束。但是 3 月 11 日世界卫生组织宣布新冠病毒成为全球性传播疫情，休斯敦也出现了社区传染的患者，主办方不得不宣布牛仔节活动在 12 日提前结束，余下的所有活动取消，已购票的观众可以退票。每年牛仔节可以为休斯敦带来 250 万名游客，取消活动所造成的经济损失显而易见。好在得克萨斯地广人稀、公共交通不发达，降低了人员流动和病毒传播的速度，因此当时该州新冠病毒确诊和死亡人数不仅低于加州，也低于它的邻居路易斯安那州。在执行政府发布的居家令后，熙熙攘攘的城市安静了下来，人们在独处之余或许可以重新体验到著名歌曲《得克萨斯腹地》所描绘的情景：

在得克萨斯深深的腹地，静谧的夜空中星星硕大而明亮，草原的天空高远而宽广，鼠尾草散发着浓郁的花香；郊狼沿着小径嘶鸣，野兔在灌木丛中穿巡。在得克萨斯深深的腹地，又听到牛仔们清脆的吆喝——"卡 - 伊皮 - 亚！"

附录一

书中提及的美国影视剧片一览表

页码	中文译名	英文片名	导演	发行年份
9	婚礼歌手	*The Wedding Singer*	Frank Coraci	1998
10	一个明星的诞生	*A Star Is Born*	William A. Wellman	1937
56	狂野之河	*The River Wild*	Curtis Hanson	1994
62	冲浪英豪	*Chasing Mavericks*	Curtis Hanson, Michael Apted	2012
62	灵魂冲浪人	*Soul Surfer*	Sean McNamara	2011
65	本地男孩	*Local Boys*	Ron Moler	2002
76	长传球	*The Longshots*	Fred Durst	2008
77	盲区	*The Blind Side*	John Lee Hancock	2009
78	反败为胜	*Necessary Roughness*	Stan Dragoti	1991
84	出户大甩卖	*Everything Must Go*	Dan Rush	2010
100	假新郎	*My Fake Fiancé*	Gil Junger	2009

（续表）

页码	中文译名	英文片名	导演	发行年份
129	你死我活	*Live and Let Die*	Guy Hamilton	1973
129	金枪男人	*The Man with the Golden Gun*	Guy Hamilton	1974
131	被拒人生	*Freeheld*	Peter Sollett	2015
133	贝弗利山警探	*Beverly Hills Cop*	Martin Brest	1984
158	梦回加州	*California Dreaming (Out of Omaha)*	Linda Voorhees	2007
204	海边的曼彻斯特	*Manchester by the Sea*	Kenneth Lonergan	2016
216	爱乐之城	*La La Land*	Damien Chazzele	2016
248	求雨	*Pray for Rain*	Alex Ranarivelo	2017
256	云中漫步	*A Walk in the Clouds*	Alfonso Arau	1995
275	绿皮书	*Green Book*	Peter Farrelly	2018
281	大创业家	*The Founder*	John Lee Hancock	2016
284	西雅图夜未眠	*Sleepless in Seattle*	Nora Ephron	1993
285	金玉盟	*An Affair to Remember*	Leo McCarey	1957
287	远离家乡	*Far from Home*	Michael M. Scott	2014
290	幸运第七	*Lucky 7*	Henry Winer	2003

（续表）

页码	中文译名	英文片名	导演	发行年份
293	感觉明尼苏达	*Feeling Minnesota*	Steven Baigelman	1996
295	斗气老顽童	*Grumpy Old Man*	Donald Petrie	1993
296	斗气老顽童 2	*Grumpier Old Man*	Howard Deutch	1995
301	威士忌、探戈、狐步舞	*Whiskey Tango Foxtrot*	Glenn Ficarra, John Requa	2016
303	蒙大拿之河	*A River Runs Through It*	Robert Redford	1992
308	芝加哥	*Chicago*	Frank Urson	1927
309	码头风云	*On the Waterfront*	Elia Kazan	1954
319	纽约的秋天	*Autumn in New York*	Joan Chen（陈冲）	2000
321	仇恨：一个爱情故事	*Vengeance: A Love Story*	Johnny Martin	2017
324	黛西・温特斯	*Daisy Winters*	Beth LaMure	2017
326	我的女孩	*My Girl*	Howard Zieff	1991
327	黑道家族（第一季）	*The Sopranos (Season 1)*	David Chase	1999
336	金池湖畔	*On Golden Pond*	Mark Rydell	1981
342	廊桥遗梦	*Bridges of Madison County*	Clint Eastwood	1995
343	婴儿钞	*Baby Boom*	Charles Shyer	1987

（续表）

页码	中文译名	英文片名	导演	发行年份
344	大白鲨	*Jaws*	Steven Spielberg	1975
345	白鲸	*Moby Dick*	John Huston	1956
348	萨布琳娜	*Sabrina*	Billy Wilder	1954
349	南塔克特圣诞节	*Nantucket Noel*	Kirsten Hansen	2021
350	阿呆与阿瓜	*Dumb and Dumber*	Peter Farrelly	1994
355	三块广告牌	*Three Billboards outside Ebbing, Missouri*	Martin McDonagh	2017
360	雨人	*Rain Man*	Barry Levinson	1988
364	卡萝尔	*Carol*	Todd Haynes	2015
368	阿拉巴马的月亮	*Alabama Moon*	Tim McCanlies	2009
369	阿甘正传	*Forrest Gump*	Robert Zemeckis	1994
377	蓝调比洛西	*Biloxi Blues*	Mike Nichols	1988
379	我的路易斯安那的天空	*My Louisiana Sky*	Adam Arkin	2001
381	欲望号街车	*A Streetcar Named Desire*	Elia Kazan	1951
383	新奥尔良之王	*The King of New Orleans*	Chike Ozah, Allen Frederic	2015
385	公主与青蛙	*The Princess and the Frog*	John Musker, Ron Clements	2009

（续表）

页码	中文译名	英文片名	导演	发行年份
386	为奴十二载	*Twelve Years a Slave*	Steve McQueen	2013
390	迈阿密风云	*Miami Vice*	Michael Mann	2006
396	从地狱到得州	*From Hell to Texas*	Henry Hathaway	1958
396	得州年轻枪手	*Young Guns of Texas*	Maury Dexter	1962
396	蒙大拿牛仔女王	*Cattle Queen of Montana*	Allan Dwan	1954
396	神偷艳贼	*Gambit*	Michael Hoffman	2012
397	美国狙击手	*American Sniper*	Clint Eastwood	2014

附录二：

书中提及的英语歌曲一览表

页码	中文译名	英文歌名	乐队 / 歌手	年份
38	校车	*School Bus*	Patty Shukla	2011
66	全美冲浪者	*Surfin' USA*	Beach Boys	1963
66	抢上浪尖	*Catch a Wave*	Beach Boys	1963
121	加州大床	*California King Bed*	Rihanna	2011
185	圣莫尼卡	*Santa Monica*	Savage Garden	1997
187	66 号公路	*Route 66*	Nat King Cole	1946
193	圣莫尼卡	*Santa Monica*	Theory of a Deadman	2005
193	圣莫尼卡	*Santa Monica*	Bedouin Soundclash	2001
193	圣莫尼卡	*Santa Monica*	Everclear	1992
209	我爱洛杉矶	*I Love L.A.*	Randy Newman	1983
210	我爱洛杉矶	*I Love L.A.*	Rilo Kiley	1998
248	加州南部不下雨	*It Never Rains in Southern California*	Albert Hammond	1972

（续表）

页码	中文译名	英文歌名	乐队 / 歌手	年份
249	你真的吸引了我	*You've Really Got a Hold on Me*	The Miracles	1962
251	白色圣诞节	*White Christmas*	Irvin Berlin	1942
251	加州下雪	*Snow in California*	Ariana Grande	2013
254	加州下雪	*Snow in California*	The Stills	2008
294	黯淡无光	*Outshined*	Soundgarden	1991
298	蒙大拿餐厅	*Montana Cafe*	Hank Williams Jr.	1986
304	芝加哥——那个蹒跚学步的城市	*Chicago (That Toddling Town)*	Frank Sinatra	1922
306	芝加哥——我的类型的城市	*My Kind of Town (Chicago is)*	Frank Sinatra	1964
319	纽约的秋天	*Autumn in New York*	Billie Holiday	1950
358	北佬肆虐南方之夜	*The Night They Drove Old Dixie Down*	The Band	1969
369	甜蜜的家园阿拉巴马	*Sweet Home Alabama*	Lynyrd Skynyrd	1974
398	得克萨斯腹地	*Deep in the Heart of Texas*	Alvino Rey	1941

附录三：

书中提及的美国文学作品一览表

页码	中文译名	英文书名	作家	出版年份
9	房产女大亨	*The Stars Shine Down*	Sidney Sheldon	1992
150	愤怒的葡萄	*The Grapes of Wrath*	John Steinbeck	1939
300	永别了，武器	*A Farewell to Arms*	Ernest Hemingway	1929
300	一条好汉	*A Man of the World*	Ernest Hemingway	1957
301	塔利班洗牌	*The Taliban Shuffle*	Kim Barker	2011
303	蒙大拿之河	*A River Runs Through It*	Norman Maclean	1976
306	你根本没来过芝加哥	*You Were Never in Chicago*	Neil Steinberg	2012
314	瑞普·范·温克尔	*Rip van Winkle*	Washington Irving	1819

（续表）

页码	中文译名	英文书名	作家	出版年份
314	睡谷的传说	*The Legend of Sleepy Hollow*	Washington Irving	1820
321	强奸：一个爱情故事	*Rape: A Love Story*	Joyce Carol Oates	2003
321	大瀑布	*The Falls*	Joyce Carol Oates	2004
331	家	*Home*	Harlan Coben	2016
338	瓦尔登湖	*Walden*	Henry David Thoreau	1854
345	白鲸	*Moby Dick*	Herman Melville	1851
349	南塔克特大饭店	*The Hotel Nantucket*	Elin Hilderbrand	2022
368	阿拉巴马的月亮	*Alabama Moon*	Wyatt Key	2006
370	假如给我三天光明	*Three Days to See*	Helen Keller	1902
372	罪人	*The Guilty*	David Baldacci	2015
379	我的路易斯安那的天空	*My Louisiana Sky*	Kimberly Willis Holt	1998
387	噤声者	*Silencer*	James W. Hall	2020
393	老人与海	*The Old Man and the Sea*	Ernest Hemingway	1951

图书在版编目（CIP）数据

南加州的海滩 / 顾泉林著 . — 上海 : 上海浦江教育出版社有限公司 , 2023.1

ISBN 978-7-81121-796-4

Ⅰ . ①南…　Ⅱ . ①顾…　Ⅲ . ①散文集—中国—当代
Ⅳ . ① I267

中国版本图书馆 CIP 数据核字（2023）第 001978 号

NANJIAZHOU DE HAITAN

南加州的海滩

上海浦江教育出版社出版发行

社址：上海海港大道 1550 号上海海事大学校内　邮政编码：201306

电话:（021）38284910（12）（发行）　38284923（总编室）　38284910（传真）

E-mail：cbs@shmtu.edu.cn　URL：http://www.pujiangpress.com

上海商务联西印刷有限公司印装

幅面尺寸：145 mm × 210 mm　印张：13.125　字数：251 千字

2023 年 1 月第 1 版　2023 年 1 月第 1 次印刷

责任编辑：蔡则齐　封面设计：曾国铭

定价：68.00 元